Marliese Arold

Wüstenzauber

Band 1

Samiras magische Reise

MARLIESE AROLD

Wüstenzauber

Samiras magische Reise

BAND 1

EMF

EIN BUCH DER
EDITION MICHAEL FISCHER

IMPRESSUM

Bibliografische Information der Deutschen Bibliothek.

Die Deutsche Bibliothek verzeichnet diese Publikation in der Deutschen Nationalbibliografie.

Detaillierte bibliografische Daten sind im Internet über http://www.dnb.de/ abrufbar.

Ein Buch der Edition Michael Fischer
1. Auflage 2024

Text: Marliese Arold
Cover: Anna Fiedler
Layout und Satz: Anna Fiedler
Produktmanagement und Lektorat: Dagmar Hoppe

ISBN: 978-3-7459-2351-3

Gedruckt bei C&C Offset Printing Co., LTD., 14/F, C&C Building,
36 Ting Lai Road, Tai Po, N. T. Hong Kong

www.emf-verlag.de

FSC
www.fsc.org
MIX
Papier | Fördert gute Waldnutzung
FSC® C145070

Inhaltsverzeichnis

Ist es ein Märchen oder wahr?
Ein Teppich, alt und wunderbar,
hat Zauberkraft, die keinem gleicht.
Er fliegt und macht das Reisen leicht.
Er bringt dich, aber das ist schwer,
auch in das Land ohn' Wiederkehr.
Doch frei von Furcht muss sein dein Herz,
bereit, zu tragen jeden Schmerz,
bereit, zu kämpfen, hart und viel,
dann winkt die Liebe dir am Ziel.

Magische Steine oder gemeiner Schwindel?

„Komm mit, Samira! Der Händler, zu dem wir wollen, sitzt dort drüben!"

„Du musst mich nicht immer an der Hand nehmen, Vater! Ich bin dreizehn!"

„Aber ich will nicht, dass du im Gedränge verloren gehst, Liebes!"

„Das passiert schon nicht!" Samira entzog ihrem Vater die Hand. Er hatte einen festen Griff gehabt. Sie wusste, dass er immer Angst um sie hatte, denn seit dem Tod ihrer Mutter vor gut drei Jahren gab es nur noch sie beide – Vater und Tochter. Doch sie war kein kleines Kind mehr und konnte gut auf sich selbst aufpassen.

Samira spürte den Wüstensand auf ihren Lippen, als sie sich an der Seite ihres Vaters, des Kaufmanns Tarik, durch das Gewimmel schob, das auf dem Markt herrschte. Die Luft war voller aufregender Gerüche – gebratenes Fleisch, duftende Süßigkeiten, edle Gewürze. Von allen Seiten ertönte der Singsang der Händler, die lautstark ihre Waren anpriesen.

„Frische Feigen! Erstklassige Ernte!"

„Saftige Granatäpfel! Gut für euer Wohlbefinden!"

„Schwarzer Pfeffer aus China, so günstig wie noch nie!"

„Feinste Seide, so dünn wie Spinnweben!"

Samira liebte den Trubel, das Gewirr aus vielen Menschen, die bunten Farben der Stoffe und die funkelnden Gefäße aus Silber und Gold.

„Hier sind wir!“ Tarik blieb vor einem Tisch stehen, der vor Waren überquoll. Auch daneben und dahinter hatte der Händler, ein kleiner buckliger Mann mit schmutzigem Turban, seine Angebote ausgebreitet. Als er den Kaufmann und seine Tochter erblickte, verzog er seinen Mund zu einem Lächeln und verneigte sich tief.

„Guten Tag, die Herren! Womit kann ich dienen?“

Samira unterdrückte ein Schmunzeln. Sie wurde oft für einen Jungen gehalten, wenn sie ihren Vater auf seinen Reisen begleitete. Das lag daran, dass sie praktische Männerkleider trug, anstatt sich in kostbare Gewänder zu hüllen, wie ihr Vater es am liebsten gewollt hätte. Außerdem war ihre Stimme von Natur aus dunkel. Ihre schönen, lockigen Haare versteckte sie unter einem Turban, genau wie es Tarik tat. Doch an dessen Turban prangte über der Stirn ein großer Smaragd. Dieser sei sein *drittes Auge*, behauptete Tarik oft. Er könne damit Dinge sehen, die anderen verborgen blieben. Samira beneidete ihren Vater um diesen Edelstein, sie hätte auch gerne einen funkelnden Smaragd gehabt.

„Wir suchen nichts Bestimmtes, sondern wollen uns ein bisschen umsehen“, erklärte Tarik dem Händler.

„Eine gute Entscheidung, meine Herren, eine sehr gute!“, antwortete dieser eifrig und verneigte sich mehrmals. „Bei mir findet Ihr Schätze, die die Welt noch nicht gesehen hat. Wertvolle

Seltenheiten!“ Er griff mit seinen runzligen Fingern eine kleine Dose. „Seht her, edle Herren! In diesem Gefäß befindet sich Pulver aus gemahlener Schlangenhaut, und wenn Ihr eine Prise davon schnupft, dann wird Euch im Traum Eure Allerliebste erscheinen. Ich versichere Euch, Ihr habt noch nie so angenehm geträumt!“

Samira verzog ein wenig das Gesicht. Die Vorstellung, sich Schlangenpulver in die Nase zu stopfen, erregte ihren Ekel. Sie hatte auch ohne Hilfsmittel sehr lebhafte Träume, in denen sie die unglaublichsten Abenteuer erlebte. Am schönsten aber war es, wenn sie von ihrer Mutter träumte. Samira konnte dann ihr Parfüm riechen und ihre liebevollen Umarmungen spüren. Manchmal erwachte sie aus so einem Traum mit nassen Wangen und sehnte sich dann unendlich nach ihr. Warum hatte sie so früh sterben müssen?

Zuweilen konnte sich Samira nicht einmal mehr an ihr Gesicht erinnern. Dann bat sie ihren Vater, ihr das Medaillon mit dem Bildnis ihrer Mutter zu zeigen. Djamila war eine wunderschöne Frau gewesen, und Tarik behauptete, Samira sehe ihr immer ähnlicher.

Die Stimme ihres Vaters riss Samira aus ihren Gedanken.

„Was hast du noch anzubieten?“, fragte er den Händler.

Der kleine Mann wühlte in seinen Sachen. Er zog einen abgegriffenen Lederbeutel hervor und schüttete den Inhalt in seine Hand. Ungefähr ein Dutzend bunter Steine funkelten verführerisch im Licht der Öllampe, die von der Decke des Marktstands herabhing.

„Edelsteine, meine Herren! Aber keine gewöhnlichen, o nein!

Jeder Stein besitzt eine Zauberkraft, die Euch das Leben leichter macht. Rosenquarz für die Liebe, Saphir für den inneren Frieden, Rubin für nie endende Kraft." Der Händler lächelte und entblößte mehrere braune Zahnstümpfe. „Ich würde Euch einen Sonderpreis machen, zwölf Steine für den Preis von zehn!"

Samira hatte einen grünen Edelstein erspäht, der dem Smaragd auf dem Turban ihres Vaters glich. Er war sogar ein Stück größer und schimmerte noch auffallender. Sie hätte sofort zugegriffen und das Angebot des Händlers angenommen, aber ihr Vater lächelte nur dünn.

„Meine Augen sind noch nicht so trüb, dass sie geschliffenes Glas nicht erkennen können. Der Schliff ist sehr schön, wohlgemerkt. Aber deine angeblichen Edelsteine sind nicht einmal eine Kupfermünze wert."

„Aber, aber, mein Herr ..." Der Händler schien fassungslos zu sein. „Dann bin ich beim Einkauf betrogen worden! Glaubt mir, ich schwöre, das wusste ich nicht! Bitte verzeiht, dass mir dieser Irrtum unterlaufen ist." Er verbeugte sich so tief, dass seine Nase fast die Tischkante berührte.

„Am besten, du packst deine Sachen zusammen und verschwindest! Deine Waren sind nichts anderes als wertloser Plunder! Du wirst weder mit mir noch mit anderen anständigen Kaufleuten Geschäfte machen!", schimpfte Tarik. „Sei froh, dass ich nicht die Wachen rufe!"

Er fasste Samira am Arm und zog sie vom Stand weg. Samira war enttäuscht. Waren die herrlichen Steine wirklich nur billiges Glas gewesen? Als sie sich noch einmal umdrehte, sah sie, wie der Händler die Steine mit verdrossener Miene wieder in den Lederbeutel steckte und unter den Tisch schob. Er machte keine Anstalten, seinen Stand abzubauen, sondern wandte sich erwartungsvoll einer Schar junger Männer zu, die sich ihm näherten.

„Woher hast du so schnell gewusst, dass die Steine nur aus Glas sind, Vater?“, fragte Samira auf dem Rückweg zur Herberge. Es dämmerte bereits, die Nacht brach in dieser Gegend immer schnell herein. „Hat dir das dein *drittes Auge* verraten?“

Tarik lachte leise. „Nein, Samira, das hat mit Magie nichts zu tun, sondern mit Erfahrung. Es gibt viele ehrliche Händler und auch einige, die betrügen, weil sie hoffen, schnell reich zu werden. Dieser Mann vorhin hat uns weismachen wollen, dass er Wunderdinge besitzt. Aber echte Wunder sind selten. Hast du seine abgearbeiteten Hände und seine schäbige Kleidung gesehen? Besäße er wirklich magische Dinge, warum hätte er es dann nötig, den ganzen Tag auf dem Markt zu stehen? Er ist in Wahrheit ein armer Tropf, und noch armseliger sind seine Gedanken, wenn er glaubt, durch Betrug sein Glück zu machen.“

Samira dachte über die Worte ihres Vaters nach. Sie war noch nicht ganz überzeugt, denn sie glaubte nur zu gerne an magische Dinge. Die Aussicht, ihrem Leben durch so einen Zauber plötzlich eine völlig neue Wendung geben zu können, erschien ihr sehr verlockend. Die wenigen Tricks, die ihr Vater ihr bisher beigebracht hatte, waren nur kleine Alltagshelfer und trotzdem so mühsam zu lernen.

„Und wenn er ein Zauberer war, der sich nur als Händler verkleidet hat?“, fragte sie.

„Warum sollte sich ein so wichtiger Mann auf den Markt stellen, bis ihm die Beine schmerzen?“, entgegnete Tarik und lächelte. Er kannte die Vorliebe seiner Tochter für Märchen und fantastische Geschichten nur allzu gut.

„Vielleicht …“, Samira überlegte, „vielleicht, um die Menschen zu studieren?“

„Hm.“ Ihr Vater wiegte den Kopf. „Das könnte natürlich sein. Aber ich versichere dir, dass dieser Kerl ganz bestimmt kein Magier war, sondern nur ein kleiner, schäbiger Betrüger.“

Er klang so überzeugt, dass es Samira fast peinlich war, wie sie sich von dem Geglitzer der Steine derart hatte blenden lassen. In diesem Moment zweifelte sie daran, dass sie eines Tages in Tariks Fußstapfen treten konnte. Denn nichts wünschte sie sich mehr. Sie wollte später reisen und mit Waren handeln wie er. Auch mit magischen. Doch Tarik behauptete immer, das sei Männersache und für eine junge Frau viel zu gefährlich.

„In ein paar Jahren wirst du heiraten, Samira. Einen reichen Kaufmann oder noch besser einen Prinzen. Und du wirst ihm eine gute Ehefrau sein.“

Samira jedoch fand diese Vorstellung schrecklich. Das musste ein entsetzlich langweiliges Leben sein – und dazu hatte sie überhaupt keine Lust. Sie wollte die Welt sehen und Abenteuer erleben, anstatt nur in ihren Gemächern zu sitzen und sich die Zeit mit Harfenspiel oder Stickereien zu vertreiben. Wie oft hatte sie sich schon gewünscht, als Junge geboren worden zu sein, weil man einem Jungen einfach mehr zutraute und ihm einen wesentlich größeren Freiraum zugestand als einem Mädchen.

Zum Glück war Tarik nicht so streng wie die Väter von Samiras Freundinnen. Wenn sie genug bettelte, erlaubte er ihr vieles, von dem die Mädchen aus ihrem Bekanntenkreis nur träumen konnten. Beispielsweise durfte sie ihn fast immer auf seinen Reisen begleiten. Sie durfte jedes Buch lesen, dass sich in Tariks Besitz befand – und das waren sehr viele! Und sie konnte mit Tarik über alles reden, ihn alles fragen. Er antwortete ihr mit unermüdlicher Geduld, und wenn er etwas nicht wusste, so versuchten sie, es gemeinsam herauszufinden. Samira liebte ihren Vater und ihr Leben, wie es im Moment war. Auch wenn sie sich sehr nach ihrer Mutter sehnte und nach noch etwas, das sie nicht wirklich greifen konnte. Erinnerungen, Bilder. Vor allem morgens, wenn sie aus einem ihrer lebhaften Träume erwachte …

Inzwischen kam die Karawanserei in Sicht, wo Samira und ihr Vater mitsamt ihren Reittieren untergebracht waren. Vor dem Eingang zur Gaststube flackerte eine Laterne. Die Fenster besaßen hölzerne Läden als Schutz vor fremden Blicken und der Hitze. Samira war schon in vielen Herbergen gewesen, und diese war eine der angenehmeren.

„Ich schaue mir meine Gäste genau an", hatte der Wirt bei der Begrüßung gesagt. „Betrunkene kommen gar nicht erst in mein Haus. Und meine Zimmer sind sehr reinlich. Keine Flöhe, keine Wanzen!"

Samira hatte nur in sich hineingelächelt. Die Sache mit dem Ungeziefer war in Herbergen ein großes Problem. In den Strohsäcken wimmelte es oft von Krabbeltieren, und manchmal huschten sogar Ratten durch Mauerritzen in die Räume. Doch Samira und ihr Vater schliefen in Schlafsäcken, die Djamila noch zu ihren Lebzeiten für sie genäht hatte. Die Schlafsäcke bestanden aus regenbogenfarbener Seide und waren mit feiner Kamelwolle gefüllt. Sie wärmten selbst in eiskalter Nacht und waren angenehm kühl in schwülen Sommernächten. Das Beste aber daran war, dass sie dank Djamilas Zaubersprüchen jegliches Ungeziefer fernhielten. Das galt auch für Schlangen und Skorpione. Samira hatte sogar gemerkt, dass ihr Schlafsack, den sie ja schon seit Jahren in Gebrauch hatte, auf magische Weise mitzuwachsen schien, denn sie war allein im letzten Jahr um zwei Handbreit größer geworden. Früher war es ihr nicht aufgefallen, aber inzwischen war ihr klar geworden, dass ihre Mutter wohl über ungewöhnliche Fähigkeiten verfügt hatte.

Tarik hatte vor, noch zwei Tage in dieser Karawanserei zu verbringen, bevor er mit seiner Tochter weiterzog. Samira wusste, dass ihr Vater demnächst einen wichtigen Geschäftstermin hatte. Deswegen hatten sie überhaupt diese Reise unternommen. Er redete wenig darüber, und sie brannte vor Neugier. Es ging um einen sehr seltenen Teppich, der angeblich fliegen konnte und noch andere magische Eigenschaften haben sollte. Tarik hatte bereits angekündigt, dass er allein zu diesem Termin gehen wolle und Samira in der Herberge bleiben solle. Samira hoffte jedoch, ihn noch umzustimmen, sodass er sie mitnehmen würde.

„Wir sollten noch einmal nach unseren Tieren sehen, bevor wir zu Abend essen und uns zur Ruhe begeben“, meinte Tarik.

Samira war einverstanden. Sie passierten ein Tor mit einem Rundbogen, durchquerten einen Innenhof und gelangten zum Stall, der sich im rückwärtigen Teil der Karawanserei befand.

Der vertraute Geruch nach Stroh und warmen Tierleibern schlug Samira entgegen. Sie liebte diesen Duft, es war, als käme sie nach Hause. Tarik und sie waren mit zwei Pferden unterwegs; außerdem gehörte zu ihnen ein Maultier, das ihr Gepäck trug. Tarik ritt einen feurigen schwarzen Hengst namens Rayan. Das Tier war wunderschön, aber auch sehr nervös. Es warf jeden ab, den es nicht leiden konnte. Samira hatte eine kleine, sehr trittsichere Stute mit weißem Fell, das mit unzähligen braunen Flecken gesprenkelt war. Wegen der Ramsnase wirkte das Tier nicht gerade hübsch, aber Samira liebte ihre Stute von Herzen und hatte ihr den Namen Aida gegeben. Das Maultier hieß Yara, und es hatte die sanftesten braunen Augen, die Samira je gesehen hatte.

Samira schlüpfte unter der Absperrung hindurch und überprüfte, ob die Tiere richtig angebunden waren. Sie vergewisserte sich, dass sie genug Futter und Wasser für die Nacht hatten. Weil alles in Ordnung war, warf Tarik dem hageren Jungen, der für den Stall zuständig war, eine Kupfermünze zu, während Samira ihre hässliche Stute umarmte und ihr Koseworte ins Ohr flüsterte. Sie stellte fest, dass Aida gebürstet war, denn ihr Fell war von Staub befreit und glänzte. Rayan dagegen hatte sich auf dem Boden gewälzt, soweit es sein Anbindestrick zugelassen hatte. Schmutz und Strohhalme klebten auf seinem Fell, die Brust war verkrustet von getrocknetem Schweiß. Der Pferdejunge bemerkte

Samiras kritischen Blick. „Er hat mich nicht rangelassen", rechtfertigte er sich. „Ich hatte Angst, einen Tritt abzukriegen."

Samira sagte keinen Ton, sondern streckte nur die Hand in seine Richtung aus. Der Junge verstand sofort und reichte ihr zwei unterschiedliche Striegel.

„Willst du Rayan etwa heute noch putzen?", fragte Tarik verwundert. „Das hat doch bis morgen Zeit!"

„Vater, ich gehe nie zu Bett, ohne zuvor meine Haare gebürstet zu haben", erwiderte Samira. „Sonst fühle ich mich nicht wohl. Und Rayan geht es bestimmt genauso."

Tarik lächelte. „Ich weiß, dass du am liebsten im Stall schlafen würdest. Na, dann tu, was du tun musst, meine Tochter! Aber halte dich nicht zu lange bei den Tieren auf und vergiss nicht, dir hinterher gut die Hände zu waschen. Du findest mich in der Gaststube."

Samira nickte und sah zu, wie ihr Vater mit langen Schritten den Stall verließ. Dann widmete sie sich der Fellpflege.

Der Hengst hielt still und genoss die kräftigen, aber zugleich sanften Striche, mit denen Samira sein Fell von Schmutz befreite. Samira hatte Respekt vor Rayan, aber sie wusste, dass er ihr nichts tun würde. In Momenten wie diesem hatte sie das Gefühl, dass es eine innere Verbindung zwischen ihr und dem Pferd gab. Rayan war groß und stark, und sie stellte sich vor, dass er sie bei Gefahr beschützen würde. Dabei war sie noch nie auf ihm geritten. Tarik hatte es bisher nicht erlaubt, obwohl Samira eine gute Reiterin war. Aber der Hengst war viel größer als Aida und besaß ein ungleich hitzigeres Temperament.

Aus den Augenwinkeln sah Samira, wie der Junge vorsichtig aus seiner Ecke kam und ins Licht der Öllampe trat.

„Bei dir hält er still!“ Seine Stimme war voller Bewunderung.

„Rayan kennt mich“, erwiderte Samira knapp.

Der Junge trat noch einen Schritt näher. „Stimmt es, dass du ein Mädchen bist?“

Samira sah ihn über die Schulter an. „Ja, das ist richtig“, sagte sie. „Warum fragst du?“

„Du siehst aus wie ein Junge“, meinte er. Er schüttelte den Kopf. „Warum machst du das?“

„Das geht dich gar nichts an“, antwortete Samira schnippisch. Sie hatte keine Lust, ihm zu erklären, dass sie sich in Jungenkleidung einfach wohler fühlte und dass weite Hosen auf Reisen viel praktischer waren. Sie mochte es nicht, von allen Seiten angegafft zu werden – so, wie es oft an Festtagen geschah, wenn Tarik verlangte, dass sie sich herausputzte, ihre feinsten Kleider anlegte und Schmuck trug. Schon ihre prächtigen, gelockten Haare erregten Aufsehen. Immer ging es nur um ihr Aussehen, um ihre großen Augen, ihre hübsch geschwungenen Lippen oder den Bogen ihrer Augenbrauen. Besonders die schwarze Flut ihrer Haare veranlasste die Leute, Lobeshymnen auf Samira anzustimmen. Dabei war sie doch mehr als nur ein hübsches Gesicht und eine zierliche Figur in einem kostbaren Kleid! Aber wer machte sich schon die Mühe, in sie hineinzublicken und sich für ihre Gedanken zu interessieren, für ihre Gefühle und ihr Herz? Wer nahm Anteil an ihren Träumen oder an ihrer Trauer um ihre Mutter? Alle sahen nur das Äußere!

Bei Tarik war es anders. Zu ihm sagte nie jemand: „Was hast du für einen schönen Bart!" oder „Wie beeindruckend deine kräftigen Schultern sind!". Nein, man lobte ihn wegen seiner Klugheit, und man pries seinen Gerechtigkeitssinn. Oft kamen Leute zu ihm, um ihn um Rat zu fragen oder seine Meinung zu hören. Manche wollten, dass er einen Streit schlichtete. Niemanden kümmerten seine wohlgeformten Hände oder seine buschigen Brauen, die sich oft nachdenklich zusammenzogen.

Samira fand das ungerecht. Auch sie besaß einen ausgeprägten Sinn für Recht und Unrecht, aber danach fragte keiner.

Als sie Rayan von allem Schmutz befreit hatte, taten ihr die Arme weh. Aber sie hatte den Hengst sehr gründlich geputzt. Der Junge war inzwischen wortlos verschwunden. Samira legte das Putzzeug zur Seite, dann verabschiedete sie sich von Rayan und Aida. Selbst das Maultier bekam einen Kuss auf die Stirn. Sie blies die Lampe aus, damit die Tiere Ruhe hatten, und verließ den Stall.

Das Mondlicht beleuchtete den Innenhof. An einem Wasserfass wusch sich Samira Hände und Arme und benetzte auch ihr verschwitztes Gesicht. Dann eilte sie über den Hof und schlüpfte durch den Hintereingang in die Gaststube der Karawanserei.

Rauch und Stimmengewirr schlugen ihr entgegen, es roch nach Bier und Gebratenem. Der Raum war inzwischen gut gefüllt, und Samira musste eine Weile suchen, bis sie ihren Vater in einer Ecke entdeckte. Er sprach gerade mit einem Fremden, und den Mienen nach zu urteilen, hatten die beiden Männer einen Streit. Samira schlängelte sich zwischen den

Tischen hindurch und wich einem Mädchen aus, das ein Tablett mit Speisen balancierte.

„Nein, nein und nochmals nein!“, rief Tarik und erhob sich von der Bank, um seinen Worten Nachdruck zu verleihen. „Das kommt überhaupt nicht infrage! Ausgeschlossen!“

„Ganz, wie Ihr meint!“, säuselte der Fremde, aber in seinen Augen lag ein unheilvoller Glanz. „Hoffentlich bereut Ihr Eure Entscheidung nicht. Manchmal muss man wählen zwischen dem, was man am meisten liebt.“ Er verzog seinen Mund zu einem breiten Grinsen, dann stand er ebenfalls auf und schickte sich an, den Raum zu verlassen. Als Samira und er sich begegneten, musterte er sie von oben bis unten, lächelte sie sonderbar an und berührte sie leicht an der Schulter. Samira wich zur Seite aus und sah ihn empört an.

„Nicht so zornig, kleine Wüstenrose!“, murmelte der Fremde amüsiert und lachte in sich hinein. Dann ließ er sie stehen und verließ den Gastraum.

Samira lief ein Schauder über den Rücken, der Mann war ihr unheimlich. Da war irgendetwas in seinem Blick gewesen …

„Wer war das?“, fragte sie, als sie sich neben ihren Vater auf die Bank quetschte.

Tarik winkte nur. „Niemand, der wichtig ist. Mach dir keine Gedanken. Was willst du essen? Sicher bist du hungrig. Ich kann dir diese Pfannkuchen mit Walnüssen nur empfehlen!“

Samira roch den Duft von Zimt, der von Tariks Teller aufstieg, und das Wasser lief ihr im Mund zusammen. Ihr Vater hatte das Gericht kaum angerührt, obwohl er sonst einen guten Appetit hatte. Lag es an dem Gespräch mit dem Fremden? Samira hatte das Gefühl, dass ihr Vater ihr etwas verschwieg.

Tarik schob ihr seinen Teller zu. „Hier, iss! Ich fürchte allerdings, der Pfannkuchen ist schon kalt geworden."

Doch das störte Samira nicht. „Danke!" Hungrig biss sie in den Pfannkuchen, und es kam ihr vor, als habe sie noch nie etwas Köstlicheres gegessen. Sie liebte Nüsse, und der Pfannkuchen selbst war so zart und weich, dass er auf der Zunge schmolz. Und der Geschmack nach Zimt ... Sie schloss die Augen vor lauter Wohlbehagen. Sofort sah sie im Geist eine Stadt vor sich, Gebäude mit runden Kuppeln und Mauerwerk mit Mosaiken. In ihrer Vorstellung saß sie auf einem fliegenden Teppich und schwebte über den Häusern. Von oben konnte sie alles genau sehen, das Gewimmel auf den Straßen, die Menschen, die Kamele. In der Ferne erhob sich ein Gebirge, und Samira wusste, dass sie unbedingt dorthin musste. Jedes Mal, wenn sie Zimt aß, tauchten solche Bilder von fremden Gegenden vor ihrem inneren Auge auf. Bunt und klar und deutlich. Ihre Mutter hatte es als *Fernweh* bezeichnet, als Samira ihr einmal davon erzählt hatte.

„Träumst du wieder?" Die Stimme ihres Vaters beendete abrupt ihre Fantasievorstellung. Samira riss die Augen auf.

„Du bist sicher müde, genau wie ich", meinte Tarik. „Für uns beide war es ein langer Tag. Ich vergesse immer wieder, wie anstrengend das Reisen für dich sein muss. Du bist ja noch ein Kind."

Samira war zu erschöpft, um zu protestieren. Noch zwei Bissen, dann hatte sie den Pfannkuchen aufgegessen und wischte sich über den Mund. Es stimmte, sie war ungeheuer müde, und auch ihrem Vater sah man die Anstrengung an. Unter seinen Augen lagen dunkle Schatten, das kam nicht nur von dem schummrigen Licht in der Gaststube. Das Stimmengewirr im Raum wirkte einschläfernd, und in diesem Moment erschien es Samira sehr verlockend, gleich hier am Tisch ein Nickerchen zu machen. Ihr Vater fasste sie am Oberarm, und sein fester Griff brachte sie wieder zur Besinnung.

„Meinst du, du schaffst es noch die Treppe hinauf zu unserer Schlafstube?“, fragte er belustigt.

Samira ließ sich von ihm hoch- und durch den Raum ziehen. Ihre Beine waren schwer wie Blei, und die hölzernen Stufen in den ersten Stock kamen ihr höher vor als tagsüber. Es war, als würde eine unsichtbare Last sie nach unten ziehen wollen.

Tarik lachte leise. „Du Arme, du schläfst ja schon fast im Stehen ein!“

Sie gingen einen schmalen Gang mit vielen Türen entlang, bis sie den letzten Raum erreichten. Zum Glück mussten sie ihre Unterkunft nicht mit anderen Gästen teilen. Tarik zog aus seinem Gewand einen großen eisernen Schlüssel hervor und schloss die Tür auf. Das Gepäck mit den zum Teil wertvollen Stoffen stand noch genauso an der Wand, wie sie es zurückgelassen hatten.

„Sieht so aus, als hätte sich niemand daran zu schaffen gemacht“, murmelte Tarik, hörbar erleichtert.

„Hast du denn keinen Zauberspruch gegen Diebe gesprochen?“, fragte Samira verwirrt und bemühte sich, die Augen offen zu halten.

„Doch, aber du weißt, dass er nicht immer hilft."

Tarik war auf seinen Reisen schon mehrfach bestohlen worden. Seit Samira ihn begleitete, war es nicht wieder passiert, aber das konnte reiner Zufall sein. Tarik verließ sich nicht darauf. Deswegen hatte er vom Wirt einen Schlüssel verlangt, um den Raum abschließen zu können.

„Möchtest du die Lampe entzünden, Samira, oder soll ich es tun?"

„Ich will es versuchen, Vater." Trotz ihrer Müdigkeit kniete sich Samira auf den Boden. Vor ihr stand eine kleine Öllampe. Sie konzentrierte sich auf den Docht, hielt ihre flache Hand einige Fingerbreit darüber und sagte im Befehlston: „Flamme, erwache!"

Es zischte, der Docht glühte kurz auf, um gleich darauf wieder zu erlöschen. Ein dünner Rauchfaden stieg kräuselnd empor.

„So eine Kamelkacke!", schimpfte Samira.

„Du sollst nicht fluchen", ermahnte ihr Vater sie.

„Aber ich kann nicht einmal so eine verdamm... äh ... blöde Lampe anzünden!" Samira ärgerte sich über sich selbst. Seit einem halben Jahr lehrte ihr Vater sie endlich einige leichte Zaubersprüche, die im Alltag hilfreich waren, aber die Magie wollte ihr einfach nicht gehorchen.

„Du musst Geduld mit dir haben, Samira, das sage ich dir immer wieder!"

Tarik kniete sich an ihre Seite. Samira nahm eine flüchtige Handbewegung wahr, und schon tanzte eine helle Flamme auf dem Docht, ohne dass ihr Vater auch nur ein Wort laut ausgesprochen hatte.

„Wie machst du das nur?“ Der Neid in Samiras Stimme war nicht zu überhören.

„Ich habe mir das Licht vorgestellt und die Lampe höflich darum gebeten.“ Tarik schmunzelte. „*Bitte* ist nämlich ein mächtiges Zauberwort.“

Samira verdrehte die Augen. Die Lampe war aus verbeultem Metall, das Öl minderwertig und der Docht nur ein gedrehtes Stück Schnur. Warum, in aller Welt, sollte man zu so einem Krempel *Bitte* sagen?

Sie erhob sich und ging zu den Gepäckstücken, um die Schlafsäcke herauszuholen und auf dem Boden auszubreiten.

Entrollt euch – bitte!, befahl sie ihnen und machte damit einen weiteren Versuch, Magie auszuprobieren. Ein Schlafsackzipfel schien ihr höhnisch zuzuwinken, aber beide Säcke blieben Bündel. Also blieb Samira nichts anderes übrig, als mit der Hand nachzuhelfen. Sie seufzte.

Als hätte ihr Vater ihre Gedanken erraten, begann er zu reden: „Du musst dir die Magie als eine Art unsichtbare Kraft vorstellen. Oder, noch besser, als ein lebendiges Wesen, das dich stets begleitet, aber deinen Augen meistens verborgen bleibt. Und diese Kraft oder dieses Wesen musst du mit freundlichen Worten ansprechen und bitten, dir zu helfen.“

Noch immer missmutig schlüpfte Samira in den Schlafsack. Ihr Vater werkelte noch ein paar Minuten herum und kramte in seinen Sachen, bevor er sich ebenfalls hinlegte und mit einer Handbewegung das Licht löschte.

Es wurde nicht ganz dunkel im Raum, denn durch die Ritzen

des hölzernen Fensterladens drang das Mondlicht herein und malte ein Muster auf den Boden. Draußen waren die Stimmen von Betrunkenen zu hören, jemand stimmte ein Lied an, die Töne waren schrecklich falsch. In der Ferne bellte ein Hund.

„Morgen muss ich dich leider den ganzen Tag allein lassen", sagte Tarik unvermittelt. „Meinst du, du schaffst das?"

Samira schnappte in der Dunkelheit nach Luft. „Wie? Ich darf nicht mit?"

„Es sind wichtige Geschäfte zwischen Männern. Du weißt ja, ich bin auf der Suche nach einem ganz seltenen Teppich. Du würdest dich endlos langweilen."

Samira setzte sich auf. Der Schlafsack raschelte. „Mir dir langweile ich mich nie, Vater! Ich finde es spannend, wie du die Waren beurteilst und um den Preis feilschst. Wie kann ich das lernen, wenn ich nicht zuschauen darf?"

Jetzt war es ihr Vater, der seufzte. „Samira, mein Goldstück, ich liebe dich über alles, das musst du mir glauben. Aber die Mission, die mir bevorsteht, ist nicht ungefährlich. Deswegen habe ich dem Wirt bereits Bescheid gesagt, dass du morgen in der Herberge bleibst und er ein Auge auf dich haben soll. Vielleicht kannst du ein wenig in der Küche mithelfen, damit dir die Zeit nicht zu lang wird. Am Abend bin ich wieder da, das verspreche ich dir, und übermorgen verlassen wir dann diesen Ort und ziehen weiter."

Samira presste die Lippen zusammen und suchte fieberhaft nach einem Argument, mit dem sie ihren Vater überzeugen konnte, sie doch noch mitzunehmen.

„Ich werde still sein wie ein Mäuschen. Du wirst gar nicht merken, dass ich dabei bin."

„Samira, ich habe *Nein* gesagt", erwiderte der Vater mit Nachdruck. „Und das ist mein letztes Wort zu dieser Sache. Finde dich damit ab!"

Samira biss sich auf die Lippe. Wut stiegt in ihr hoch, ließ ihr Herz schneller klopfen und vertrieb jede Müdigkeit. Während neben ihr Tariks gleichmäßige Atemzüge zu hören waren, lag sie hellwach auf ihrem Lager und starrte in die Dunkelheit. Von weit her ertönte das Gebrüll einer Raubkatze, vielleicht eines Leoparden.

Ich fürchte mich nicht, dachte Samira. Weder vor Löwen noch vor Leoparden. Ich bin so tapfer wie ein Mann! Warum begreift das mein Vater nicht? Ach, wenn ich als Junge geboren worden wäre, hätte ich es leichter!

Tränen stiegen ihr in die Augen. Sie ballte im Schlafsack die Hände zu Fäusten. Dass sie so hilflos war, machte sie zornig.

„Eines Tages", murmelte sie, „werde ich meinem Vater beweisen, was ich kann! Dann wird er Augen machen!"

Der geheimnisvolle Seiltänzer

Samira wurde erst wach, als ihr Vater sie weckte. Gegen Morgen war sie tief und fest eingeschlafen, und es fiel ihr schwer, sich aus der Traumwelt zu lösen.

„Ich bin dann mal weg", sagte Tarik, der bereits fix und fertig für die Reise angezogen war und sein Gepäck geschultert hatte. „Es kann spät werden, aber mach dir keine Sorgen. Der Wirt weiß schließlich Bescheid. Du kannst nachher hinuntergehen und frühstücken."

Er beugte sich zu ihr herab und küsste sie auf die Stirn. Samira nahm in ihrer Schlaftrunkenheit wahr, dass er mit dem Zeigefinger ein Zeichen auf ihren Scheitel malte, wahrscheinlich einen Schutzzauber. Dann verließ er den Raum. Erst als die Tür hinter ihm geschlossen war, fiel Samira ein, dass sie ihm viel Glück für die Reise hätte wünschen sollen. Einen Augenblick lang dachte sie daran, ihm nachzueilen. Aber eigentlich war sie immer noch beleidigt, weil er sie in der Herberge zurückließ. Deswegen kuschelte sie sich tiefer in den Schlafsack und versuchte, den Traum wiederzufinden, den sie so abrupt verlassen hatte. Sie war mit ihrer Stute Aida mitten in der Wüste gewesen und hatte das Bild einer Stadt in der Luft gesehen – die Stadt aus ihren Zimtträumen. Sie hatte nicht gewusst, ob die blauen Türme wirklich in der Nähe waren oder ob es sich nur um eine *Luftspiegelung*, eine Fata Morgana, handelte. Gerade war ein Reisender aufgetaucht, den sie hatte fragen wollen, aber da hatte ihr Vater sie leider geweckt.

Als sie das nächste Mal erwachte, war es schon Mittagszeit. Durch die Öffnungen des Fensterladens stach die Sonne. Samira setzte sich auf, öffnete ihren Schlafsack und versuchte, einen klaren Kopf zu bekommen. Sie konnte sich nicht erinnern, ob sie weitergeräumt hatte. Das war ungewöhnlich. Meistens hatte sie ihre Träume beim Aufwachen noch deutlich vor Augen, und manche begleiteten sie sogar durch den Tag und vermittelten ihr das Gefühl, dass alles möglich war und sie ihr Schicksal nach ihren Wünschen lenken konnte. Doch an diesem Tag hatte sie nur einen Brummschädel, der sich anfühlte, als sei er bis oben hin mit Sand gefüllt. Ihr kam der Verdacht, dass ihr Vater einen Schlafzauber über sie gelegt hatte, damit sie nicht ihre Stute schnappen und ihm folgen konnte.

Samira wusch sich mit dem wenigen Wasser, das sich noch in der Schüssel befand, die für ihren Vater und sie bereitgestanden hatte. Nachdem sie sich angezogen hatte, begab sie sich hinunter in die Wirtsstube, denn ihr Magen knurrte inzwischen gewaltig. Zu ihrer Verwunderung war kein einziger Gast in dem Raum.

Eine magere Küchenmagd, die die gespülten Krüge mit einem Tuch trocknete, erklärte Samira, dass die Küche sowie die Wirtsstube geschlossen seien und erst wieder am späten Nachmittag geöffnet würden.

„Aber ich habe Hunger“, sagte Samira trotzig. „Mein Vater ist heute den ganzen Tag auf Reisen, und er hat gesagt, dass der Wirt Bescheid weiß. Als Übernachtungsgast habe ich ein Recht auf ein Frühstück.“

Die Küchenmagd zuckte mit den Schultern. „Dann hättest du eben früher aufstehen müssen.“ Ihre Züge wurden milder. „Sicher kannst du in einer der Garküchen auf dem Basar etwas zu essen bekommen.“

Samira nickte verdrossen. Ihr Vater hatte ihr ein paar Kupfermünzen dagelassen, das war kein Problem. Doch es ärgerte sie, dass sie wegen seines Schlafzaubers das Frühstück verpasst hatte. Und eigentlich sollte sie ja auch in der Herberge bleiben.

„Mein Vater hat mit dem Wirt geredet, ich könnte vielleicht in der Küche mithelfen.“ Dazu hatte sie zwar keine Lust, aber vielleicht konnte sie so ein Stück Gebäck oder eine andere Süßigkeit ergattern.

Die Küchenmagd legte das Tuch beiseite und stemmte die Hände in die Hüften. „Was willst du denn in der Küche? Du stehst da nur im Weg herum. Eine wie du, die den halben Tag verschläft, macht sich bestimmt nicht freiwillig die Hände schmutzig!“

Samira starrte die Magd fassungslos an. Dann drehte sie sich ohne ein Wort um und stürmte zur Hintertür hinaus. Sie kochte innerlich vor Wut. So eine Unverschämtheit!

Ihre Füße trugen sie automatisch zu den Stallungen. Sie brauchte jetzt jemanden, mit dem sie reden konnte – auch wenn es nur ihre Stute war. Der warme Pferdeleib würde sie trösten und ihr Geborgenheit schenken.

Im Stall schlug ihr stickige Luft entgegen, es roch nach den Ausdünstungen der Tiere. Samira blinzelte und unterdrückte einen Hustenreiz. Aida begrüßte sie sofort mit einem freundlichen Wiehern. Als Samira unter der Absperrung hindurchschlüpfte, bemerkte sie, dass im Nebenabteil immer noch Rayan stand, der Hengst ihres Vaters. Samira stutzte. Sie hatte fest angenommen, dass Tarik auf seinem Pferd zu dem geheimnisvollen Treffen ritt. Er hatte es zwar nicht ausdrücklich gesagt, aber Samira wusste, dass er auf Reisen so gut wie nie ein anderes Pferd benutzte.

Der Hengst stampfte unruhig mit den Hufen. Samira sah mit einem Blick, dass er weder Wasser noch Futter hatte. Neuer Unmut stieg in ihr hoch. Warum hatte der Pferdejunge Rayan nicht versorgt, wie es seine Pflicht gewesen wäre? Samira zögerte nicht lange. Sie holte Heu aus dem Lager, schleppte mehrere Eimer Wasser herbei und schüttete sogar etwas von dem teuren Hafer in Rayans Futterkrippe. Der Hengst sah sie dankbar an und prustete, bevor er sein Maul in die Köstlichkeit senkte.

Samira ging zu ihrer Stute, schmiegte sich an ihren Hals und flüsterte ihr Koseworte ins Ohr. Sowohl Aida als auch das Maultier hatten Futter und Wasser; nur der Hengst war vernachlässigt worden. Lag es daran, dass sich der Pferdejunge vor Rayan fürchtete und sich nicht in seine Nähe getraut hatte? Dann aber wäre er ein schlechter Stallbursche! Als erfahrener Pfleger musste man wissen, wie man sich außerhalb der Reichweite der Hufe bringen konnte, ohne dass das Tier Hunger oder Durst leiden musste.

Aida hörte ihr geduldig zu, als Samira ihr ihr Leid klagte. Sie nickte ein paar Mal mit dem Kopf, als würde sie alles genau verstehen.

„Du bist eine Liebe“, murmelte Samira. „Vielleicht kannst du mir auch verraten, was ich machen soll. Ich langweile mich schon jetzt zu Tode. Außerdem bin ich fast am Verhungern!“

Samira hörte ein leises Lachen und dann das Rascheln von Stroh. Sie wandte sich um und entdeckte hinter einem hölzernen Pfosten den Kopf des Stallburschen.

„Hast du mich etwa belauscht?“, fauchte sie wütend.

„Du hast laut genug geredet“, antwortete der Junge und kam hinter dem Pfosten hervor. „Ich hätte mir schon Wachs in die Ohren stopfen müssen, um nichts zu hören.“

Samira spürte, wie sie knallrot anlief. Ihre Worte waren nicht für Fremde bestimmt gewesen, sondern nur für Aida.

„Warum hast du den Hengst meines Vaters nicht versorgt?“, schimpfte sie. „Mein Vater wird sehr wütend werden, wenn er erfährt, dass du deine Arbeit nicht getan hast.“

Jetzt war es an dem Jungen, verlegen zu werden. Seine Ohren, die links und rechts unter seiner Kopfbedeckung hervorschauten, begannen regelrecht zu glühen.

„Ich hatte die Anweisung, den Hengst am frühen Morgen zu füttern. Es hieß, sein Besitzer werde heute mit ihm ausreiten und ihn erst am Abend zurückbringen.“ Er zuckte mit den Schultern. „Ich weiß auch nicht, warum das Pferd noch da ist.“

Das ungute Gefühl in Samiras Bauch verstärkte sich. „Hast du gesehen, wie mein Vater weggegangen ist?“

Der Junge schüttelte den Kopf. „Tut mir leid, ich habe nichts mitbekommen. Es waren etliche Reisende im Stall, und ich habe nicht darauf geachtet, ob dein Vater dabei war. Später habe ich mich dann gewundert, dass das Pferd immer noch angebunden ist.“

„Und du bist nicht auf die Idee gekommen, ihm Futter und Wasser zu geben?“

„Die Pferde werden nur morgens und abends gefüttert. Was kann ich dafür, wenn das Vieh so verfressen ist, dass es alles gleich auf einmal verschlingt?“

„Bestimmt hast du Rayan zu wenig gegeben“, fauchte Samira. „Siehst du nicht, wie groß und kräftig er ist? Solche Pferde brauchen mehr Futter als andere. Wahrscheinlich willst du dich beim Wirt einschleimen und bist besonders sparsam mit dem Heu!“

Sie stellte fest, dass der Junge bereits verschwunden war und ihre letzten Worte gar nicht mehr gehört hatte. Ihre Wut verpuffte schlagartig. Stattdessen machte sich nagender Hunger bemerkbar. Sie überlegte. Ihr Vater hätte bestimmt nichts dagegen, dass sie die Herberge verließ, um sich etwas zu essen zu kaufen. Er hatte ja nicht wissen können, dass sie kein Frühstück mehr bekam.

Samira vergewisserte sich, dass in der Tasche ihres Gewands noch ein paar Münzen klimperten. Sie tätschelte ein letztes Mal ihre Stute, rief Rayan einen Abschiedsgruß zu, klopfte dem Maultier die Schulter, dann verließ sie den Stall.

Sobald sie aus dem Schatten des Hofs auf die Straße trat, traf sie die Mittagshitze wie ein Schlag.

Trotz der hohen Temperatur waren viele Leute unterwegs. Manche zogen ihre schwer beladenen Tiere hinter sich her. Wasserträger balancierten Eimer an einer Stange, die sie sich über die Schultern gelegt hatten. Ein Schlangenbeschwörer kauerte an einer Mauer, eine Flöte an den Lippen, während sich aus dem Korb vor ihm eine Kobra erhob und ihren langen Hals ruckartig hin und her bewegte.

Samira war fast eingeschüchtert von dem Menschengewimmel, und zuerst fühlte sie sich sehr unsicher ohne ihren Vater. Am liebsten wäre sie umgekehrt, aber ihr knurrender Magen erinnerte sie daran, dass sie in der Herberge nichts zu essen bekommen würde. Also schlug sie den Weg zum Marktplatz ein.

Das Gedränge schien noch dichter zu werden. Von allen Seiten prasselten Geräusche auf Samira ein: das rhythmische Schlagen eines Tamburins, das Rasseln von Schellen und immer wieder quäkende Töne eines Blasinstruments. Samira entdeckte einen Musiker, der auf zwei Saiten herumzupfte, die über einen Schildkrötenpanzer gespannt waren. Mehrfach wurde sie grob angerempelt, oder sie musste rasch zur Seite springen, um nicht mit jemandem zusammenzustoßen. Endlich stieg ihr der Geruch von würzigem Öl in die Nase, und sie folgte dem Duft, in der Hoffnung auf eine leckere Mahlzeit.

Doch wieder versperrte man ihr den Weg. Diesmal war es eine Truppe von Gauklern, die sich durch die Menschenmenge drängte. Ein Riese mit ungeheuer langen Beinen ging eine Weile neben Samira her und rief ihr von oben herab Scherzworte zu.

Sie wusste natürlich, dass es kein echter Riese war, sondern dass sich unter seinen weiten Hosen Stelzen aus Holz verbargen. Doch er bewegte sich so geschickt und ohne zu straucheln, dass sie ihn nur bewundern konnte. Ein Mann mit nacktem Oberkörper und Pluderhosen jonglierte mit fünf bunten Bällen, die in der Luft ein Rad aus flimmernden Farben zu bilden schienen.

Plötzlich wurde Samira auf eine weiß gekleidete Gestalt aufmerksam, die sich hoch über ihr auf einem Dach befand. Ein Seil spannte sich zwischen den Häusern, und der Artist in Weiß schickte sich gerade an, es zu betreten. Das Seil schien viel zu schmal zu sein, als dass ein Mensch darauf hätte gehen können.

Ein Raunen lief durch die Menge, als der Künstler erst seinen ersten und dann seinen zweiten Fuß auf das Seil setzte. Samira hielt unwillkürlich den Atem an. Der Mann in Weiß lächelte zu ihr herunter, er schien sie direkt anzusehen. Dann machte er einen weiteren Schritt. Einmal schien er zu schwanken und ruderte heftig mit den Armen, um sein Gleichgewicht wiederzufinden. Die Leute rings um Samira stöhnten erschrocken auf, und auch ihr entfuhr ein Laut des Entsetzens. Doch der schreckliche Augenblick verging, ohne dass der Seiltänzer abstürzte. Im Gegenteil. Jetzt wurden seine Schritte wagemutiger, er begann sogar zu hüpfen, so als befände er sich auf dem festen Boden und nicht auf einer kaum fingerdicken Schnur hoch über den Köpfen der Leute. Samira war voller Bewunderung. Wie schaffte er es nur, sich so sicher zu bewegen? Ging das überhaupt noch mit rechten Dingen zu? Oder benutzte er einen Zauber, der verhinderte, dass er herabstürzte und sich das Genick brach?

Ohne Zwischenfall erreichte der Artist das Ende das Seils, betrat das Dach, verneigte sich und warf den Zuschauern eine Kusshand zu. Wieder hatte Samira den Eindruck, dass er sie dabei ansah und niemanden sonst. Ihr Herz schlug schneller. Aber noch bevor sie weiter darüber nachdenken konnte, war der Mann auch schon verschwunden, während die Zuschauer noch immer Beifall klatschten. Kurz darauf begann die Menge, sich zu zerstreuen. Auch Samira erinnerte sich wieder daran, dass sie sich eigentlich etwas zu essen kaufen wollte.

Als sie sich umdrehte, wurde sie von einem Jungen angerempelt. Alles ging blitzschnell. Er hatte ihr in die Tasche gegriffen und schon eine Kupfermünze herausgeholt. Doch Samira reagierte genauso rasch und hielt das Handgelenk des Diebes fest. Der Junge wand sich unter ihrem festen Griff. Er war höchstens zehn Jahre alt, schätzte Samira.

„Lass mich los!“, zischte der Junge.

„Erst wenn du mir meine Münze wiedergibst“, erwiderte Samira.

„Sie gehört mir!“

„Nein, es ist meine! Du hast sie mir gerade gestohlen!“

Inzwischen wurden ein paar Leute auf die beiden aufmerksam.

„Willst du, dass ich die Wachen rufe?“, drohte Samira.

Der Junge blickte sie wütend an und spuckte dann auf den Boden. Im gleichen Augenblick ließ er die Münze fallen. Samira ließ ihn los, und der Junge tauchte in der Menge unter, so schnell, wie er gekommen war. Als sie sich nach der Münze gebückt hatte und wieder aufsah, stand auf einmal der Fremde vor ihr, mit dem ihr Vater sich am Abend zuvor gestritten hatte.

„Brauchst du Hilfe, Mädchen?“

Samiras Kehle wurde eng. Genau wie gestern Abend fühlte sie in seiner Gegenwart ein großes Unbehagen.

„Danke, ich komme schon klar!“, erwiderte sie und ärgerte sich, weil ihr ein Kloß in der Kehle steckte und ihre Stimme so dünn klang.

„Schade“, sagte der Fremde. „Ich hätte dir gerne geholfen. Jederzeit. Also – falls du mich einmal brauchen solltest, frag nach Malik.“ Wieder berührte er sie an der Schulter und sah sie direkt an. Seine Augen hatten das Braun von dunklem Bernstein. Am Abend zuvor waren sie ihr fast schwarz vorgekommen.

„Danke, Herr“, murmelte Samira und hätte sich am liebsten unsichtbar gemacht. „Ich werde es mir merken“, log sie, da sie nicht die Absicht hatte, von seinem Angebot Gebrauch zu machen.

„Gut“, sagte Malik und lächelte. „Dort drüben in der Garküche, neben dem Mann mit dem Äffchen, bekommt man übrigens das beste gefüllte Fladenbrot im ganzen Ort. Ich kann es dir nur empfehlen.“

Er ließ sie los und bahnte sich einen Weg zwischen den Leuten hindurch. Samira starrte ihm nach. Woher wusste er, dass sie Hunger hatte? Sah man ihr das so deutlich an? Und warum schien er ein so großes Interesse an ihr zu haben? Erneut breitete sich Unbehagen in ihr aus.

„Schluss jetzt!“, sagte sie zu sich selbst. Sie würde das Rätsel nicht lösen, selbst wenn sie noch so sehr grübelte. Stattdessen nahm sie sich vor, seinem Rat zu folgen und die besagte Garküche aufzusuchen.

Als sie an dem Mann mit dem Äffchen vorbeikam, sprang ihr das Tier keck auf die Schulter und hätte ihr fast die Kopfbedeckung heruntergezogen. Im letzten Moment konnte sie ihren Turban festhalten. Ein Teil ihrer Haare hatte sich jedoch gelöst, und sie stopfte sie ärgerlich zurück, während der Mann sich das ausgerissene Äffchen schnappte und es für seine Dreistigkeit ausschimpfte.

„Das macht Sami sonst nie“, behauptete er. „Aber warum läufst du herum wie ein Junge? Du bist doch so ein hübsches Mädchen!“

Statt einer Antwort grinste Samira nur schief. Endlich saß der Turban wieder so, wie er sitzen sollte. Bis zur Garküche waren es nur noch ein paar Schritte.

Unter einem Dach aus Stoff schlug ihr Rauch entgegen, außerdem duftete es verführerisch nach leckerem Essen.

„Wir haben heute besonders zartes Gazellenfleisch“, sagte der dicke Koch, der mit einer Schürze bekleidet hinter einem Grill stand, auf dem Fleischstücke brieten.

„Ich möchte mein Fladenbrot lieber mit Gemüse“, sagte Samira.

Der Koch musterte sie von Kopf bis Fuß. „Ganz wie du willst, Junge. Ich hätte dir lieber Fleisch empfohlen, damit du bald ein kräftiger Mann wirst. Darf ich dein Brot außer mit Gemüse wenigstens mit Ziegenkäse füllen?“

Samira nickte. Sie sah genau zu, wie der Koch Gemüse von einem anderen Grill nahm und in eine frisch gebackene Teigtasche füllte. Der Geruch nach Schwarzkümmel stieg ihr in die Nase. Der Ziegenkäse sah weich und hell aus, und der Koch stopfte reichlich davon in das Brot. Samira wusste, dass er es besonders gut mit ihr meinte; bestimmt füllte er nicht alle Fladen so dick. Als sie ihm ihre Kupfermünze reichte, bekam sie sogar noch ein paar kleinere Münzen zurück.

„Danke!“, sagte sie und verzog sich in eine Ecke, um dort ungestört ihre Mahlzeit zu genießen.

Nachdem sie alles bis auf den letzten Krümel aufgegessen hatte, fühlte sie sich pappsatt und voller Tatendrang. Sie nahm sich vor, die Stadt zu erkunden, anstatt schnurstracks zur Herberge zurückzukehren.

Hinter der Garküche öffnete sich eine schmale Gasse. Samira entschied sich, diesen Weg zu nehmen, weil sie neugierig war, zu erfahren, wohin er führte.

Die Gasse war dunkel, und die Häuser standen so eng beieinander, dass Samira mit beiden Händen die Wände berühren konnte. Es war kühler als auf dem Marktplatz, und Samira genoss es, der Hitze für einige Augenblicke zu entfliehen.

Die Gasse endete auf einem Platz, auf dem ein großer Feigenbaum stand. Ein paar Kinder spielten in seinem Schatten mit Tonkügelchen. Samira sah ihnen eine Weile zu und bedauerte es wieder einmal, dass sie keine Schwester und keinen Bruder hatte. Früher hatte sie sich deswegen oft einsam gefühlt.

Plötzlich sah sie aus den Augenwinkeln etwas Weißes auf sie zukommen. Sie blinzelte. Es war der Seiltänzer, der eben aus der Dunkelheit der Gasse heraustrat. War er ihr etwa gefolgt? Samira dachte an die Abenteuergeschichten, die sie gelesen hatte, und an die Warnungen ihres Vaters. Ihr erster Impuls war, vor ihm wegzulaufen. Aber etwas im Gesicht des Artisten, vor allem sein freundliches Lächeln, schien sie festzuhalten.

„Was willst du von mir?“, fragte sie mit klopfendem Herzen. „Warum bist du mir nachgelaufen?“

Der Seiltänzer hob die Schultern, schüttelte ratlos den Kopf, verdrehte die Augen und machte dann eine Geste, als seien seine Lippen verschlossen.

Samira runzelte die Stirn. „Wie? Kannst du etwa nicht sprechen?“

Sie erhielt ein heftiges Nicken zur Antwort.

Samira war verwirrt. Wie sollte sie sich mit jemandem unterhalten, der stumm war?

„Willst du Geld von mir?“, fragte sie. Schon tastete ihre Hand nach den Münzen, die sie als Wechselgeld von dem Koch der Garküche bekommen hatte.

Doch der Akrobat schüttelte den Kopf. Mit beiden Händen deutete er auf sein Herz und tat so, als wollte er es Samira übergeben.

„Du willst mir dein Herz schenken?“ Samira spürte, wie sie rot wurde.

Der Seiltänzer wiegte halb nickend den Kopf, dann bewegte er seinen Zeigefinger vor ihr hin und her, begleitet von heftiger Mimik.

Allmählich verstand Samira, was er sagen wollte.

„Du meinst es gut mit mir? Und ich soll aufpassen?“

Er nickte. Dann griff er in den Halsausschnitt seines Gewands und holte eine Muschel hervor, die an einem Lederband befestigt war. Mit einer raschen Bewegung löste er das Band von seinem Hals und drückte die Muschel Samira in die Hand. Wieder machte er die Geste, als würde er ihr sein Herz schenken.

„Die Muschel ist für mich? Ich darf sie behalten?“

Der Seiltänzer verbeugte sich lächelnd.

„Danke.“ Samira betrachtete das Geschenk. Die Muschel war außen rosa und innen orange-weiß. Obwohl sie zart und zerbrechlich aussah, fühlte sich das Gehäuse fest an. Der Akrobat berührte Samira sanft und führte ihre Hand mit der Muschel an ihr Ohr.

„Du willst, dass ich das Meer höre?“ Samira wusste, dass es manchmal rauschte, wenn man sich eine Muschel ans Ohr hielt.

Doch diese Muschel war anders. Zuerst hörte Samira gar nichts, dann vernahm sie wie aus weiter Ferne eine Stimme, die ihr seltsam vertraut vorkam.

Samira ... mein Augapfel ... ich hab dich lieb ... pass auf dich auf ...

Samira wurde ganz aufgeregt. „Mutter? Bist du das? Wie kann das sein?“ Es durchlief sie heiß und kalt, und ihr Herz schlug rasend schnell. War ihre Mutter am Ende gar nicht tot, sondern lebte noch irgendwo? Aber Samira hatte doch mitbekommen, wie Djamila ganz schrecklich krank geworden und schließlich gestorben war. „Wo bist du? Kannst du mich hören?“

Gefahr ... Verlier den Mut nicht ... musst stark sein ...

Die Stimme wurde immer leiser und undeutlicher. Schließlich konnte Samira sie nicht mehr hören.

Sie nahm die Muschel vom Ohr und starrte sie aufgeregt an.

„Ist das eine verzauberte Muschel?“, wollte sie den Seiltänzer fragen. „Kann ich meine Mutter damit tatsächlich hören?“

Doch ihre Fragen blieben unbeantwortet, denn der Mann in Weiß war spurlos verschwunden, als hätte der Erdboden ihn verschluckt. Samira sah sich suchend um, aber sie konnte ihn nirgendwo entdecken. Noch immer spielten die Kinder unter dem Feigenbaum.

Samira hielt die Muschel noch einmal ans Ohr, aber diesmal blieb sie stumm. Vorsichtig legte sich Samira das Lederband mit dem kostbaren Geschenk um den Hals und machte einen festen Knoten. Sie durfte die Muschel auf keinen Fall verlieren. Schon jetzt kam sie ihr wertvoller vor als ein funkelnder Diamant. Ihr Vater würde Augen machen, wenn er zurückkam!

Sorgen um Tarik

Bald hatte Samira genug vom Herumstreifen. Die Hitze machte sie müde, und sie sehnte sich danach, sich auszuruhen und in die Kühle ihres Herbergszimmers zurückzukehren. Die Stadt kam ihr auf einmal zu laut und eng vor. Immer wieder wurde sie angerempelt. Ein Kamel schnappte sogar nach ihr, Samira konnte gerade noch rechtzeitig ihren Arm zurückziehen, um nicht gebissen zu werden.

„Steh nicht im Weg rum, Junge!“, herrschte der Kameltreiber sie an. „Hast du nichts zu tun?“

Samira starrte ihn böse an. „Wenn Ihr Euer Tier genauso unfreundlich behandelt, wundert es mich nicht, dass es nach Menschen schnappt!“

Der Mann drohte ihr mit seiner Peitsche, und sie machte, dass sie wegkam.

Sie verlief sich in dem Gewirr der Gassen, aber zum Glück kam sie irgendwann zum Marktplatz zurück. Von dort aus konnte sie sich wieder an den Weg zur Karawanserei erinnern.

Der Gastraum war inzwischen geöffnet, und Samira fragte gleich den Wirt, ob ihr Vater schon zurückgekehrt sei.

„Ich hab ihn noch nicht gesehen“, brummte der Mann. „Was ist, willst du in der Küche mithelfen? Du siehst doch, dass ich mit der Arbeit kaum nachkomme – bei dem Betrieb, der jetzt herrscht."

Samira wäre lieber auf ihr Zimmer gegangen, doch sie wollte den Wirt nicht verärgern. Also begab sie sich in die Küche, wo die Küchenmagd sie in den nächsten Stunden herumscheuchte wie eine Sklavin. Samira musste Gemüse putzen, Teig kneten und aufpassen, dass das Fleisch in der Pfanne nicht verkohlte. Obwohl sie sich große Mühe gab, konnte sie der Frau nichts recht machen. Samira wurde ständig von ihr angemeckert. Als ihr ein Topf aus der Hand glitt, bekam sie sogar eine Ohrfeige.

„Du dummes Ding, kannst du nicht aufpassen?", schrie die Küchenmagd sie an. „Kehr gefälligst das Zeug vom Boden auf, und dann scher dich dorthin, wo der Pfeffer wächst!"

Samira hatte vor Wut Tränen in den Augen. Sie kniete sich nieder und sammelte das geschnippelte Gemüse auf. Bevor sie es zum Abfall geben konnte, wurde es ihr von der Frau entrissen. Samira sah fassungslos zu, wie das schmutzige Gemüse in den Schalen für die Gäste landete. Um ein Haar hätte sie sich übergeben.

„Jetzt hau schon ab, du nutzloses Gör!", schnaubte die Küchenmagd. „Du bist mir wirklich keine Hilfe, du Trampel!"

Samira machte, dass sie wegkam. Hastig stieg sie die Stufen zu ihrem Zimmer hinauf. Sie fand den Raum so vor, wie sie ihn verlassen hatte. Ihr Vater war noch nicht zurückgekehrt.

Samira setzte sich auf ihren Schlafsack. Ihre Kleidung roch nach den Küchendünsten. Am liebsten hätte sie sich alles vom Leib gerissen und ein Bad genommen. Doch in der Herberge konnte man sich nur mithilfe einer Waschschüssel waschen, und

Samira traute sich nicht, allein ein öffentliches Bad aufzusuchen. Zu Hause begleitete sie immer eine Freundin oder eine Tante. Seufzend stand Samira auf, um sich mit dem Rest des Wassers zu erfrischen, das sich noch in der Schüssel befand. Das spärliche Wasser bedeckte kaum den Schüsselboden, außerdem schwamm eine fette Fliege darin.

Samira nahm die Schüssel, um sie im Hof auszukippen und mit frischem Wasser zu füllen.

Etwas später fühlte sie sich einigermaßen erfrischt und hatte ein anderes Gewand angezogen. Draußen begann es allmählich zu dämmern. Jetzt konnte es nicht mehr lang dauern, bis Tarik zurückkam. Samira setzte sich wieder auf den Schlafsack und holte die Muschel hervor.

Hatte sie wirklich die Stimme ihrer Mutter gehört oder sich alles nur eingebildet? Vorsichtig strich Samira über das wunderschöne Gehäuse. Sie hatte noch nie eine so hübsche Muschel gesehen. Warum hatte der Seiltänzer sie ihr geschenkt? Und wieso war er auf einmal verschwunden, bevor sie ihm richtig für den wundersamen Gegenstand hatte danken können?

Sie hielt die Muschel ans Ohr und lauschte. Eine leise Melodie ertönte, und Samiras Herz klopfte schneller. Aber dann merkte sie, dass die Melodie von draußen kam. Irgendein Straßenmusikant ging vor der Herberge hin und her. Samira schluckte ihre Enttäuschung hinunter.

„Mutter?“, fragte sie vorsichtig. „Kannst du mich hören?“ Sie spitzte die Ohren. Sie hörte in der Muschel jedoch nur ihr eigenes Blut rauschen; es klang tatsächlich ein bisschen wie das

Meer. Samira schloss die Augen, um ihre Tränen zurückzuhalten. Sie hatte sich getäuscht. Es war gar keine Zaubermuschel, sie hatte sich die Stimme ihrer Mutter bestimmt nur eingebildet! Eine große Traurigkeit überkam sie.

Doch plötzlich vernahm Samira in der Muschel außer dem Rauschen noch ein anderes Geräusch. Es klang wie die Rufe von Möwen. Gleichzeitig veränderte sich das Rauschen. Samira konnte jetzt deutlich das Schlagen von Ruderblättern hören, so als würde jemand in einem Boot sitzen und rudern.

...mira, keuchte eine Stimme, *hörst du mich? Du musst auf dich aufpassen, versprichst du mir das?*

„Mutter!“, rief Samira aufgeregt und sprang auf. „Wo bist du? Kommst du zurück?“

Die Ruderschläge wurden lauter. Wind heulte in der Muschel. Es klang, als würde ein Sturm aufziehen. Samira konnte die Stimme kaum noch verstehen, sie klang abgehackt und wie aus weiter Ferne.

Große Gefahr ... nicht ins Verderben ... ich liebe ... sag Tarik ...

Samiras Lippe bebte. Sie streckte ihre Hand aus, als könnte sie so das Boot berühren und ihre Mutter zu sich ziehen. Doch da war kein Meer und auch kein Boot, sondern nur das dämmrige Zimmer, in dem Samira und ihr Vater geschlafen hatten.

Samira zitterte am ganzen Leib, als sie die Muschel vom Ohr nahm. Das Geschenk des Seiltänzers musste ein sehr starker magischer Gegenstand sein. Womöglich überwand die Kraft der Muschel sogar die Grenzen des Totenreichs. Samira erschauderte. Wie gerne hätte sie jetzt mit jemandem darüber gesprochen!

Als sie sich schlafen legte, war ihr Vater noch immer nicht zurückgekehrt. Ihr Herz wurde schwer. Vielleicht war er irgendwo unerwartet aufgehalten worden. Sie versuchte, sich keine zu großen Sorgen zu machen, schließlich war ihr Vater ein erwachsener Mann und sehr erfahren, was Reisen anging. Trotzdem hinderte die Unruhe Samira am Einschlafen. In ihrer Fantasie malte sie sich aus, dass ihm Schreckliches widerfahren war. Immer wieder hörte man von Raubüberfällen, die Reisenden zustießen. Tarik könnte auch einen Unfall gehabt haben, vielleicht hatte sich sein Pferd unterwegs das Bein gebrochen.

Moment. Samiras Gedanken wanderten wieder zu Rayan, der im Stall der Herberge stand. Es war schon sehr merkwürdig, dass ihr Vater ohne seinen Hengst aufgebrochen war. Vielleicht hatte er gar nicht die Stadt verlassen.

In Samiras Vorstellung tauchte plötzlich das Bild auf, wie Tarik vor den Toren der Karawanserei zusammengeschlagen wurde. Sie schoss hoch, der Schweiß brach ihr aus. Vielleicht war ihr Vater ja von jemandem schwer verletzt oder gar umgebracht worden, während sie hier in diesem Zimmer ahnungslos auf seine Rückkehr wartete!

An Schlaf war nicht mehr zu denken. Samira zog sich rasch etwas über und ging hinunter in die Wirtsstube. Es war schon sehr spät, aber immer noch war die Gaststube gut gefüllt. Der Wirt warf ihr einen ärgerlichen Blick zu, als sie auf ihn zutrat.

„Was willst du noch hier? Ich habe deinem Vater versprochen, dass ich ein Auge auf dich habe. Und um diese Stunde haben Mädchen wie du längst zu schlafen!“ Es klang ziemlich herablassend.

Samira biss sich auf die Lippe, um nicht aus der Haut zu fahren. „Hat mein Vater Euch gesagt, mit wem er sich treffen will? Ich mache mir Sorgen, weil er noch nicht zurückgekommen ist, obwohl er es versprochen hat."

„Tut mir leid, aber dein Vater hat mich nicht in seine Pläne eingeweiht", erwiderte der Wirt, aber er wirkte nicht so, als habe er Mitgefühl für Samira. „Kann ja sein, dass er unterwegs eine Frau getroffen und sich verliebt hat. Da fällt der Abschied schon mal schwer. Falls er bis morgen Abend nicht zurück ist, musst du dir allerdings eine andere Bleibe suchen. Ich habe mich auf eure Abreise eingestellt; übermorgen trifft eine große Karawane ein, und ich brauche den Schlafraum."

„Danke", murmelte Samira, die keineswegs beruhigt war, im Gegenteil. Es war nicht die Art ihres Vaters, sich mit irgendwelchen Frauen einzulassen. Er trauerte immer noch um Djamila, die seine große Liebe gewesen war, wie er immer wieder betonte.

Mit schwerem Herzen verließ Samira den Gastraum und kehrte in ihr Zimmer zurück. In ihrem Kopf arbeitete es fieberhaft. Falls ihr Vater tatsächlich nicht zurückkehrte, was dann? Sie war mutterseelenallein in dieser fremden Stadt. Sie kannte niemanden, an den sie sich wenden konnte. Für einen kurzen Augenblick kam ihr der Seiltänzer in den Sinn. Er hatte so freundlich gewirkt. Würde er ihr helfen, wenn sie ihm ihr Herz ausschüttete? Vielleicht konnte sie die Gauklertruppe begleiten und sich gemeinsam mit ihr auf die Suche nach ihrem Vater machen.

Neue Hoffnung keimte in ihr auf. Es war gut, einen Plan zu haben, falls Tarik tatsächlich nicht zurückkommen sollte. Aber vielleicht war er ja nur aufgehalten worden, und sie machte sich ganz umsonst Sorgen.

Sie schlüpfte in ihren Schlafsack, umklammerte fest die Muschel und sank in einen erschöpften Schlaf.

Am nächsten Morgen erschien sie rechtzeitig zum Frühstück, das ihr die Küchenmagd freudlos servierte. Das Fladenbrot war alt und schmeckte schon ein wenig ranzig, und das Joghurtgetränk kam Samira besonders sauer vor. Sie verdrängte die Erinnerung an das, was sie gestern in der Küche gesehen hatte. Sie hatte Hunger und konnte es sich nicht leisten, wählerisch zu sein.

Nach dem Frühstück lief sie in den Stall, um nach den Pferden und dem Maultier zu sehen. Alle Tiere waren versorgt, aber Rayan machte einen unzufriedenen Eindruck. Er war es nicht gewohnt, so lange im Stall stehen zu müssen. Nervös stampfte er mit den Hufen und schnaubte ungeduldig.

„Ruhig, Rayan, ruhig“, redete Samira auf ihn ein. „Bald kommt Vater zurück, und dann galoppiert ihr zusammen durch die Wüste, schnell wie der Wind.“ Sie wollte seinen Hals streicheln, aber er zuckte vor ihrer Berührung zurück und legte die Ohren an. Samira sah das Weiße in seinen Augen.

„Was ist denn mit dir los? Warum regst du dich denn so auf? Ich bin's doch nur, Samira. Kennst du mich nicht mehr?“

Dann entdeckte sie ein paar Striemen auf seiner Kruppe. Sie erschrak bis ins Innerste. „Du bist geschlagen worden!“, sagte sie voller Mitleid. „Wer hat dir das angetan? Ach, wenn du nur reden könntest!“

Rayan wieherte, aber es war nicht das zärtliche Wiehern, das er ihr sonst manchmal schenkte. Samira wusste, dass er von Natur aus ein sehr scheues Tier war und es lange dauerte, bis er jemandem vertraute. Sie hatte sich immer sehr um ihn bemüht. Doch jetzt schienen all ihre Anstrengungen zunichtegemacht worden zu sein, weil irgendjemand den Hengst misshandelt hatte. Ob das der Stalljunge gewesen war? Na warte, den würde sie sich vorknöpfen!

Doch der Junge ließ sich nicht blicken. Samira vergewisserte sich, dass es Aida und Yara gut ging, dann verließ sie die Herberge, um nach der Gauklertruppe zu suchen.

Auf dem Marktplatz herrschte wie am Tag zuvor reges Treiben, aber weder der Stelzenmann noch der Jongleur war zu sehen. Auch vom Seiltänzer gab es keine Spur. Samira erkundigte sich bei einigen Händlern nach der Gauklertruppe, doch als Antwort erhielt sie bei den meisten nur ein Schulterzucken. Ein Fischverkäufer teilte ihr schließlich mit, dass die Gauklertruppe schon am Abend zuvor die Stadt verlassen habe und weitergezogen sei.

„Seid Ihr sicher?“, fragte Samira, während ihr der Mut sank.

„Wenn ich Märchen erzählen würde, müsste ich nicht diese Fische verkaufen“, antwortete der Händler. „Meine Augen sind war alt, aber ich sehe noch immer ganz gut. Glaub mir,

Junge, sie haben gestern ihre Sachen zusammengepackt und sind aufgebrochen. Wahrscheinlich sind die Menschen hier nicht besonders freigiebig mit ihren Münzen, sodass es sich nicht gelohnt hat, noch länger zu bleiben."

„Vielen Dank", murmelte Samira. Sie ging weiter und suchte sich einen ruhigen Platz, wo sie ihren Gedanken nachhängen konnte. Ihre Enttäuschung war groß, dass sich die Gaukler nicht mehr in der Stadt aufhielten. Damit war ihr Plan zerstört. Immer noch hatte sie die Hoffnung, dass Tarik zurückkommen würde, aber tief im Innern ahnte sie, dass etwas passiert war und sie auch an diesem Tag vergebens auf ihn warten würde.

Ihre Ahnung trog sie nicht. Am späten Nachmittag, als die Herberge wieder ihre Gaststube öffnete, war Tarik immer noch nicht aufgetaucht und hatte auch keine Nachricht geschickt.

Ob der Wirt wirklich seine Drohung wahr machen und sie rauswerfen würde? Samira versuchte, ihm aus dem Weg zu gehen, und stahl sich unauffällig die Treppe hinauf zu ihrem Zimmer. Doch der Wirt kam ihr hinterher.

„Warte auf mich, Mädchen!"

Samira wandte sich um und starrte ihn mit pochendem Herzen an. „Was gibt es, Herr?"

„Dein Vater ist nicht zurückgekommen", begann er ohne Umschweife. „Ich muss euer Zimmer für die Karawane herrichten, die morgen eintreffen wird. Pack daher so schnell wie möglich deine Sachen zusammen und scher dich weg, bevor es dunkel wird."

Samira lief ein Schauder über den Rücken bei dem Gedanken, die Nacht ohne Bleibe in der Stadt verbringen zu müssen. Sie versuchte es mit Betteln.

„Bitte, Herr, kann ich nicht noch bis morgen früh hierbleiben? Nur zum Schlafen! Ich verspreche, dass ich weg bin, bevor die Karawane eintrifft. Nur noch diese eine Nacht, bitte! Habt ein Herz, Herr!"

Einen Moment lang sah es so aus, als ließe sich der Wirt erweichen. Doch dann verhärteten sich seine Gesichtszüge.

„Nichts da, Mädchen! Dein Gewinsel ist nutzlos. Dein Vater schuldet mir sowieso noch das Geld für eure Unterkunft, die Mahlzeiten und die Verpflegung eurer Tiere. Und da er nicht da ist, um die Summe zu bezahlen, werde ich eure Pferde und das Maultier als Pfand behalten. Dich aber will ich nicht länger hier sehen. Also, pack deinen Kram und troll dich!"

Samira glaubte, ihren Ohren nicht zu trauen. Er wollte die Pferde behalten? Allein der Hengst war hundertmal mehr wert, als sie dem Wirt schuldeten! „Das ist Diebstahl!", rutschte es ihr heraus. „Das könnt Ihr nicht machen!"

„So, das kann ich nicht?", spottete der Mann. „Dann ruf doch die Wachen, kleines Mädchen! Mal sehen, wem man mehr glaubt – mir als angesehenem Wirt oder dir als elternlosen Rotzgöre und Herumtreiberin. Wenn ich sage, dass du mich in der Küche bestohlen hast, dann nehmen sie dich mit, und du kommst hinter Schloss und Riegel!"

Samira schnappte vor Empörung nach Luft. „Das ist so ungerecht!", stieß sie aus und ballte die Fäuste. „Mein Vater kommt bestimmt bald zurück, und dann bezahlt er alles, was er Euch schuldig ist. Die Pferde dürft Ihr uns nicht einfach wegnehmen, Rayan ist ein so wertvoller Hengst!"

Die Miene des Wirts blieb unverändert streng, also versuchte es Samira mit Betteln. „Lasst mir wenigstens meine Stute Aida! Dann kann ich mit ihr meinen Vater suchen!"

Alles war vergebens.

„Pack deine Sachen, Mädchen!", schnauzte der Wirt sie an. „Und wehe, wenn du eines der Tiere aus dem Stall stiehlst!"

Zähneknirschend kehrte Samira in ihr Zimmer zurück. Während sie ihre Sachen zusammenpackte, liefen ihr die Tränen übers Gesicht. Wo sollte sie hin? Eine Nacht allein im Freien zu verbringen, war gefährlich, erst recht für ein Mädchen wie sie. Und sie würde nicht einmal ihre Stute Aida dabeihaben, die einen Angreifer mit ihren Hufen abwehren würde. Sie vermisste ihre Stute schon jetzt. Warum hatte ihr das Schicksal eine so schwere Prüfung auferlegt?

Entschlossen wischte sie sich übers Gesicht. Selbstmitleid half auch nicht, im Gegenteil. Sie würde das Zimmer räumen, sich ein ruhiges Plätzchen zum Nachdenken suchen und dann eine Lösung finden. Sie war klug und hatte Fantasie. Ihr würde schon etwas einfallen.

Endlich hatte sie ihre Sachen gepackt und schulterte ihr Gepäck. Es war ganz schön schwer, aber sie wollte weder den Schlafsack ihres Vaters noch seine wenigen Habseligkeiten zurücklassen. Zum Glück hatte er die meisten Stoffe bereits verkauft. Leider hatte er auch fast das ganze Geld mitgenommen, sodass Samira nur noch ein paar Münzen besaß, die nicht lange reichen würden.

Der Wirt wartete unten an der Treppe. Er machte ein grimmiges Gesicht, als sich Samira an ihm vorbeischob.

„Betrüger!“, zischte sie, unfähig, ihre Wut zu unterdrücken.

„Das habe ich gehört!“, schnaubte er. „Pass auf, was du sagst, wenn du keinen Ärger bekommen willst.“

„Ärger habe ich schon genug“, murmelte Samira schnippisch, ließ ihn stehen und ging zur Hintertür, weil sie sich im Stall noch von den Pferden und dem Maultier verabschieden wollte. Kurz kam ihr die Idee, die Tiere einfach zu stehlen – trotz der Drohung des Wirts. Es war wirklich nicht rechtens, dass er sie einfach als Pfand für die ausstehenden Schulden behielt.

Aber als Samira in den Stall kam, waren die Plätze, auf denen noch kurz zuvor Rayan, Aida und Yara gestanden hatten, leer. Samira entdeckte nur noch ein paar Pferdeäpfel. Sie suchte den ganzen Stall ab, aber alle Reittiere waren ihr fremd. Schließlich erwischte sie den Stalljungen, der gerade mithilfe einer Mistgabel und eines Karrens das schmutzige Stroh entfernte.

„Wo sind unsere Tiere?“, fuhr Samira den Jungen an. „Was habt ihr mit ihnen gemacht?“

„Mal schön langsam, Mädchen!“ Der Junge grinste sie arrogant an. „Ich hab gar nichts gemacht außer Befehle ausgeführt.

Ein Mann ist gekommen und hat die Tiere mitgenommen. Wir brauchen den Platz für die Karawane, die morgen erwartet wird."

„Aber das ist Diebstahl!", schrie Samira, während ihr erneut Tränen des Zorns in die Augen stiegen. „Die Pferde und das Maultier gehören meinem Vater und mir!" Sie hatte große Lust, den Jungen an den Schultern zu packen und zu schütteln. Das hätte vielleicht sogar funktioniert, obwohl der Junge ein Stück größer und kräftiger war als Samira, denn die Wut erfüllte sie mit mächtiger Energie. Doch ihr Vater hatte ihr beigebracht, dass Gewalt in den seltensten Fällen eine Lösung war und dass man Konflikte besser friedlich austrug. Deswegen gab sie dem Impuls nicht nach.

„Das mag sein, aber ihr habt eure Rechnung nicht bezahlt", sagte der Junge und lächelte wieder von oben herab. „Deswegen hat der Wirt die Tiere verkauft, um an sein Geld zu kommen."

Kein Funke des Bedauerns oder des Mitgefühls lag in seiner Stimme. Samira war sich plötzlich sicher, dass es der Junge gewesen war, der Rayan mit der Peitsche geschlagen hatte. Wie konnte jemand, der Tiere quälte, in einem Stall arbeiten? Tiere waren lebendige Geschöpfe, die genau wie die Menschen Schmerz empfinden konnten. Das hatte Samira schon in frühester Kindheit gelernt. Nie wäre es ihr eingefallen, den sensiblen Hengst Rayan zu beschimpfen oder auszupeitschen, wenn er nicht das tat, was er tun sollte. Tarik hatte ihr erklärt, dass Rayan wahrscheinlich als Fohlen eine schlechte Behandlung erfahren hatte und erst wieder lernen musste, den Menschen zu vertrauen. Ein Pferd wurde niemals einfach so böse gegenüber seinem Besitzer, es gab immer einen Grund. Um Tiere richtig verstehen zu können, musste man sich in sie einfühlen können, und Samira besaß diese Gabe in großem Ausmaß. Dem Stalljungen dagegen schien jegliches Einfühlungsvermögen fremd zu sein, egal, ob es um Tiere oder Menschen ging.

Samira schluckte ihre Wut hinunter. „Kannst du mir wenigstens sagen, wohin der Mann die Tiere gebracht hat?“

Der Junge zuckte mit den Schultern. „Keine Ahnung. Und wenn ich's wüsste, dann würde ich es dir nicht verraten.“

Samira stampfte mit dem Fuß auf. „Du bist wirklich ausgesprochen nett“, meinte sie bissig. Dann kehrte sie ihm den Rücken zu und verließ den Stall. Es hatte keinen Sinn, mit ihm zu streiten. Der Verlust der Tiere traf sie schwer. Es machte sie traurig, dass sie sich nicht einmal von Aida hatte verabschieden können. Die Stute würde bestimmt nicht verstehen, warum sich Samira nicht mehr blicken ließ. Wahrscheinlich dachte sie, das Mädchen würde sie im Stich lassen!

Mit schwerem Herzen trat Samira durch den Torbogen der Karawanserei auf die Straße. Es war schon dunkel, aber ringsum herrschte noch geschäftiges Treiben. Viele Menschen genossen nach getaner Arbeit ihren Feierabend, während die Hitze des Tages langsam wich. Samira wusste nicht, wohin sie sich wenden sollte, und hob schließlich den Blick zum Himmel. Dort funkelten unzählige Sterne. Der Sichelmond zeigte sich neben der Kuppel eines hohen Gebäudes. Samira griff nach der Muschel, die an dem Lederband um ihren Hals hing. Das Gehäuse fühlte sich warm an, und obwohl Samira wusste, dass es ihre Haut war, von der die Wärme stammte, fühlte sie sich mit einem Mal getröstet und wieder voller Zuversicht. Sie würde einen Platz für die Nacht finden. Und es würde ihr auch gelingen, ihren Vater aufzuspüren.

Entschlossen entfernte sie sich von der Karawanserei. Ihre Füße trugen sie durch die Dunkelheit.

Das Rätsel um die Tränenwandlerin

Der Mond war schon ein ganzes Stück weitergewandert, als Samira endlich einen Unterschlupf gefunden hatte. Es handelte sich um einen verfallenen Schuppen, der zu einem verlassenen Haus gehörte. Früher hatte er einmal als Ziegenstall gedient, und ein leichter Geruch danach hing immer noch in der Luft. Samira störte sich nicht daran. Sie versteckte ihr Gepäck in einer Ecke unter einem Haufen Stroh, breitete daneben ihren Schlafsack aus und schlüpfte hinein. Obwohl sie hungrig und durstig war, übermannte sie die Müdigkeit, und sie fiel in einen tiefen Schlaf.

Sie träumte, dass sie und Tarik auf ihren Pferden durch die Wüste ritten.

„Warum willst du unbedingt diesen Teppich haben, Vater?“, fragte Samira, nachdem sie zu Tarik aufgeschlossen hatte. „Was hat es mit ihm auf sich?“ Ihre Stute war ein Stück kleiner als Rayan, und sie musste zu ihrem Vater aufschauen. Tarik blickte mit ernster Miene zu ihr herab, sein grauer Bart bewegte sich sachte im Wind, während der Smaragd auf seinem Turban im Sonnenlicht funkelte.

„Dieser Teppich, mein Kind, ist keine Bodenbedeckung und auch kein Wandschmuck“, erwiderte Tarik. „Ich suche seit über zwei Jahren nach ihm, und endlich habe ich eine Spur gefunden. Deswegen machen wir die lange Reise."

„Aber was ist so besonders an ihm?", hakte Samira nach.

„Er kann fliegen."

„Ist das wirklich wahr, Vater? Ich habe schon so viel von fliegenden Teppichen gehört und gelesen, aber noch nie einen in Wirklichkeit gesehen. Geht das überhaupt, dass sich so ein Teppich in die Luft erhebt? Kann Magie so stark sein?"

„Magie kann sogar noch viel stärker sein, Samira." Der Vater seufzte leise. „Manchmal überwindet sie sogar Welten. Du weißt, dass deine Mutter in unseren Herzen weiterlebt." Er zögerte, so als scheute er sich, weiterzusprechen. Dann holte er Luft und fuhr stockend mit seiner Rede fort. „Dieser Teppich ... nun, er ist vielleicht eine Möglichkeit, zu Djamila zu gelangen."

Samira war von seiner Antwort so überrascht, dass sie unwillkürlich an den Zügeln gezogen hatte und Aida stehen blieb. Auch der Vater hielt seinen Hengst an. Der Wüstenwind wirbelte kleine Staubkreise um sie herum.

„Was sagst du da, Vater?" Samiras Stimme klang krächzend. „Mutter ist doch tot."

„Wenn das Schicksal es will, werden wir uns eines Tages alle wiedersehen", entgegnete Tarik.

„Wie meinst du das? Wenn wir auch tot sind?"

Tarik nickte. „Spätestens dann. Aber vielleicht finden wir auch früher einen Weg." Er drückte seinem Hengst die Fersen in die Flanken, und Rayan trabte los. Samira hatte Mühe, ihm zu folgen.

„Und was hat der Teppich damit zu tun? Heißt das, wir können mit dem Teppich zu Djamila fliegen?“, rief sie ihrem Vater nach.

Rayan war schon in Galopp gefallen, und der Wind verwehte Samiras Worte. Samira wollte jedoch um jeden Preis eine Antwort und trieb Aida an. Aber Rayan hatte die längeren Beine und das feurigere Temperament. Und so vergrößerte sich der Abstand zwischen Vater und Tochter. Samira fiel immer weiter zurück, und schließlich waren ihr Vater und sein Pferd nur noch ein kleiner dunkler Punkt am Horizont.

Ich will es aber wissen!, dachte Samira und ballte die Hände zu Fäusten. Und mit diesem Gedanken erwachte sie auch, die Hände fest um den Rand ihres Schlafsacks geschlossen. Sie hatte sich so verkrampft, dass sie Mühe hatte, die Hände zu öffnen.

„Ich will es aber wissen!“, wiederholte sie und setzte sich auf. Durch die Spalten der Holzwände fiel die Morgensonne. Samira hatte viele Stunden lang tief und fest geschlafen, obwohl es ihr so vorkam, als sei sie nur kurz eingenickt. Sie hatte noch ganz deutlich ihren Traum vor Augen und die Stimme ihres Vaters im Ohr. Diesen Ritt durch die Wüste hatte es so nie gegeben. Ihr Vater war allen genaueren Fragen nach dem geheimnisvollen Teppich immer ausgewichen. Klar, ein echter fliegender Teppich war jedermanns Wunsch, viele redeten davon, und man erzählte darüber die abenteuerlichsten Geschichten. Aber noch nie hatte Samira einen Beweis erhalten, dass es ein solches Wunderding tatsächlich gab. Und ihr Traum hatte ihr ja noch mehr verraten! Konnte es wahr sein, dass der Vater tatsächlich auf der Jagd nach einem magischen Teppich war, der Djamila zurückbringen konnte? Sie wollte es so gern glauben.

Jetzt hatte sie zumindest eine mögliche Erklärung für seine Heimlichtuerei, und sie konnte auch verstehen, dass er bereit war, jedes Risiko einzugehen, um einen so wundersamen Teppich in seinen Besitz zu bringen.

Samira kroch mit klopfendem Herzen aus ihrem Schlafsack. Ihr Magen knurrte. Sie beschloss, sich mit ihrem letzten Geld zunächst etwas zu essen zu besorgen, bevor sie weitere Pläne machte.

Der Morgen war frisch. Noch hatte es die Sonne nicht fertiggebracht, die Kühle der Nacht zu vertreiben. Wasserträger waren unterwegs, Eselkarren rumpelten die Straße entlang, Händler bauten ihre Stände auf. Eine schwarze Katze strich um Samiras Beine und maunzte sie an, die gelben Augen eindringlich auf das Mädchen gerichtet. Es klang wie eine Warnung.

„Ja, du hast recht, ich muss vorsichtig sein", sagte Samira zu dem samtpfotigen Tier und bückte sich, um es zu streicheln. „Auf keinen Fall darf ich mich als Mädchen zu erkennen geben." Sie stopfte sorgfältig ihre Locken unter ihre Kopfbedeckung und vergewisserte sich, dass auch keine Strähne hervorlugte.

Kühler Wind strich über ihre Haut, als sie durch die Gassen lief, auf der Suche nach einer Garküche, bei der sie sich ein Frühstück kaufen konnte. Schließlich verzehrte sie ein Fladenbrot, das mit Zwiebeln und Oliven gefüllt war, dazu trank sie süßen Tee. So gestärkt fühlte sie sich bereit, den Problemen, die vor ihr lagen, zu begegnen. Es musste doch möglich sein, jemanden, der vermisst wurde, bei den Wachen zu melden. Verbrecher wurden ja auch gejagt und aufgespürt. Warum sollte man nicht auch ihren Vater finden können?

Tarik hatte sie schon früh gelehrt, dass die Wachen und Soldaten des Herrschers auch dazu da waren, Menschen zu helfen, beispielsweise nach heftigen Stürmen oder Überschwemmungen. Man konnte ihnen auch ein Unrecht melden, das einem widerfahren war, oder als Zeuge aussagen, wenn man eine Prügelei oder einen Überfall beobachtet hatte. Die Wachen würden sich darum kümmern und dafür sorgen, dass der Weg der Gerechtigkeit eingeschlagen wurde. Schwere Fälle wurden dem Herrscher gemeldet, und dieser hielt dann Gericht, bestrafte die Schuldigen und sprach die Unschuldigen frei.

„Unser Herrscher ist ein weiser und gerechter Mann“, sagte Tarik immer. „Wir können froh sein, dass so ein kluger Kopf über uns herrscht und er kein Tunichtgut ist wie sein Vorgänger. Der hat in Saus und Braus gelebt, und es war ihm egal, dass die Armen immer noch ärmer wurden.“

Samira fasste sich ein Herz. Jedes Mal, wenn sie Wachen auch nur aus der Ferne sah, wurde sie aufgeregt, obwohl sie nichts zu verbergen hatte. Wahrscheinlich lag das an ihren beeindruckenden roten Uniformen und den strengen Mienen, die sie aufsetzten, wenn sie aufmerksam umherstreiften. Es kostete Samira Mut, sich ihnen zu nähern und sie anzusprechen. Sie musste dreimal ansetzen, und ihre Stimme wollte ihr erst nicht gehorchen.

„Verzeihung, edle Herren! Ich bitte um einen Moment Aufmerksamkeit.“ War das die richtige Ansprache? Oder hätte sie besser statt „edle“ „gnädige Herren“ sagen sollen? Egal, jetzt war es zu spät.

Einer der beiden Wachen blieb stehen und musterte sie streng von oben bis unten.

„Was hast du auf dem Herzen, Junge?“, fragte er. „Aber fass dich kurz und stiehl uns nicht die Zeit!“

„Entschuldigung“, murmelte Samira eingeschüchtert und fing vor Verlegenheit an zu stottern. „Mein Vater ... der Kaufmann Tarik ... er handelt mit Stoffen ... also ... mein Vater ist seit vorgestern verschwunden, dabei wollte er am Abend desselben Tages zurückkehren.“

„Er ist erst seit zwei Tagen weg?“, schaltete sich der andere Wachmann ein. „Junge, du müsstest doch längst wissen, dass ein Kaufmann oft lange Reisen unternehmen muss, um Waren zu beschaffen oder zu verkaufen. Warum gehst du nicht heim zu deiner Mutter und wartest dort auf die Rückkehr, anstatt uns unnütze Arbeit aufzuhalsen?“

„Wir sind nicht von hier“, stammelte Samira. Sie spürte, dass die Wachen sie nicht ernst nahmen, und das vergrößerte ihre Unsicherheit. „Mein Vater und ich sind schon länger unterwegs. Hier in dieser Stadt haben wir in der Herberge *Zum Sanften Abendwind* übernachtet. Mein Vater hatte einen wichtigen Geschäftstermin, zu dem er mich leider nicht mitgenommen hat. Und von diesem Termin ist er nicht zurückgekehrt.“

Die Wachen wechselten einen bedeutsamen Blick. Einer wackelte anzüglich mit den Augenbrauen.

„Ei, was war das denn für ein Termin? Könnte es sein, dass er dich nicht mitgenommen hat, weil du dafür noch zu grün hinter den Ohren bist? Wie alt bist du, Junge? Elf?“

„Ich bin dreizehn!“, empörte sich Samira. Fast wäre es ihr herausgerutscht, dass sie ein Mädchen war. „Und mein Vater wollte mich nicht mitnehmen, weil … weil er einen sehr seltenen Teppich sucht und das Geschäft vielleicht mit einer Gefahr verbunden ist.“ Kaum hatte Samira zu Ende gesprochen, wurde ihr bewusst, dass sie einen Fehler gemacht hatte. Sie hätte das Stichwort *Gefahr* nicht erwähnen dürfen, denn es führte die Wachen auf eine falsche Fährte.

„Moment! Macht dein Vater vielleicht unlautere Geschäfte?“, fragte der eine.

„Versucht er etwa, den Teppich zu stehlen oder jemanden zu erpressen?“, fügte der andere hinzu.

Beide starrten Samira grimmig an, und sie spürte, wie ihr das Blut in die Wangen schoss.

„Mein Vater ist ein ehrenwerter Mann“, stieß sie hervor. „Er erpresst niemanden, und er stiehlt auch nichts. Alle Waren, die er erwirbt, bezahlt er an Ort und Stelle!“

„Und warum soll dann ein solches Geschäft gefährlich sein?“, wollte einer der Wachen wissen.

„Weil … weil … der Teppich ist so selten … Er ist wertvoll … und vielleicht … wird jemand ja neidisch …“ Samira merkte selbst, wie lahm ihre Antwort klang. Sie wusste nicht, ob es klug wäre zu erwähnen, dass es sich um einen magischen Teppich handelte, deswegen verschwieg sie dieses Detail.

„Das kommt mir alles sehr merkwürdig vor", sagte der zweite Wachmann. „Wenn dein Vater bei Nacht und Nebel irgendwelche dunklen Geschäfte macht und dabei zu Schaden kommt, hat er sich das selbst zuzuschreiben."

„Und wenn er unschuldig ist und man ihn unterwegs an einem einsamen Ort überfallen hat, dann können wir auch nichts für ihn tun", meinte der erste. „Die Wüste ist groß, Junge, und wenn du nicht genau weißt, wohin dein Vater geritten ist, dann können wir dir nicht helfen."

„Ich habe keine Ahnung, ob er überhaupt irgendwohin geritten ist", sagte Samira mit kläglicher Stimme. „Sein Pferd stand nämlich noch im Stall, nachdem mein Vater verschwunden ist. Das heißt, der Wirt hat Rayan inzwischen verkauft, und Aida und Yara auch, weil ... weil ..." Sie konnte nicht weiterreden, weil sie auf einmal von Schluchzern geschüttelt wurde.

Der erste Wachmann schlug Samira auf die Schulter. „Jetzt nimm dich mal zusammen, Junge! Heul nicht rum wie ein Mädchen!"

„Deine Geschichte klingt ziemlich verworren", sagte der zweite. „Ich glaube nicht, dass wir dir helfen können. Dein Vater kommt bestimmt in ein paar Tagen zurück. Oder auch nicht, wenn Banditen ihn überfallen haben und er irgendwo in der Wüste schmort – zur Freude der Geier!"

Die beiden Männer lachten, als hätte er einen guten Witz gemacht.

Samira war fassungslos. Warum glaubten sie ihr nicht? Und warum machten sie sich auch noch über ihr Unglück lustig?

Die Wachen ließen sie einfach stehen und gingen weiter. Samira starrte ihnen nach, verzweifelt und wütend zugleich. Wenn die

Wachen ihr nicht helfen wollten, an wen konnte sie sich dann wenden? Sie kannte doch niemanden in der Stadt!

Einen kurzen Augenblick kam ihr der Fremde namens Malik in den Sinn, aber alles in ihr wehrte sich gegen diese Idee. Ihr Instinkt sagte ihr, dass der Mann gefährlich war und dass sie sich besser von ihm fernhalten sollte. Tarik hatte sich an jenem Abend sicher nicht grundlos mit ihm gestritten.

Mit hängendem Kopf schlurfte Samira durch die Gassen. Sie hatte keine Ahnung, was sie jetzt machen sollte.

Eine alte Frau, die gerade eine Schar Tauben mit altem Brot fütterte, sprach sie an. „Warum bist du so traurig, Mädchen?"

Samira zuckte zusammen. Wie konnte es sein, dass die Alte sie als Mädchen erkannte? War vielleicht der Turban verrutscht? Fahrig richtete Samira ihre Kopfbedeckung.

Die Alte war näher gekommen, und Samira blickte in zwei hellblaue, lebendige Augen, wie sie sie noch nie bei einem Menschen gesehen hatte. Obwohl das Gesicht zahlreiche Runzeln aufwies, wirkte die Frau auf seltsame Weise jung. Samira beschloss, sich ihr anzuvertrauen.

„Mein Vater ist verschwunden und hat mich allein in dieser Stadt zurückgelassen. Ich bin sicher, dass ihm etwas zugestoßen ist, denn er hat fest versprochen, dass er zurückkommt. Ich habe gerade mit den Wachen gesprochen, aber sie glauben mir kein Wort und wollen auch nicht nach meinem Vater suchen."

Die Tauben umschwirrten die Alte, zwei setzten sich sogar auf ihren Kopf und eine auf ihre Schulter. Die Frau lächelte Samira an.

„Verzweifle nicht, Mädchen! Du bist noch so jung, ein ganzes Leben liegt vor dir. Vielleicht kann dir Rafi helfen, der wohnt vor der Stadt am Fluss. Du wirst ihn schon finden, wenn du nach ihm fragst. Er kann Verlorenes aufspüren, allerdings nur, wenn man ihn gut bezahlt."

Samira schniefte und hob die Schultern. „Ich habe leider nicht viel Geld. Aber danke für den Hinweis. Ich werde es auf alle Fälle bei Rafi versuchen."

„Tu das, mein Mädchen." Die Frau lächelte nun breiter. Samira sah, dass einige ihrer Zähne einen goldenen Überzug hatten.

Nun streckte die Alte ihren Arm aus. „Wenn du willst, kann ich dir aus der Hand lesen, Mädchen. Möchtest du wissen, was das Schicksal für dich bereithält?"

Ein Schauder überlief Samira. Wer oder was war die Alte? Eine Hexe? Eine Zauberin? Oder war sie nur ein verwirrtes altes Weib?

Es lockte Samira, die Zukunft zu erfahren. Gleichzeitig fürchtete sie sich davor.

„Es kostet dich kein Geld, Mädchen", sagte die Alte. „Ich lese dir ganz umsonst aus der Hand!"

Zögernd hielt Samira ihr die Hand hin. Die Alte ergriff sie und drehte sie so, dass die Handfläche nach oben zeigte. Dann beugte sie sich darüber, um alles ganz genau zu sehen. Eine graue Haarsträhne löste sich unter ihrer Kopfbedeckung und fiel auf Samiras Arm. Sie fühlte an der Stelle ein seltsames Prickeln, so als würde jemand mit einer stumpfen, erhitzten Nadel sachte über die Haut streichen.

„Du wirst eine weite Reise machen", murmelte die Alte.

„Viel Wundersames wird dir begegnen, aber dir drohen auch Gefahren.“ Sie blickte kurz auf in Samiras Gesicht. „Sei deswegen immer auf der Hut, mein Kind!“

Erneut wandte sie sich der Hand zu und strich mit ihrem knochigen Zeigefinger sanft über die zarten Linien in Samiras Handfläche. Lange sagte sie kein Wort, und Samira wurde langsam ungeduldig. Vielleicht hatte die Alte ja gar keine besondere Gabe, sondern wollte sich einfach nur wichtigmachen.

„Werde ich meinen Vater wiedersehen?“, fragte Samira schließlich, weil sie die Ungewissheit nicht länger aushielt.

„Ein langer Weg liegt vor dir“, grummelte die Frau, ohne auf Samiras Frage einzugehen. „Du hast unerwartete Begegnungen … und du wirst dort Freunde finden, wo du keine erwartest.“

„Ja, aber was ist mit meinem Vater?“, beharrte Samira.

Die Alte schaute erneut auf. Diesmal hatte Samira das Gefühl, dass ihr die Frau bis tief in die Seele blicken konnte.

„Du besitzt braungrüne Augen“, murmelte die Alte. „Und wenn du weinst, werden deine Augen grün. Stimmt das?“ Sie lachte meckernd.

Ein Stich durchfuhr Samira. „Woher wisst Ihr das?“ Ihrer Mutter war das Phänomen bereits aufgefallen, als Samira noch ganz klein gewesen war.

„*Tränenwandler* und *Tränenwandlerinnen* wie du sind ganz besondere Menschen“, sagte die Alte. „Ihnen ist ein abenteuerliches Leben beschieden. Aber wenn sie genügend Ausdauer haben, erreichen sie jedes Ziel.“

„Heißt das, dass ich meinen Vater finden werde?“

„Wenn du lange genug nach ihm suchst."

Die Alte ließ Samiras Hand los. „Pass auf dich auf, Mädchen, und lass dich nicht auf die dunkle Seite ziehen!" Sie machte mit ihren knochigen Fingern ein Zeichen in die Luft, vielleicht war es ein Zauberspruch oder ein Segen. Die Tauben flatterten plötzlich alle auf und flogen in südliche Richtung davon.

Samira hatte trotz der steigenden Temperatur eine Gänsehaut. Es gab ihr Kraft, dass die Alte ihr sagte, sie werde ihren Vater finden. Doch es hatte so geklungen, als würde das nicht morgen oder übermorgen sein, sondern erst in einigen Wochen oder Monaten. Und würde sie tatsächlich in der Lage sein, all die Gefahren zu überstehen, die die Alte angedeutet hatte?

Die Frau schlurfte bereits in gebückter Haltung über den Platz. Samira lief ihr nach.

„Wartet", rief sie. „Habt Ihr vielleicht noch einen guten Rat für mich? Irgendetwas, was ich unbedingt beachten muss?"

Die Alte wandte sich um. Ihre Augen funkelten wie zwei Saphire. „Hör auf dein Herz! Und tue anderen nie etwas an, was du nicht selbst erdulden könntest. Hilf jedem, der in Not ist! Auch wenn es so aussieht, als ob sich die Suche nach deinem Vater dadurch verzögert, so wird es dich letztlich ans Ziel bringen!" Mit diesen Worten zog sie ihre Kopfbedeckung tiefer ins Gesicht, richtete sich auf und schritt leichtfüßig davon. Von hinten hätte man sie jetzt für eine junge Frau halten können.

Samira starrte ihr eine Weile nach und versuchte, sich alles, was die Alte gesagt hatte, ins Gedächtnis zu rufen. Was für rätselhafte Sprüche! *Tränenwandlerin* hatte sie sie genannt.

Samira hatte diesen Begriff nie zuvor gehört. Automatisch nahm sie sich vor, Tarik danach zu fragen – aber dann fiel ihr ein, dass er ja nicht mehr da war. Neuer Schmerz durchflutete sie. Sollte sie wirklich jenen Mann namens Rafi aufsuchen, der Vermisste ausfindig machen konnte? Sie hatte ihm ja so gut wie nichts als Gegenleistung anzubieten.

„Trotzdem ist es einen Versuch wert", murmelte Samira entschlossen und machte sich auf den Weg zum Stadttor.

Der graue Detektiv Rafi

Samira musste lange herumfragen, bis sie das richtige Haus gefunden hatte. Es handelte sich eher um eine schäbig aussehende Hütte, die nicht sehr vertrauenswürdig wirkte. Besonders gute Geschäfte schien dieser Rafi wohl nicht zu machen! Ob es dann überhaupt einen Sinn hatte, ihn zu fragen?

Egal, dachte Samira und gab sich einen Ruck. Was hatte sie schon zu verlieren?

Entschlossen pochte sie an die hölzerne Tür, die schief in den Angeln hing.

Nichts geschah. Samira klopfte lauter, und ein Stück Holz splitterte von einem Brett ab. Sie erschrak und trat einen Schritt zurück. Hoffentlich warf Rafi ihr nicht vor, dass sie seine Hütte zerstörte.

Sie wartete einen Moment, aber als es drinnen immer noch ruhig blieb, entschied sie sich, zu rufen.

„Hallo! Herr Rafi, seid Ihr zu Hause?“

„Wer will das wissen?“ Ein hagerer Mann schlurfte hinter der Hütte hervor. Alles an ihm schien grau zu sein: seine fahle Haut, sein abgetragenes Gewand und vor allem die langen Haare und der Bart, der ihm fast bis zum Gürtel reichte. Seine Augenbrauen waren buschig, darunter funkelten graue Augen.

„Was willst du von mir, Junge?“, fragte er barsch, weil Samira nicht gleich geantwortet hatte. Doch sie war fasziniert von seiner Erscheinung. Noch nie hatte sie einen so farblosen Menschen gesehen!

„Bist du stumm?“, fuhr er sie gleich darauf an. „Ich habe keine Zeit für blöde Witze! Entweder sagst du mir jetzt, warum du gekommen bist, oder du scherst dich gleich wieder davon.“

„Ent-entschuldigung“, stammelte Samira. Sie räusperte sich. „Man sagte mir, dass Ihr helfen könnt, vermisste Personen zu finden. Mein Vater ist verschwunden, und die Wachmänner weigern sich, nach ihm zu suchen.“

„Soso“, murmelte Rafi. „Und wer hat dir gesagt, dass du mich aufsuchen sollst?“

„Das war eine alte Frau“, erwiderte Samira. „Ich kenne ihren Namen nicht. Ich habe sie vorhin getroffen, als sie die Tauben fütterte.“

„Soso“, wiederholte der graue Mann. „Na, dann komm mal rein in die gute Stube und erzähl mir genau, was passiert ist.“ Er öffnete die Tür und gab Samira mit einer Handbewegung zu verstehen, dass sie eintreten sollte.

Samira zögerte kurz. War es nicht leichtsinnig, einfach in das Haus eines Fremden zu gehen? Der dunkle Raum und die Gerüche, die aus ihm hervordrangen, waren nicht gerade verlockend.

„Es wäre mir lieber, wir würden hier draußen miteinander reden“, sagte sie leise.

„Soso“, brummte Rafi ein drittes Mal. „Es scheint, als hätte man dir eingeschärft, vorsichtig zu sein. Gut so! Dann folge mir wenigstens in den Garten. Dort steht eine Bank, auf die wir uns setzen können."

Sie gingen um die Hütte herum nach hinten. Dort befand sich tatsächlich ein Areal, das man mit etwas gutem Willen als „Garten" bezeichnen konnte. In mehreren Tontöpfen standen verschiedene Palmen, und in einem höchstens vier Quadratmeter großen Beet wuchsen einige kümmerliche Gemüsepflanzen. An der Hauswand rankten sich an Stangen Bohnen empor. Die Bank stand unter einem Dachüberstand, sodass man an dieser Stelle vor Regen geschützt war. Man hatte einen schönen Blick auf den Garten und den Fluss, der etwa fünfzig Meter entfernt entlangfloss.

„Ein hübsches Plätzchen, nicht wahr?" Der Mann lachte glucksend. „Da sitze ich so manchen Abend und denke nach." Er ließ sich nieder und klopfte auf die freie Stelle neben sich. „Jetzt hock dich schon her und erzähl mir mehr über deinen Vater."

Samira nahm vorsichtig neben ihm auf der äußersten Kante Platz, um möglichst großen Abstand zwischen sich und Rafi zu bringen. „Mein Vater heißt Tarik und ist Kaufmann", berichtete sie dann. Sie beschrieb die Herberge und den Tag, an dem Tarik wegen des Teppichs aufgebrochen war. Nachdem sie fertig war, sah sie Rafi gespannt an. Er hatte ihr zugehört, ohne sie ein einziges Mal zu unterbrechen.

„Hm, hm", machte er jetzt, während seine beiden Hände in seinem Bart herumzupften, als wollte er daraus einen Zopf flechten.

„Glaubt Ihr, Ihr könnt ihn finden?", fragte Samira ungeduldig.

„Es erscheint mir merkwürdig, dass er seinen Hengst zurückgelassen hat", meinte Rafi. „Du sagst, er reitet ihn immer?"

„Ja, mein Vater sitzt ungern auf fremden Pferden", erwiderte Samira.

„Es gibt drei Möglichkeiten", sagte Rafi, nachdem er eine Weile nachgedacht hatte. „Erstens: Das Treffen hat in dieser Stadt stattgefunden, und dein Vater hat es nicht für nötig gehalten, für die kurze Wegstrecke sein Pferd zu nehmen."

„Aber dann hätte er früher zurück sein können als abends", wandte Samira ein. „Er sagte jedoch, dass er wahrscheinlich den ganzen Tag fort ist."

„Hm. Dann bleiben nur Möglichkeit zwei und drei", fuhr Rafi fort. „Möglichkeit zwei: Der Händler, den Tarik treffen wollte, hat ihn an der Herberge abgeholt und ein Reittier für deinen Vater mitgebracht."

Samira nickte.

„Oder Möglichkeit drei: Jemand wusste von den Plänen deines Vaters und hat ihn entführt. Entweder war es der Teppichhändler selbst oder jemand, der ebenfalls hinter dem Teppich her ist und Informationen von deinem Vater wollte." Rafis Finger pflückten ein Insekt aus seinem Bart und schnippten es fort.

Samira erschauderte. Sie wusste nicht, ob es Ekel war oder ob es an der letzten Vermutung lag, die Rafi ausgesprochen hatte. Entführt! Eine Gänsehaut überzog ihre Arme. Wenn der Teppich so selten und wertvoll war, war Tarik bestimmt nicht der einzige Interessent.

„Was glaubt Ihr, was passiert ist?", fragte sie so leise, dass ihre Stimme kaum zu hören war.

„Junge, in einer Stadt wie dieser sind Verbrechen an der Tagesordnung", antwortete Rafi. „Leider", fügte er mit einem Blick auf Samira hinzu, die zusammengezuckt war. „Dein Vater scheint nicht ganz unvermögend zu sein, und so einer weckt in anderen Menschen leicht Neid und Habgier. Hat er viel Geld bei sich gehabt an jenem Tag?"

Samira hob die Schultern. So genau wusste sie es nicht. „Wahrscheinlich alles, was er unterwegs verdient hat. Er hat mir kaum etwas dagelassen."

Sie merkte sofort, dass der letzte Satz ein Fehler gewesen war, denn in Rafis Gesicht erlosch das Interesse so plötzlich, als hätte man eine Öllampe ausgeblasen. Er ließ seinen Bart los und stand auf. „Ich muss mich jetzt um meinen Garten kümmern. Die Pflanzen müssen gegossen werden, sonst habe ich nichts zu essen. Ich kann es mir nicht leisten, meine Zeit damit zu verschwenden, mir irgendwelche Geschichten anzuhören."

„Wartet!" Samira hielt ihn an seinem Gewand fest. „Aber Ihr könnt doch Leute wiederfinden! Bitte! Helft meinem Vater! Ich werde Euch auch bezahlen ... Irgendwie werde ich Geld verdienen, bestimmt! Ich könnte Euch helfen, Wasser vom Fluss für euren Garten zu holen. Bitte! Gebt mir eine Chance!"

Doch Rafi schüttelte erbarmungslos ihre Hand ab. „Sehe ich so gebrechlich aus, dass ich nicht mehr selbst Wasser holen kann? Ich brauche deine Dienste nicht, Junge! Komm wieder, wenn in deiner Tasche Silberstücke klimpern!

Das war eine eindeutige Abfuhr. Er ließ sie einfach stehen, bückte sich nach einem Eimer und schlug den Weg in Richtung Fluss ein. Es dauerte eine Weile, bis Samira sich von der Stelle rührte. In ihr kämpften Empörung und Traurigkeit miteinander. Rafi schien schlau zu sein, und offenbar kannte er diese Stadt genau. Aber ohne Bezahlung würde er keinen Finger rühren. Wie konnte man nur so hartherzig sein? Samira traten die Tränen in die Augen. Sie erinnerte sich an den Wirt, der ebenfalls kein Erbarmen gekannt hatte. Selbst dem Stalljungen war Mitgefühl fremd gewesen. Alle dachten nur an sich selbst!

Nein, nicht alle! Automatisch griff Samiras Hand nach der Muschel. Der Seiltänzer hatte ihr diesen wundersamen Gegenstand geschenkt, ohne etwas von ihr zu verlangen. Und auch die alte Frau hatte ihr ohne Bezahlung aus der Hand gelesen und ihr Ratschläge gegeben. Sie hatte ihr sogar verraten, dass sie eine *Tränenwandlerin* war – was immer das auch zu bedeuten hatte. Nicht alle Menschen waren grausam oder ohne Mitgefühl. Es gab auch andere, die freundlich waren und ein weiches Herz hatten.

Samira verließ den Garten und kehrte auf den Weg zurück. Während sie langsam auf das Stadttor zuging, überlegte sie, was sie machen sollte. Wenn es ihr gelänge, Geld aufzutreiben, dann könnte sie Rafis Dienste in Anspruch nehmen. Ihr Magen krampfte sich zusammen. Bestimmt gab es einige arme Kinder in der Stadt, die für einen Hungerlohn irgendeine Arbeit verrichteten. Womit konnte sie in kurzer Zeit so viel verdienen, dass Rafi zufrieden war?

Sie bekam Kopfschmerzen vom vielen Grübeln. Die Sonne stand inzwischen hoch am Himmel und brannte unbarmherzig herab. Am Stadttor staute sich der Verkehr, eine Karawane blockierte die Durchfahrt. Die Reisenden sahen so aus, als kämen sie von weit her. Die Kamele wirkten müde und durstig, ihre Höcker hingen schlapp an den Seiten herab. Auch die Reisenden machten einen abgekämpften Eindruck. Der Karawanenführer war nervös und schrie jeden an, der im Weg herumstand.

Samira drückte sich an eine Mauer, in der Hoffnung, ein wenig Schatten abzubekommen. Sie wartete, bis der größte Teil der Karawane das Stadttor passiert hatte, dann schloss sie sich ihr an. Der strenge Geruch der Tiere trieb ihr fast die Tränen in die Augen.

Ob das die Karawane ist, die der Wirt vom Sanften Abendwind erwartet?, fragte sich Samira. Sie überlegte, ob sie den Reisenden folgen sollte, doch dann entschied sie sich anders. Dort hatte sie nichts mehr verloren, der Wirt hatte sie ja praktisch rausgeworfen. Sie glaubte auch nicht, dass ihr Vater inzwischen zurückgekehrt war. Ihm musste etwas zugestoßen sein, sonst hätte er sie nie so einfach im Stich gelassen.

„Ich brauche Arbeit“, murmelte Samira vor sich hin. Ihre Füße trugen sie automatisch zum Marktplatz. Sie fragte bei verschiedenen Händlern, ob sie helfen könne, doch sie erhielt jedes Mal eine abschlägige Antwort. Mehrmals erntete sie misstrauische Blicke, weil man sie verdächtigte, etwas stehlen zu wollen.

Erschöpft und enttäuscht kehrte Samira zu ihrem Unterschlupf zurück, um dort der schlimmsten Mittagshitze zu entgehen. In ihrem Kopf pochte der Schmerz, und sie war ungeheuer durstig.

Ein halb voller Wasserschlauch befand sich unter ihren Sachen. Gierig trank sie das restliche Wasser bis zum letzten Tropfen. Es war warm und schmeckte schal. Müde sank sie ins Stroh und schloss die Augen.

Samira erwachte, weil sich eine Mücke auf ihre Nase gesetzt hatte. Das Biest hatte offenbar schon ein paar Mal zugestochen, denn es juckte Samira an mehreren Stellen im Gesicht.

Jetzt denkt bestimmt jeder, ich hätte Ausschlag oder eine ansteckende Krankheit!, schoss es ihr durch den Kopf. *Ich finde bestimmt keine Arbeit! Warum habe ich nicht den Schlafsack benutzt? Der hätte die Mücken ferngehalten!*

Sie kroch aus dem Stroh und klopfte die Halme von ihrer Kleidung. Als sie nach draußen trat, stand die Sonne bereits tief. Es war nicht mehr so heiß, und obwohl sich Samira noch immer wie zerschlagen fühlte, beschloss sie, einen weiteren Erkundungsgang durch die Stadt zu machen, in der Hoffnung, sich irgendwo ein paar Münzen zu verdienen.

Es kostete Samira große Mühe, sich nicht entmutigen zu lassen. In den folgenden Stunden half sie einem gutmütigen Händler auf dem Marktplatz, seinen Stand abzubauen und seinen Karren zu beladen. Sie führte sogar sein Maultier zu einer öffentlichen Tränke. Als Belohnung bekam sie ein paar schrumpelige

Rüben, die der Händler nicht hatte verkaufen können. Samira bedankte sich trotzdem und steckte die Rüben in die Taschen ihres Gewands. Als Nächstes schloss sie sich zwei Jungen an, die die Straßenreiniger dabei unterstützten, Kamel- und Pferdemist aufzusammeln. Es war keine schöne Arbeit, aber schließlich mussten die Straßen sauber gehalten werden. Die beiden Jungen, mit denen sie arbeitete, waren nicht zimperlich und schreckten nicht davor zurück, sich die Hände schmutzig zu machen. Also tat es Samira auch nicht. Ihr Rücken schmerzte, und ihr Kopf brummte noch mehr als vorher, aber immerhin erhielt sie als Lohn eine kleine Kupfermünze. Das reichte zumindest aus, um sich am nächsten Tag ein Frühstück zu kaufen.

Samira säuberte sich an einem Brunnen. Dort füllte sie auch ihren Wasserschlauch auf, den sie aus ihrem Versteck geholt hatte. Inzwischen war die Nacht hereingebrochen. Auf den belebten Plätzen brannten Fackeln, während die meisten Gassen im Dunkeln lagen. Mit knurrendem Magen kehrte Samira zu ihrem Unterschlupf zurück. Als sie im Stroh lag und an einer zähen Rübe kaute, fühlte sie sich so hilflos und einsam wie nie zuvor.

„Vater, wo bist du?“, murmelte sie in die Finsternis hinein. „Warum hast du mich nicht mitgenommen? Dann wären wir wenigstens zusammen – egal, was passiert ist.“ Sie schniefte, und ihre Hände tasteten nach der Muschel. Sie hielt sie an ihr Ohr und lauschte hoffnungsvoll. Zunächst konnte sie nichts hören außer ein leises Rauschen.

„Mutter, bist du da?“, fragte Samira zaghaft und wartete mit klopfendem Herzen auf eine Antwort.

Ja, mein Kind. Ich bin immer bei dir, wenn du mich auch nicht sehen kannst.

War die Stimme Wirklichkeit, oder war es nur ein lauter Wunschgedanke in Samiras Kopf? Bildete sie sich das Zwiegespräch nur ein? Sie wusste es nicht.

„Was soll ich nur tun? Rafi verlangt viel Geld. Vorher ist er nicht bereit, nach Vater zu suchen. O Mutter, ich habe solche Angst, dass ihm etwas Schlimmes zugestoßen ist. Jetzt bin ich ganz allein in dieser fremden Stadt und habe nur noch ganz wenig Geld. Sogar meine geliebte Stute ist weg, und ich kann nicht nach Hause zurück." Ihre Lippen zitterten, als sie an Aida dachte. Wenn wenigstens die Pferde bei ihr wären! Dann hätte sie sich nicht so elend gefühlt.

Verzage nicht, mein Augenstern! Morgen kommt ein neuer Tag! Das Schicksal wird einen Weg für dich finden. Vertrau einfach darauf. Ich küsse dich, mein Töchterlein!

Samira bildete sich ein, eine leichte Berührung auf ihrer Stirn zu spüren. Vielleicht war es aber auch nur ein Mückenstich, der sich bemerkbar machte. Sie seufzte tief.

„Danke, Mutter, dass du bei mir bist und mir Mut machst."

Schlaf gut, mein Kind!

Samira ließ die Muschel los. Sie verzehrte den Rest der Rübe, der auf einmal weicher und angenehmer schmeckte. Dann kroch sie in ihren Schlafsack und war im Nu eingeschlafen.

Ein Hahnenschrei ganz in der Nähe weckte sie. Samira schoss hoch und brauchte eine Weile, bis ihr wieder einfiel, wo sie sich befand. Als die Erinnerung an ihren verschwundenen Vater und an all die Missgeschicke zurückkehrte, hätte sie sich am liebsten wieder hingelegt und vor dem neuen Tag verkrochen. Doch der Hahn nebenan krähte so aufdringlich, dass sie ihn nicht ignorieren konnte.

„Also gut, auf ein Neues", sagte sie zu sich selbst, kroch aus dem Schlafsack und streckte ihre Glieder. Merkwürdigerweise hatte sie keinen Muskelkater, obwohl sie am Abend zuvor so schwer gearbeitet hatte. Sie erinnerte sich vage an einen schönen Traum, wusste aber keine Einzelheiten mehr. Ob ihre Mutter da ihre Hand im Spiel gehabt hatte?

Samira trat vor die Scheune. Der Morgen war frisch, und eine kühle Brise wehte über die Stadt. Samira spürte neue Energie. Sie hatte das Gefühl, dass dieser Tag besser verlaufen würde als der vorige. Nach einer kurzen Wäsche an einem Brunnen und einem preiswerten, aber leckeren Frühstück streifte Samira systematisch durch die Gassen und Straßen und fragte bei jeder Herberge und jeder Karawanserei, die sie fand, nach Arbeit. Die meisten Besitzer winkten ab, aber beim siebten oder achten Versuch hatte Samira Glück. In der Herberge *Zur Springenden Gazelle* war der Stallknecht am Tag zuvor davongelaufen.

Der Wirt musterte Samira von oben bis unten. „Wie alt bist du, Junge? Ich hoffe, du kannst ordentlich zupacken."

„Ich bin kräftiger, als ich aussehe", versicherte Samira. „Ich bin dreizehn. Und mit Pferden kenne ich mich aus."

„Hm", machte der Wirt und verschränkte die Arme. „Wir können es ja mal versuchen. Hast du auch einen Namen, Junge?"

Samiras Herz hüpfte vor Freude. „Ich heiße Samir..." Im letzten Moment biss sie sich auf die Zunge. Um ein Haar hätte sie sich verraten und als Mädchen zu erkennen gegeben.

„Aha, Samir also." Der Wirt wiegte den Kopf. „Schöner Name. Dann komm mal mit, Samir! Ich zeige dir den Stall."

Er ging voraus, und Samira folgte ihm. Der Stall, der zur *Springenden Gazelle* gehörte, war ein übles Dreckloch. Anders konnte man es nicht bezeichnen. Die Decke war so niedrig, dass ein großer Mann seinen Kopf einziehen musste. Der Geruch nach fauligem Stroh und alten Exkrementen raubte Samira den Atem. Außerdem war es im Innern so dunkel, dass man kaum etwas erkennen konnte. Die Tiere, die hier untergebracht waren, taten Samira leid. Am liebsten hätte sie auf der Stelle kehrtgemacht, aber sie brauchte diese Arbeit.

„Sobald Reisende eintreffen, versorgst du ihre Tiere", sagte der Wirt. „Gib ihnen Futter und Wasser, aber nur so viel, wie unbedingt nötig ist. Mein Geld ist nicht dazu da, um es rauszuwerfen! Wenn die Tiere ein paar Tage weniger zu fressen bekommen als sonst, schadet es ihnen nicht."

Samira wagte einen leisen Einwand. „Aber, Herr, die Pferde und Maultiere sind oft lange unterwegs, und sie brauchen ausreichend Futter, um wieder Kraft zu tanken. Wenn ich sie schlecht behandele, dann kann es sein, dass sie unterwegs zusammenbrechen, vielleicht sogar mitten in der Wüste."

„Na und?" Der Wirt lachte trocken. „Was geht mich das an? Dann freuen sich eben die Geier. Die müssen schließlich auch von irgendwas leben, oder?"

Samira gab keine Antwort. Ihr Herz pochte heftig. Dieser Wirt erschien ihr noch hartherziger zu sein als der vom *Sanften Abendwind*.

„Hat es dir jetzt die Sprache verschlagen?" Der Wirt drehte sich nach Samira um.

Sie schluckte, aber dann traute sie sich doch, ihre Meinung zu sagen. „Wenn Reisende zufrieden sind und ihre Tiere gut versorgt werden, dann kommen sie wieder. Ich weiß das, weil ich oft mit meinem Vater unterwegs bin. Wir übernachten häufig in Herbergen."

Der Wirt hob die Augenbrauen. „Das soll ich dir glauben? Wo ist dein Vater denn jetzt, Samir? Weißt du was? Ich denke, du bist ein armer Waisenjunge, der jede Arbeit annimmt, bevor er verhungert." Er lachte kurz laut auf. „Ja, bestimmt bist du auch sehr tierlieb, Samir. Und ich habe ja auch nicht gesagt, dass du die Pferde der Reisenden überhaupt nicht füttern sollst. Aber sie brauchen hier keinen dicken Wanst anzusetzen, verstehst du?"

Samira nickte wortlos.

„Dann mach dich mal an die Arbeit", sagte der Wirt. „Wenn du bis heute Abend den Stall hier in Ordnung gebracht hast, darfst du bleiben." Mit diesen Worten ließ er Samira stehen und kehrte in die Herberge zurück.

Die Aufgabe, die der Wirt ihr gestellt hatte, war so gut wie unmöglich. Wie sollte sie an einem halben Tag den Stall, der monatelang verlottert war, in Schuss bringen? Einen Augenblick lang schien es, als würde die Verzweiflung Oberhand über ihre Gefühle gewinnen. Sie war drauf und dran, einfach wegzulaufen.

Doch dann atmete sie tief durch. Einfach anfangen und nicht weiter darüber nachdenken!

Nach einigem Suchen fand sie alles, was sie brauchte. Zuerst sammelte sie das schmutzige Stroh auf und brachte es Karren für Karren nach draußen zu dem großen Misthaufen, der sich hinter der Herberge auftürmte. Danach verteilte sie überall im Stall frisches Stroh. Es war geradezu eine Wohltat, das Stroh auf den Boden zu schütten und es mit der Mistgabel zu lockern. Die zukünftigen tierischen Gäste der Herberge sollten es angenehm und bequem haben. Samira kehrte sogar die Spinnweben von den Balken und säuberte die Futter- und Wassertröge. Todmüde und mit bleischweren Armen sah sie sich um. Der Stall war nicht wiederzuerkennen. An der zu niedrigen Decke war zwar nichts zu ändern, aber der Stall war jetzt eine behagliche Unterkunft für Pferde und Maultiere.

„Donnerwetter!“, sagte der Wirt. „Ich hätte geschworen, dass du dich aus dem Staub gemacht hast! Aber stattdessen hast du ein wahres Wunder vollbracht! Bist du ein Zauberer, oder hat dir vielleicht ein Dschinn geholfen?“ Er lachte wieder sein dröhnendes Lachen.

„Mir hat niemand geholfen, ich habe alles alleine gemacht.“ Samira zeigte die Blasen an ihren Händen.

„Dann hast du dir ein ordentliches Abendbrot verdient, Junge. Komm mit!“

Samira wusch sich erst an einem Trog, bevor sie die Wirtsstube betrat, die noch dunkler und verräucherter war als die Gaststube vom *Sanften Abendwind*. Es waren nur wenige Gäste da. In einem Winkel spielten drei alte Männer mit Würfeln. Der Wirt wies Samira einen Platz zu und brachte ihr dann auf einem Holzbrett eine stark gewürzte Hammelkeule, dazu ein großes Stück Fladenbrot, das nicht mehr allzu frisch war. Als er auch einen Krug Bier vor Samira hinstellte, schüttelte sie den Kopf. „Ich trinke kein Bier, Herr. Kann ich vielleicht Tee oder eine Karaffe Wasser bekommen?"

„Kein Bier?", wunderte sich der Wirt. „Wie sollst du dann Muskeln bekommen, Junge? Aber ganz wie du willst." Er verschwand und nahm das Bier wieder mit.

Samira biss hungrig in die Keule. Das Fleisch war zäh, und die scharfen Gewürze trieben ihr die Tränen in die Augen. Aber sie war froh, ihren Magen füllen zu können. Immerhin war der Tee gut gesüßt und weckte vertraute Erinnerungen an die Zeit, in der ihre Mutter noch gelebt hatte.

„Und wo soll ich schlafen?", fragte sie, nachdem sie gegessen hatte.

„Wo ein Stalljunge eben schläft: im Stall!", antwortete der Wirt.

Samira stand auf und schleppte sich durch den stockdunklen Hof in das angrenzende Gebäude. Noch nie war sie so müde gewesen wie jetzt. Nachdem sie ins Stroh gesunken war, war ihr letzter Gedanke, dass sie am nächsten Tag unbedingt ihre Sachen aus ihrem Unterschlupf holen musste. So schlief sie ohne ihren geliebten Schlafsack ein.

Unverhofftes Wiedersehen

Im Morgengrauen wurde Samira von lauten Stimmen und schrillem Gewieher wach. Zwei Männer schienen mit einem wilden Pferd zu kämpfen.

„Was für ein Biest hast du dir da andrehen lassen?“

Samira glaubte, die Stimme des Wirts zu erkennen.

„Es ist ein Rassepferd, siehst du das nicht?“, rief der andere. „Ja, es war billig, aber wenn man seinen Willen erst gebrochen hat, dann gibt es ein gutes Reitpferd ab.“

„Falls es uns nicht vorher zu Tode trampelt!“

Die Männer stöhnten und ächzten. Samira hörte das Schlagen von Hufen und panisches Wiehern. Im Nu war sie auf den Beinen, rieb sich kurz die Augen und stürmte in den Hof.

Ein pechschwarzer Hengst bäumte sich gerade auf und drängte die Männer an die Wand der Herberge. Der Wirt hob seine Arme, um sein Gesicht vor den Vorderhufen zu schützen. Der andere Mann schlug heftig mit einer Peitsche auf das aufgeregte Pferd ein. Samira sah das Weiße in seinen Augen. Das Tier war so verängstigt, dass es ihr im Herzen wehtat.

Sie hatte Rayan, den Hengst ihres Vaters, auf den ersten Blick erkannt. Der Wirt vom *Sanften Abendwind* hatte das Pferd offenbar sofort weiterverkauft, nachdem er gemerkt hatte, dass es sich von Fremden nicht gerne anfassen ließ.

Samira zögerte keine Sekunde. Der einzige Gedanke, der in ihr vorherrschte, war, dass sie Rayan zu Hilfe kommen und vor den schrecklichen Hieben schützen musste. Automatisch fuhr ihre Hand kurz zu der Muschel. Sie bat ihre Mutter stumm um Unterstützung.

„Man sollte das Vieh totschlagen!“, brüllte jetzt der Wirt. Sein Gesicht war bleich wie frischer Ziegenkäse. „Schaff es auf der Stelle weg!“

„Ich komm ja nicht ran!“, verteidigte sich der andere Mann und versuchte erneut, nach dem Pferdehalfter zu schnappen. Um ein Haar hätte ihn ein Huf an der Schulter getroffen. Er konnte im letzten Moment ausweichen. Seine Miene war wutentbrannt.

„Lasst mich das machen!“ Samira lief auf den Hengst zu. „Ruhig, du Guter, ruhig!“

Das Pferd ließ sich auf die Vorderhufe fallen, während sich die Männer ängstlich an der Wand entlang außer Reichweite schoben. Rayan hatte die Ohren nach hinten gelegt, Schweiß und Schaum waren auf seinem schwarzen Fell zu sehen.

„Ich bin's, Rayan“, sagte Samira leise und bemühte sich, so viel Sanftmut wie möglich in ihre Stimme zu legen. „Erkennst du mich denn nicht wieder?“

Der Hengst schnaubte. Seine Flanken bebten, und seine Nüstern waren geweitet. Speichel troff aus seinem Maul.

Samira redete weiter auf ihn ein und bemühte sich, keine schnelle Bewegung zu machen, die das Pferd erschrecken konnte. In Zeitlupe näherte sie sich dem Tier, ganz vorsichtig.

Sie versuchte, Ruhe auszustrahlen, obwohl ihr selbst das Herz bis zum Hals klopfte.

„Rayan, mein Bester, du brauchst keine Angst mehr zu haben. Jetzt bin ich ja da. Dir wird nichts mehr geschehen, das verspreche ich dir." *Und niemand wird dich mehr schlagen*, fügte sie grimmig in Gedanken hinzu.

Ihre Worte blieben nicht ohne Wirkung. Rayan schien sich langsam zu beruhigen. Es gelang Samira, nach seinem Halfter zu greifen. Der Hengst verdrehte noch einmal kurz die Augen und wollte zurückweichen, doch Samira hielt ihn fest und sprach weiter sanft auf ihn ein. Schließlich wandten sich seine Ohren nach vorne, und er ließ zu, dass sie ihm die Stirn rieb.

„Feiner Junge", flüsterte sie. „Du bist ein ganz Braver! Ab sofort werden wir nie mehr getrennt sein, das verspreche ich dir. Wir werden zusammen nach meinem Vater suchen."

Das Pferd gab ein leises Prusten von sich, so als verstünde es Samiras Worte.

„Führ den Gaul in den Stall und binde ihn gut an!", rief der Wirt Samira aus sicherer Entfernung zu. „Aber pass auf, dass dich die Hufe nicht treffen. Das Biest hat einen Dämon im Leib!"

Hat er bestimmt nicht!, dachte Samira, aber sie nickte und gehorchte. Nachdem Rayan einen Platz im Stall gefunden hatte, nahm sie ein Büschel Stroh und rieb ihn trocken. Er zitterte unter ihren Berührungen. Sie bemühte sich, auf die Stellen Rücksicht zu nehmen, wo die Peitsche ihn getroffen hatte. Die Striemen, die deutlich zu sehen waren, mussten ihm wehtun. Von wie vielen Leuten war Rayan in den letzten Tagen misshandelt worden? Es schnürte Samira die Brust zu. Ihr Vater hatte den Hengst nie geschlagen, kein einziges Mal!

Rayans Mähne war verfilzt und sein Fell völlig staubig. Samira war sich sicher, dass niemand ihn gestriegelt und gebürstet hatte.

„Armer Rayan!“, wisperte sie voller Mitleid.

„Was hast du denn mit deinen Haaren gemacht?“, ertönte die Stimme des Wirts hinter ihr. Samira zuckte vor Schreck zusammen und ließ das Strohbüschel fallen. Rayan wurde sofort unruhig und wollte wieder auf die Hinterhufe steigen, aber Samira hielt ihn mit aller Kraft am Halfter fest.

„Was meint Ihr?“, ächzte sie.

„Na, sieh dich doch an. Deine Locken. Du siehst aus wie ein Mädchen. Wann warst du denn zuletzt bei einem Barbier? Wenn du willst, kann ich dir den Kopf scheren, dann sparst du dir das Geld.“ Der Wirt lachte.

Samira überlief es siedend heiß. Sie hatte ganz vergessen, ihre Haarpracht unter einer Kopfbedeckung zu verstecken. Dafür war auch einfach keine Zeit gewesen. Und was jetzt? Würde der Wirt sie als Mädchen entlarven?

„Ach, meine Haare“, antwortete sie und bemühte sich, ihre von Natur aus dunkle Stimme noch tiefer klingen zu lassen als sonst. „Ich habe an meinem zehnten Geburtstag ein Gelübde abgelegt, dass ich es wachsen lasse, bis ich fünfzehn bin.“ Sie biss sich auf die Lippe. Diese Notlüge erforderte eine Erklärung. „Ein Wanderzauberer hat mir versichert, dass sich während dieser Zeit Läuse und Flöhe von mir fernhalten.“ Sie warf einen Blick über die Schulter. „Das funktioniert tatsächlich, auch wenn Ihr es nicht glaubt.“

„Wenn ich wüsste, dass es auch bei mir funktioniert, dann würde ich mir auch die Haare wachsen lassen", murmelte der Wirt und nahm seine Kappe ab. „Jedenfalls die wenigen, die ich noch habe." Samira konnte im Halbdunkel seine schimmernde Glatze erkennen.

„Flöhe und Läuse sind die reinste Pest", redete er weiter. „Ich würde deinem Wanderzauberer sogar meine Großmutter verkaufen, wenn er mich von dem Ungeziefer bewahren könnte." Er lachte über seine eigenen Worte. „Aber sag, Junge, warum kannst du so gut mit Pferden umgehen? Wo hast du das gelernt?"

Samira fühlte sich unwillkürlich geschmeichelt. „Ich habe es nirgends gelernt, Herr. Ich bin mit Pferden aufgewachsen. Mein Vater hat mich schon mit zwei Jahren das erste Mal auf ein Pferd gesetzt."

„Der mysteriöse Vater, aha", brummte der Wirt. „Aber Reiten ist etwas anderes, als einen wilden Hengst zu bändigen. Dazu muss man schon eine besondere Begabung mitbringen. Ich glaube, du bist ein richtiger Glücksgriff, Junge."

Samira freute sich über das Lob. Sie hoffte, dass sich die Anerkennung des Wirts auch in klingender Münze ausdrücken würde, damit sie den Detektiv mit der Suche nach ihrem Vater beauftragen konnte.

Doch ihre Hoffnungen wurden nur allzu bald zunichtegemacht. Als Samira den Wirt um Lohn bat, erklärte dieser ihr, dass er sie erst am Ende des Monats auszahlen würde – vorausgesetzt, sie würde sich weiterhin bewähren. Weil keine

Reisenden da waren und außer Rayan kein Pferd im Stall stand, trug er ihr alle möglichen anderen Pflichten auf. Sie musste die Räume der Herberge putzen, die alten Strohsäcke ausschütteln und mit frischem Stroh füllen. In der größten Mittagshitze sollte sie die hölzernen Fensterläden mit einem beißend riechenden Öl streichen. Samira wurde beinahe ohnmächtig von dem Gestank, vor allem auch, weil ihr die Sonne mit aller Macht ins Genick brannte. Kurz entschlossen stellte sie Eimer und Pinsel ab und flüchtete in den Schatten. Nachdem es ihr wieder etwas besser ging, beschloss sie, ihr Versteck aufzusuchen und ihre Sachen zu holen. Der Wirt war nirgends zu sehen, wahrscheinlich hielt er in seiner Kammer Mittagsschlaf.

Als sie durch die Stadt lief, überkam sie erneut eine große Niedergeschlagenheit. Vielleicht würde ihr der Wirt ja überhaupt kein Geld bezahlen, sondern sie am Ende des Monats, wenn sie genug für ihn geschuftet hatte, einfach davonjagen. Groll stieg in ihr hoch. Es freute sie zwar sehr, Rayan wiederzusehen, aber sie konnte sich gut vorstellen, dass der Wirt ihn nicht lange behalten würde, wenn er sich nicht reiten ließ. Am Ende würde er ihn vielleicht sogar einem Schlachter übergeben!

Samira nagte an ihrer Unterlippe. Sie brauchte dringend einen Plan! Mit jedem Tag, der verging, schrumpfte die Chance, ihren Vater zu finden. Sie musste so schnell wie möglich handeln.

Ihr Versteck war zum Glück unberührt. Ihre wenigen Sachen waren noch da. Als sie ihr Gepäck schulterte, spürte sie all ihre Muskeln. Der körperliche Schmerz war ihr fast willkommen, denn er bestärkte sie in dem Entschluss, ihre Taktik in Zukunft zu ändern. Sie war sich so gut wie sicher, dass der Wirt sie um ihren Lohn betrügen würde. Also würde sie sich einfach nehmen, was ihr zustand!

Sie hatte in ihrem Leben noch nie gestohlen und Diebe stets verachtet. Jetzt begriff sie, dass Stehlen manchmal die einzige Möglichkeit war, um zu überleben. Reiche Leute saßen oft auf ihrem Geld und waren extrem geizig. Ärmere Leute, die selbst kaum genug hatten, waren meistens freigiebiger und teilten ihren wenigen Besitz mit anderen. Das war nicht nur in Geschichten so, sondern auch in der Wirklichkeit. Sie musste an den Händler denken, der ihnen die falschen Edelsteine angeboten hatte. Er hatte keine Skrupel gehabt, Samira und ihren Vater übers Ohr zu hauen. Zu betrügen war also auch eine Möglichkeit, um an Geld zu kommen.

Samira spürte Beklemmung in ihrer Brust, als sie das Versteck verließ und sich auf den Rückweg zur Herberge machte. Ihre Eltern hatten sie gelehrt, Gut und Böse voneinander zu trennen. Ihre Mutter würde Samiras neues Vorhaben bestimmt verurteilen. Aber gab es einen anderen Weg, genügend Geld für den Detektiv aufzutreiben?

Samiras Hand wanderte wieder zu der Muschel. Sie hielt sie an ihr Ohr.

„Bist du mir böse, Mutter?“, fragte sie verunsichert. „Ist es der falsche Weg, den ich einschlage? Aber ich will doch nur Vater wiederfinden!“

Sie lauschte. Nichts. Hörte ihre Mutter sie nicht, oder war ihr Schweigen bereits eine Antwort?

„Mutter“, versuchte es Samira noch einmal, „ist es richtig, was ich mir vorgenommen habe?“

Jemand stieß sie so grob an, dass das Lederband, an dem die Muschel befestigt war, riss. Die Muschel fiel in den Straßenstaub, und der Junge, der Samira geschubst hatte, lief feixend davon, ohne sich zu entschuldigen.

Den Tränen nah, bückte sich Samira, hob die Muschel auf und wischte den Schmutz ab. Sie fädelte sie wieder auf das Lederband, verknotete es und hängte es sich um den Hals. Der Kerl, der sie angerempelt hatte, war höchstens zehn und bereits jetzt voller Rücksichtslosigkeit. Samira schluckte heftig. Vielleicht war das ja die Antwort. Man durfte nicht zu weich sein in dieser Welt. Wenn sie ihren Vater finden wollte, musste sie ihre Skrupel über Bord werfen!

Als sie die Herberge erreichte, schnauzte der Wirt sie sofort an.

„Wo bist du gewesen, du Drecksbengel? Hab ich dir erlaubt, dich von deiner Arbeit zu entfernen?“ Er drohte ihr mit der Hand, und Samira duckte sich, weil sie eine Ohrfeige erwartete.

Dass der Wirt sie doch nicht schlug, hatte sie nur einer Gruppe ankommender Reisender zu verdanken.

„Habt ihr noch zwei Zimmer frei?“, fragte ein bärtiger Mann, der mit drei verschleierten Frauen und mehreren Eseln vor der Herberge stehen geblieben war.

Der Wirt wandte sich von Samira ab und den Reisenden zu.

„Natürlich ist etwas bei mir frei, edler Herr! Es ist mir eine Ehre, Euch und Eure Begleiterinnen in meinem Haus begrüßen zu dürfen. Meine Zimmer und mein Stall sind die saubersten der

Stadt. Ihr hättet es nicht besser treffen können." Er drehte sich zu Samira um.

„Samir? Los, kümmere dich um die Esel und führe sie in den Stall. Nimm ihnen das Gepäck ab und gib ihnen Futter und Wasser. Beeil dich, Junge, oder muss ich es zweimal sagen?"

Er lächelte wieder die Gäste an. „Mein Stalljunge ist leider ein elender Faulpelz, aber ich tue mein Bestes, ihm seine Trägheit auszutreiben! – Kommt herein, gnädige Herrschaften, meine Küche steht Euch zur Verfügung!" Mit einer einladenden Handbewegung wies er auf die Tür.

Der bärtige Mann übergab Samira die Zügel des ersten Esels. Die fünf Tiere waren aneinandergebunden und setzten sich in Bewegung, als Samira den Leitesel zum Stall führte. Samira war immer noch wütend, weil der Wirt sie so angefahren hatte, aber sie bemühte sich, ihren Unmut nicht an den Tieren auszulassen. Geduldig führte sie jeden Esel an seinen Platz und erlöste ihn von seinem Gepäck, das sie in der Stallgasse stapelte. Sie holte Heu und Wasser und vergewisserte sich, dass es allen gut ging. Einer der Esel war ein bisschen heimtückisch und versuchte, sie in den Hintern zu zwicken. Zum Glück bekam er nur den Stoff zu fassen. Samira gab ihm einen leichten Klaps auf die Nase.

Der Esel holte tief Luft und stieß ein lautes Iah aus. Es klang, als habe er „Ja!" gesagt. Samira grinste. „Na also, du hast es verstanden!"

Rayan in seiner Ecke antwortete mit einem Wiehern.

Samira machte sich nun daran, das Gepäck der Gäste in die Herberge zu tragen. Die Taschen und Kisten waren schwer, und ihr brach bald der Schweiß aus. Die Besitzer schienen recht wohlhabend zu sein, denn die Kisten waren aus edlem Holz gefertigt. Die Taschen bestanden aus Leder und waren zum Teil mit Stickereien geschmückt. Samira fragte sich, warum der Mann mit fünf Eseln reiste anstatt mit Kamelen oder Pferden. Vielleicht, weil es genügsamere Tiere waren? Oder wollte er seinen Reichtum nicht offen zeigen?

Schließlich befand sich nur noch eine einzige Reisetasche im Stall. Samira dachte daran, was sie sich vorgenommen hatte. Sie vergewisserte sich, dass außer den Tieren niemand da war, dann machte sie sich mit klopfendem Herzen an dem Verschluss zu schaffen. Die Schnalle sprang unter ihren zitternden Fingern auf. Rasch durchwühlte Samira den Inhalt. Die Tasche enthielt nur ein paar Kleider. Sie waren aus feinem Stoff. Also lag sie mit ihrer Vermutung richtig!

Samira wollte die Reisetasche schon wieder schließen, als ihre Finger ganz unten eine kleine Schatulle ertasteten. Ihre Hand schloss sich wie von selbst um das Kästchen. Es war aus Ebenholz geschnitzt und besaß feine Verzierungen. Gerade als sie es öffnen wollte, vernahm sie Schritte. Rasch versteckte sie die Schatulle unter dem Stroh, verschloss die Reisetasche und nahm sie auf die Schulter. Keine Sekunde zu früh!

Der bärtige Mann betrat den Stall. Samira zuckte zusammen. Ihr Herz raste. Ob man ihr den Diebstahl ansah? Ihre Wangen glühten.

„Du bist sehr fleißig“, sagte der Mann und nahm ihr die Tasche ab. „Ich verstehe nicht, warum dich der Wirt für einen Faulpelz hält.“ Er vergewisserte sich, dass seine Esel gut versorgt waren, und warf Samira dann eine Kupfermünze zu. „Gut gemacht, Junge!“

„Danke!“, murmelte Samira und schämte sich entsetzlich, weil sie den freigiebigen Mann bestohlen hatte. Am liebsten hätte sie das Kästchen zurück in die Tasche gesteckt, aber der Mann ging schon mit dem Gepäckstück davon.

Samira betrachtete die Kupfermünze in ihrer Hand. Davon konnte sie sich Nahrung für zwei Tage kaufen. Dem Detektiv allerdings würde die Münze als Anzahlung nicht genügen. Sie seufzte tief und steckte das Geldstück in ihre Tasche.

Sie blickte nach rechts und nach links, ob die Luft rein war. Dann bückte sie sich und holte das Kästchen aus seinem Versteck hervor. Es war wirklich eine sehr hübsche Schatulle und bestimmt auch schon ohne ihren Inhalt von beträchtlichem Wert. Samira hielt den Atem an, als sie den zierlichen Verschluss öffnete und den Deckel anhob.

Ein großer Smaragd funkelte ihr entgegen, eingebettet in einen goldenen Kettenanhänger, der wie eine Sonne geformt war. Samira starrte das Schmuckstück an. Die grünen Strahlen des Steins schienen direkt in ihr Herz zu treffen. So einen Smaragd hatte sie sich schon immer gewünscht. Gleichzeitig wurde ihr bewusst, wie ungerecht es war, dass sie ihn gestohlen hatte. Sie fühlte sich schuldig. Der Anhänger mit dem Stein war bestimmt sehr wertvoll. In ihrem Innern fand ein Kampf statt. Sollte sie das Kästchen irgendwie zurückgeben oder mit dem Anhänger zu Rafi gehen? Sicher war der Stein kostbar genug als Anzahlung …

„Was soll ich nur tun?“, murmelte Samira. Unentschlossen legte sie den Smaragd in das Kästchen zurück und versteckte es wieder unter dem Stroh.

Wenig später rief der Wirt nach ihr und scheuchte sie den restlichen Tag lang herum. Nichts konnte sie ihm recht machen, immer fand er etwas zu meckern. Samiras Laune sank von Minute zu Minute. Wenn sie sich einen Moment ausruhte, weil sie sich kaum noch auf den Beinen halten konnte, wurde sie sofort beschimpft. Der Wirt befahl ihr, in der Küche auszuhelfen und die neu angekommenen Gäste in der Gaststube zu bedienen. Es blieb ihr nichts anderes übrig, als zu gehorchen. Inzwischen war sie fest entschlossen, Rafi aufzusuchen, sobald ihre Arbeit heute zu Ende war und sie sich davonstehlen konnte.

Der bärtige Mann saß mit seinen drei Begleiterinnen an einem Tisch in der Gaststube. Als Samira ihnen das Essen brachte, wagte sie es nicht, ihm in die Augen zu sehen. Sie hatte Angst, dass er sofort erkennen würde, was sie getan hatte.

„Danke, Junge“, sagte der Mann. „Ich habe nicht gewusst, dass du auch bedienen musst. Du siehst sehr müde aus. Hoffentlich wird dir die Arbeit nicht zu viel.“

„Es … es geht schon“, stotterte Samira und zog sich eilig hinter die Theke zurück. Von dort aus beobachtete sie, wie sich die Gaststube allmählich füllte.

Als zwei hochgewachsene Männer hereinkamen, schob der bärtige Gast seinen Teller beiseite und stand auf, um die Ankömmlinge zu begrüßen. Die Männer luden ihn ein, sich zu ihnen zu setzen. Nach kurzer Rücksprache mit den Frauen kam der Bärtige der Aufforderung nach. Die verschleierten Frauen ließen sich noch einen Tee kommen, dann zogen sie sich in ihre Zimmer zurück, während sich ihr Begleiter mit den beiden Fremden gut zu unterhalten schien.

Samiras scharfen Augen entging nicht, dass der Wirt den Männern immer wieder Wein nachschenkte. Sie konnte sogar beobachten, wie sich die Fremden und der Wirt verstohlen zublinzelten. Ein ungutes Gefühl breitete sich in ihr aus. Da stimmte etwas nicht! Sie glaubte, in einem der Fremden den Mann wiederzuerkennen, der am Morgen Rayan gebracht hatte. Jetzt trug er vornehme Kleidung, und mehrere Ringe schmückten seine Finger. Sehr merkwürdig!

Die Luft in der Gaststube wurde immer stickiger. Samira konnte ein Gähnen nicht unterdrücken. Draußen war es inzwischen stockfinster. Am gestrigen Tag war sie um diese Zeit längst entlassen worden. Zum Glück hatte sie zwischendrin immer wieder ein paar Happen aus der Küche stibitzen können; der Wirt hatte ihr nämlich von sich aus kein Essen angeboten.

„Kannst schlafen gehen, Samir“, sagte der Wirt endlich. „Und dass du mir morgen ja in aller Frühe wieder auf den Beinen bist!“ Er gab ihr einen groben Schubs. „Jetzt troll dich schon, Junge!“

Samira torkelte in die Nacht hinaus. Ihr war ein wenig schwindlig, und sie musste ein paar Mal durchatmen. Sie war todmüde, aber trotzdem entschlossen, jetzt noch den Gang zu Rafi anzutreten. Falls er schon schlief, musste sie eben so lange an seine Hütte klopfen, bis er aufwachte.

Im Stall empfing sie der warme Geruch nach Tierleibern und der Duft von Stroh. Sie musste sich im Dunkeln orientieren. Zum Glück erinnerte sie sich noch genau an die Stelle, wo sie das Kästchen versteckt hatte. Als ihre Finger die Schatulle ertasteten, zögerte sie. Sollte sie es nicht doch lieber zurückbringen? Sie konnte ja behaupten, dass es aus einer Tasche gerutscht war und sie es gefunden hatte.

„Sei nicht dumm!“, schimpfte sie dann mit sich selbst. „So eine Chance kommt so schnell nicht wieder! Und du willst doch deinen Vater finden, oder nicht?“

Sie schob das Kästchen tief in ihr Gewand und verließ die Herberge. Sie war erst ein paar Schritte weit gekommen, als sie hörte, wie einige Gäste die Gaststube verließen. Mit einem kurzen Blick über die Schulter erkannte sie den bärtigen Mann. Die beiden Fremden hatten ihn in ihre Mitte genommen und zogen ihn mehr mit sich, als dass der Mann selbst ging. Dem Gegröle und Gelächter nach hatten alle drei reichlich Wein getrunken.

„Na, alter Freund, heb deine Beine!“, rief einer der Begleiter. „Freust du dich auf das gute Geschäft, das du gleich machen wirst?“

„Was wollt Ihr von mir?“, fragte der Bärtige, und eine gewisse Hilflosigkeit schwang in seiner Stimme.

Samira drückte sich in den Schatten und ließ die Männer an sich vorbeiziehen. Dabei fiel ihr auf, dass der Gang der beiden äußeren längst nicht so unsicher war wie der des Mannes in der Mitte, der sich kaum noch auf den Beinen halten konnte. Täuschte sie sich, oder wehrte er sich sogar dagegen, dass er mitgeschleppt wurde?

Samiras Neugier wuchs. Wohin wollten sie mit ihm? Warum verließ er überhaupt die Herberge und ließ seine drei Begleiterinnen zurück? Immer stärker hatte Samira das Gefühl, dass etwas nicht stimmte.

Sie löste sich aus dem Schatten und folgte dem Trio auf Zehenspitzen.

Der Überfall

„Lasst mich gefälligst los! Wo bringt Ihr mich hin?“ An der nächsten Straßenecke wurde deutlich, dass der bärtige Mann tatsächlich nicht freiwillig mitging.

„Halt’s Maul, Alter, oder willst du, dass die Wachen aufmerksam werden?“, zischte der rechte Mann, während der Linke einen Knüppel aus seinem Gewand zog und dem Bärtigen damit auf den Hinterkopf schlug. Sofort sackte das Opfer zusammen. Während die Füße des Bewusstlosen auf dem Boden entlangschleiften, zogen die beiden Fremden ihn in eine dunkle Seitengasse.

Samira zögerte. Was sollte sie tun? Sie war nicht stark genug, um es mit zwei erwachsenen Männern aufzunehmen. Andererseits konnte sie den Bärtigen auch nicht einfach im Stich lassen!

Sie wagte sich ein Stück in die Gasse hinein. Dort war es so dunkel, dass sie kaum etwas erkennen konnte. Nur aus einer kleinen Fensteröffnung fiel etwas gelbliches Licht.

Sie hörte Gerangel und einen Schmerzenslaut. Der Bärtige schien auf dem Boden zu liegen, während sich die beiden anderen über ihn beugten.

„Mach schnell! Hast du es?“

„Nein, verdammt!“

„Aber es muss irgendwo sein! Durchsuch seine Taschen!“

„Was glaubst du, was ich gerade mache?"

„Er kommt zu sich! Tu was! Wenn er uns erkennt, sind wir dran!"

Samira sah eine weit ausholende Armbewegung. Eine Klinge blitzte in der Hand des einen Angreifers auf. Ihr entfuhr unwillkürlich ein Ächzen.

Die Männer hatten es gehört.

„Da ist jemand!"

„Schau nach!"

Samira drückte sich blitzschnell in die Spalte zwischen zwei Häusern. Sie trat auf etwas Weiches. Eine Ratte quiekte und huschte davon. Als die Schritte eines Angreifers näher kamen, griff sie nach der Muschel.

Hilf mir, Mutter!, flehte sie in Gedanken. *Mach, dass er mich nicht sieht!*

Der Mann rannte an ihr vorbei. Als er aus der Gasse trat, stieß er einen schrillen Warnpfiff aus. Sein Kumpan reagierte sofort, ließ den Bärtigen liegen und rannte hinter seinem Gefährten her.

Samira zählte bis zehn, dann wagte sie sich aus ihrem Versteck hervor. Was jetzt? Fortlaufen oder nachsehen, wie es dem Bärtigen ging?

Sie entschied sich für Letzteres.

Mit wenigen Schritten war sie bei dem Liegenden und kniete sich neben ihn auf den Boden.

„Hallo, kann ich Euch helfen? Seid Ihr verletzt?"

Ein lautes Stöhnen war die Antwort.

„Mein Bauch!" Es war nur noch ein schwaches Flüstern. „Das Messer ..."

Samira berührte seine Kleidung und spürte eine klebrige Flüssigkeit. Blut! Es lief ihr kalt den Rücken hinunter.

„Ich hole Hilfe!“ Sie wollte aufspringen, aber da packte der Mann ihr Handgelenk und hielt es fest. Trotz seiner Verletzung war sein Griff hart wie Eisen.

„Nein“, flüsterte er. „Zu spät. Warte. Ich muss ... ich will ... Sieh in meinem rechten Stiefel nach!“

Samira gehorchte. Sie wäre lieber losgelaufen, um jemanden zu holen, der den Verletzten vielleicht noch retten konnte. Aber sie merkte, dass der Mann mit jedem Atemzug schwächer wurde. Sie konnte trotz der spärlichen Beleuchtung sehen, wie sich der dunkle Fleck auf seiner Kleidung vergrößerte. Bei so tiefen Bauchwunden gab es kaum eine Überlebenschance, das wusste sie aus Erzählungen ihres Vaters.

„Hast du es? Beeil dich.“ Die Stimme des Sterbenden klang ungeduldig.

„Ja, gleich.“ Samiras Finger fuhren in den Schaft des Stiefels und zogen mit einiger Mühe ein goldenes Fläschchen hervor. Es wog schwer in ihrer Hand.

„Hast du es?“

„Meint Ihr das?“ Sie hielt es ihm vors Gesicht, aus dem inzwischen jegliche Farbe gewichen war. Er nickte schwach.

„Haben das die Männer gesucht?“, fragte Samira hastig. „Seid Ihr deswegen überfallen worden?“

Wieder ein Nicken.

„Was soll ich jetzt tun?“ Samira war voller Panik.

„Versuch, das Fläschchen zu öffnen.“

Samira bemühte sich. Aber das Fläschchen war zu fest zugeschraubt.

„Mach schnell …"

„Es tut mir leid … Ich krieg es nicht auf … Ist darin eine Wundermedizin, die Euch retten kann?"

„Sozusagen. Probier es noch einmal, Junge."

Der Schweiß brach Samira aus. Ihre Handflächen waren rutschig, und der Deckel drehte sich erst recht nicht.

„Lass es gut sein", flüsterte der Mann und legte seine Hand auf Samiras Arm. „Es ist zu spät. Dann soll es nicht sein. Ich sterbe."

„Und was mache ich jetzt mit dem Fläschchen?" Samira starrte ihn an.

„Das schenke… ich dir. Vielleicht wird es dir … eines Tages helfen." Die Stimme des Mannes war nur noch ganz schwach. „Du hast ein … gutes Herz …"

„Ich muss Euch noch etwas sagen", stammelte Samira. „Ich habe das Kästchen mit dem Smaragd gestohlen! Es tut mir leid, aber ich wollte damit einen Detektiv bezahlen, der meinen verschwundenen Vater suchen soll."

Sie erhielt keine Antwort mehr. Die Hand des Mannes rutschte von ihrem Arm. Als sie verzweifelt nach seinem Puls tastete, konnte sie nichts spüren.

Er war tot.

Samira liefen die Tränen übers Gesicht. Sie wischte sie mit dem Ärmel weg. Außer ihrer Mutter hatte sie noch nie einen Toten gesehen. Sie fühlte sich schuldig, weil sie ihm nicht mehr hatte helfen können. Hätte sie nur das Fläschchen aufbekommen, dann wäre er vielleicht gerettet werden – auf welche Weise auch immer.

Da vernahm sie auf einmal Schritte am Ende der Gasse. Als sie sich umdrehte, sah sie die Umrisse zweier Männer in Uniform.

Mit einem Satz war sie auf den Beinen und lief in Gegenrichtung davon. Die Wachen würden ihr nicht glauben, dass sie nichts mit dem Überfall zu tun hatte. Sie würden nur den Toten sehen, das Blut an ihrer Kleidung und das goldene Fläschchen in ihren Händen. Und bei der Durchsuchung würden sie auch noch das gestohlene Kästchen mit dem Smaragd entdecken.

Genug Beweise, um zum Tode verurteilt zu werden.

Die Panik schien Samira Flügel zu verleihen. Noch nie war sie so schnell gelaufen wie jetzt. Sie wagte es nicht, sich umzudrehen. Hatte man sie entdeckt? Wurde sie verfolgt? Ihre Füße flogen förmlich über den Boden.

Sie stoppte erst, als sie nicht mehr konnte. Ihre Lungen brannten, genau wie die Muskeln an ihren Oberschenkeln. Keuchend rang sie nach Luft. Dann endlich wandte sie den Kopf. Dem Himmel sei Dank, sie hatte ihre Verfolger abgehängt!

Erschöpft lehnte sie sich an eine Mauer. Ihre Gedanken überschlugen sich. Was sollte sie jetzt tun? Die Wachen hatten den Toten gefunden und würden sich jetzt sicher auf die Suche nach seinem Mörder machen. Und die zurückgelassenen Frauen in der Herberge würden den Mann bestimmt als vermisst melden, wenn er am Morgen noch immer nicht da war.

Eine innere Stimme, mehr ein Bauchgefühl, warnte Samira vor dem Wirt. Er steckte mit den Tätern unter einer Decke. Warum sonst hatten sie einander heimliche Signale zugesandt? Konnte es sein, dass der Wirt die beiden Schläger verständigte, sobald wohlhabende Reisende eingetroffen waren? War die Tat geplant worden? Sollten sie den Bärtigen ausrauben?

Samira betrachtete das Fläschchen in ihren Händen. Wenn es eine magische Medizin enthielt, die sogar Todkranke retten konnte, dann war es sicher sehr begehrt und wertvoll. Vielleicht genau wie der geheimnisvolle Teppich, den Tarik erwerben wollte.

Samira atmete tief durch. Noch immer rasten ihre Gedanken. Der Tod des Mannes hatte sie zutiefst schockiert, und sie konnte immer noch nicht ganz fassen, dass der Überfall wirklich passiert war, praktisch vor ihren Augen. Andererseits waren die Wachen in einen Alarmzustand versetzt worden, und es würde vielleicht gar nicht lange dauern, bis sie auch zur Herberge kommen und Erkundigungen einholen würden. Wenn die Wachmänner dann Samira mit ihrer blutbefleckten Kleidung entdeckten, war sie verloren. Der Wirt würde sie sicher nicht in Schutz nehmen, sondern den Verdacht gegen sie eher noch bestätigen. Wenn die Wachen dann noch herausfanden, dass sie sich als Junge ausgegeben hatte, war ihre Schuld für die Wachen so gut wie erwiesen.

Sie musste fliehen, das wurde ihr jetzt klar. Und zwar so schnell wie möglich. Am besten verließ sie die Stadt, denn sicher sprach es sich rasch herum, dass es einen Mord gegeben hatte. Samira spürte, wie ihr erneut der Schweiß ausbrach, diesmal vor Angst. Sie wollte nicht festgenommen werden und in einer engen Zelle auf ihre Hinrichtung warten. Sie wollte frei sein und ihren Vater finden!

Es gab nur einen Weg: Sie würde Rayan stehlen und möglichst viele Meilen zwischen sich und die Stadt bringen!

Samira schluckte. Ob der Hengst bei ihrem Plan mitmachte?

Nur zögernd trugen sie ihre Füße zur Herberge zurück. Noch immer waren Gäste in der Wirtsstube, Samira konnte von außen Lärm und Gegröle hören. Sie achtete darauf, nicht gesehen zu werden, als zwei Betrunkene aus der Tür torkelten. Erst als die Männer weg waren, huschte sie um die Ecke und schlüpfte in den finsteren Stall.

„Ach, hätte ich nur die Augen einer Katze!“, murmelte sie, als sie im Dunkeln gegen einen Pfosten stieß und sich die Stirn anschlug. Trotz ihrer Panik zwang sie sich zur Vorsicht. Behutsam tastete sie sich die Stallgasse entlang, bis sie bei dem Platz angelangt war, an dem Rayan festgebunden war. Der Hengst erschrak und wollte steigen. Rasch hielt Samira ihn mit all ihrer Kraft am Halfter fest.

„Die Decke ist viel zu niedrig, du haust dir nur den Kopf an wie ich!“, warnte sie ihn.

Rayan stieß ein ärgerliches Wiehern aus und stampfte mit den Hufen. Fast wäre er Samira auf den Fuß getreten, er verfehlte ihn nur um Haaresbreite.

„Ruhig, mein Lieber, ruhig“, flüsterte Samira. „Ich bin’s, Samira. Du kennst mich doch!“

Der Hengst spitzte die Ohren. Er schien sich tatsächlich zu beruhigen, als sie sanft seinen Hals berührte. Sie konnte spüren, wie er zitterte, und verstand seine Panik sehr gut. Wer weiß, was er in der Zeit, in der sie getrennt waren, alles erlebt hatte!

„Tarik ist leider nicht da“, erklärte sie ihm flüsternd. „Ich weiß, dass du niemand anderen als ihn auf deinem Rücken duldest. Aber bitte, bitte, mach für mich eine Ausnahme. Wir beide müssen noch heute Nacht die Stadt verlassen. Es ist ganz dringend, Rayan. Bitte hilf mir, allein schaffe ich es nicht!“

Ob der Hengst ihre flehenden Worte verstand?

Immerhin stand er jetzt ruhig da und machte keine Anstalten mehr, zu steigen oder mit den Hufen auszuschlagen. Samira schöpfte Hoffnung.

Das nächste Problem war, wie sie ihr Gepäck mitnehmen sollte. Wenn sie in der Wüste übernachtete, brauchte sie ihren magischen Schlafsack dringend. Und sie wollte auch ihre restlichen Sachen nicht zurücklassen. Tarik würde bestimmt nicht auf seinen wundersamen Schlafsack verzichten wollen, wenn sie endlich wieder zusammen waren. Und Klamotten zum Wechseln waren auch nötig.

Samira nagte an ihrer Unterlippe und überlegte.

„Ich bin gleich wieder da“, sagte sie zu Rayan. Sie tastete sich zu der Stelle, wo sie ihre Sachen untergebracht hatte. Dort rollte sie alles, was sie besaß, in die zwei Schlafsäcke. Sie packte auch das Ebenholzkästchen und das goldene Fläschchen dazu. Alles wurde mit einem langen Seil verschnürt. Samira hatte vor, die beiden Schlafsackbündel auf Rayans Rücken zu binden. Sie selbst würde ohne Sattel reiten, das hatte sie schon oft getan – allerdings nur auf ihrer Stute Aida. Rayan würde sie bestimmt leicht abwerfen können …

Sie verdrängte den Gedanken. Ihre Flucht konnte nur gelingen, wenn sie jetzt mutig war. Ein weiteres Hindernis tat sich auf: Sie hatte kein richtiges Zaumzeug. Rayan trug nur ein schäbiges Stallhalfter. Wie sollte sie ihn damit lenken können? Selbst ihr Vater hatte Rayan immer nur mit Zaumzeug und Gebiss geritten. Natürlich gab es auch Pferde, die sich nur mit einem Halsring lenken ließen, aber das erforderte viel Vertrauen zwischen Tier und Reiter. Erneut verließ sie der Mut, und sie zweifelte an ihrem Plan. Sie wusste ja nicht einmal, ob Rayan sie auf seinem Rücken dulden würde!

Es half alles nichts: Sie musste sich behelfen. Mit ihrem Messer schnitt sie das Seil zurecht. Zwei kürzere Stricke knotete sie als Zügel an das Stallhalfter.

Rayan schnaubte unwillig.

„Sei ruhig, mein Lieber“, wisperte Samira. „Es muss leider sein.“

Danach kam der schwierigere Teil. Sie lud das Gepäck auf Rayans Rücken und musste das Seil um den Pferdeleib schlingen, um es festzubinden. Als sie unter seinem Bauch hindurchkroch, stand sie Todesängste aus. Rayan konnte ihr mit einem einzigen Huftritt den Schädel zerschmettern!

Zum Glück passierte nichts. Samira verknotete das Seil und vergewisserte sich, dass das Gepäck gut verteilt war und nicht verrutschte. Dann band sie Rayan los und schickte sich an, ihn durch den dunklen Stall ins Freie zu führen. Ihre Hände zitterten, als sie die behelfsmäßigen Zügel hielt.

„Du darfst jetzt nicht ausreißen, Rayan, bitte“, flüsterte sie. „Ich weiß, du bist viel stärker als ich, und normalerweise würdest du mich nicht auf dir reiten lassen. Doch das ist jetzt eine Ausnahme. Wir müssen zusammenhalten, sonst bin ich verloren – und du vielleicht auch." Verstand er sie? Sie konnte die Anspannung des Hengstes spüren, aber er machte keine Anstalten, auszubrechen.

Die Hufe klapperten, als sie das Pferd durch die Stallgasse führte. Samira hielt die Luft an. Hoffentlich hörte niemand das Geräusch! Vielleicht hätte sie seine Hufe besser mit Stofflappen umwickeln sollen. Doch nun war es zu spät dafür.

Kaum hatte sie mit Rayan den Stall verlassen, fingen die Esel an zu blöken. Erst schrie einer, dann fielen die anderen in das Geschrei mit ein. Samira blieb fast das Herz stehen. Es war ein furchtbarer Lärm!

Prompt hörte sie eine Tür klappen. Der Wirt kam aus der Herberge.

„Was ist das denn für ein Krach?", rief er.

„Schnell!", zischte Samira und zog Rayan durch das Hoftor. Wieder klapperten die Hufe.

„Ist da jemand?", schrie der Wirt.

„Wir müssen weg!", wisperte Samira voller Panik, fasste in Rayans Mähne und versuchte, auf seinen Rücken zu klettern. Warum war das Pferd nur so hoch? Sie rutschte ab.

Der Wirt kam ihr jetzt nach.

„Was willst du mit meinem Pferd, du Dieb?" brüllte er. „Warte, wenn ich dich kriege!"

Voller Panik sprang Samira auf einen Mauervorsprung und schwang sich von dort aus auf den Pferderücken. Dieser war glatt und ungewohnt breit. Bevor Samira richtig das Gleichgewicht finden konnte, stürmte der Hengst los.

Keinen Moment zu früh, denn der Wirt hatte sie fast erreicht.

Samira hing schief auf Rayans Rücken und klammerte sich verzweifelt an der Mähne fest. Sie war überzeugt, jeden Moment herunterzufallen. Der Hengst preschte in vollem Galopp an der Herberge vorbei und die Straße entlang. Die Menschen, die noch unterwegs waren, sprangen rasch auf die Seite. Der Wirt lief ein Stück hinterher, gab es aber bald auf, weil ihm die Luft ausging. Er rief ihnen nur einen Fluch nach.

Es war ein Wunder, dass Samira sich so lange an Rayans Leib festklammern konnte. Es gelang ihr sogar, sich hochzuziehen und die richtige Reitposition einzunehmen. Nur die Zügel konnte sie nicht erwischen. Die beiden Seilstücke hingen nutzlos links und rechts herab. So bestimmte allein der Hengst, wohin es ging.

Straßen und Gassen flogen vorbei. Samira hatte längst die Orientierung verloren. Mitten in der Nacht war es ohnehin nicht einfach, sich in der Stadt zurechtzufinden. Es war Samira auch ziemlich egal, wohin der Hengst sie trug. Hauptsache, sie fiel nicht herunter und Rayan brachte einen möglichst großen Abstand zwischen sie und die Herberge *Zur Springenden Gazelle*!

Flucht in die Wüste

Endlich wurde Rayan langsamer und fiel schließlich in Schritt, sodass Samira nach vorne greifen und die Zügel aufnehmen konnte. Sie war schweißgebadet, und ihr Hinterteil schmerzte von dem wilden Ritt auf dem unvertrauten Pferderücken.

„Danke, Rayan", lobte sie das Tier und tätschelte ihm den Hals. „Du hast mich vor dem Wirt gerettet. Der hätte garantiert Hackfleisch aus mir gemacht!"

Sie sah sich um. Im Dunkeln konnte sie nur die Umrisse einiger Gebäude erkennen. Der Mond stand bereits tief, wahrscheinlich war längst Mitternacht vorbei. Samira hatte durch ihre Panik und all die Aufregung jegliches Zeitgefühl verloren.

Im schwachen Sternenlicht sah sie schräg vor sich Wasser glänzen. Ein Brunnen! Kurz entschlossen ließ sie sich von Rayans Rücken gleiten. Nach dieser abenteuerlichen Aktion war der Hengst sicher durstig. Auch Samira hatte das Verlangen, etwas zu trinken und sich frisch zu machen. Noch immer hatte sie das Gefühl, dass das Blut des toten Mannes an ihren Fingern klebte.

Während Rayan schon das Wasser witterte und sie in die Richtung des Brunnens zog, überlegte sie, ob es wirklich klug war, eine Pause zu machen. Ursprünglich hatte sie ja so schnell wie möglich die Stadt verlassen wollen. Doch jetzt fiel ihr ein, dass das Stadttor sicher während der Nacht geschlossen war. Als sie die Stadt verlassen und Rafi aufgesucht hatte, war es heller Tag gewesen. Nachts wurde das Stadttor nur in Ausnahmefällen geöffnet, die Wachleute würden genau kontrollieren und sicher einige Fragen stellen. Dieses Risiko durfte sie nicht eingehen. Besser, sie wartete, bis es hell wurde, und schmuggelte sich dann durch den morgendlichen Verkehr aus der Stadt.

Es war eine Wohltat, die Hände in das kühle Wasser zu tauchen und sich Arme und Gesicht zu waschen. Rayan trank mit kräftigen Zügen. Zu gerne hätte Samira den Hengst mit einem Leckerbissen belohnt, aber sie hatte leider nichts bei sich, was sie ihm geben konnte. In der Eile hatte sie auch nicht daran gedacht, etwas Hafer aus dem Stall mitzunehmen. Sie nahm sich vor, bei nächster Gelegenheit etwas für ihn zu kaufen.

Nachdem Samira auch ihre Kleidung notdürftig gereinigt und den Blutfleck entfernt hatte, setzte sie sich auf den Brunnenrand und dachte über das Erlebte nach. Rayans Zügel hielt sie lose in der Hand. Zum Glück machte er keine Anstalten, wegzulaufen. Ob er begriffen hatte, dass sie zusammenhalten mussten? Oder war Magie im Spiel, und Samiras Mutter hielt schützend ihre Hand über sie beide?

„Danke, Mutter“, flüsterte sie, berührte die Muschel und hielt sie dann an ihr Ohr. „Es ist so viel Entsetzliches passiert, Mutter. Und ich, ich habe etwas getan, was nicht weniger schrecklich ist. Ich habe einen Mann bestohlen, weil ich dachte, dass er zu den hartherzigen Reichen gehört. Ich wollte doch den Detektiv bezahlen! Aber der Mann war gar nicht so hartherzig! Dann ist er auch noch überfallen worden, und ich konnte ihn nicht retten. Ich fühle mich so schuldig, Mutter!“

Du hast versucht, ihn zu retten, Samira. Dein Wille zählt, auch … nicht geklappt hat. Es … Männer, die ihn … verletzt … Nicht du. Die Stimme der Mutter versuchte, sie zu trösten.

Jetzt schluchzte Samira laut auf. Die Tränen liefen ihr übers Gesicht, und als sie sie abwischte, gelangten einige davon auf die Muschel. Diese begann, im Dunkeln sanft zu leuchten. Es war ein schimmerndes orangefarbenes Licht. Samira starrte ungläubig darauf. Sie hatte das Gefühl, etwas Lebendiges in der Hand zu halten.

„Mutter“, flüsterte sie.

Samira spürte die Liebe, die vom Licht ausging. Sie fühlte sich plötzlich warm und geborgen. Wie in einer Umarmung. Sie glaubte sogar, den Duft ihrer Mutter riechen zu können. Alle Sorgen schienen sich mit einem Mal in Luft aufzulösen.

Viel zu schnell verging dieser magische Augenblick. Das Licht in der Muschel erlosch. Samira atmete tief durch. Gut, sie war nicht schuld am Tod des Mannes. Aber es blieb noch immer das drückende schlechte Gewissen wegen des gestohlenen Schmuckstücks.

Wenn sie das Kästchen zurückbrachte und vor die Tür der Herberge stellte, dann würde es gewiss der Wirt an sich nehmen und nicht seinen Besitzerinnen aushändigen. Samira überlegte. Bestimmt hatten die Frauen jetzt andere Probleme als einen verschwundenen Anhänger. Sobald sie vom Tod des Mannes erfuhren, würden sie sich um das Begräbnis kümmern müssen. Samira vermutete, dass es sich bei den Frauen um die Ehefrau des Verstorbenen und seine beiden erwachsenen Töchter handelte.

Rayan wieherte leise und machte auf sich aufmerksam. Samira rutschte vom Brunnenrand, trat auf das Pferd zu und berührte seinen Hals. Rayan schnaubte leise, aber er wich nicht aus. Sie wagte es, sich an ihn zu schmiegen. Sein Fell war weich, und darunter spürte sie den warmen, lebendigen Pferdeleib. Sie konnte seine kräftigen Muskeln fühlen. Er war größer und stärker als ihre Stute Aida.

„Rayan“, flüsterte Samira. „Wir werden Vater suchen und ihn finden, selbst wenn wir bis ans Ende der Welt reiten müssen. Das Kästchen werde ich vorläufig behalten. Vielleicht kann ich es eines Tages zurückgeben.“ Sie hatte sich entschieden, Tarik auf eigene Faust zu suchen. Nochmals zu Rafi zu gehen, war zu gefährlich. Sie musste morgen früh so schnell wie möglich fort, weil die Wachen vielleicht nach ihr suchen würden. Der Wirt würde den Pferdediebstahl sicher melden und ihr möglicherweise auch den Mord in die Schuhe schieben. Sie musste aus der Stadt fliehen, das war die einzige Möglichkeit, ihre Haut zu retten.

Sie war im Stehen eingenickt, die Arme immer noch um Rayans Hals geschlungen. Erst als sich der Hengst bewegte, wurde sie wach. Ihre Augen waren verklebt von Tränen und Staub. Sie blinzelte und erkannte, dass es allmählich hell wurde. Schnell wusch sie sich am Brunnen, stopfte ihr verräterisches Haar unter die Kopfbedeckung, kletterte auf den Brunnenrand und schwang sich von dort aus auf Rayans Rücken. Sie spürte jeden Muskel, aber sie biss die Zähne zusammen.

„Los, Rayan, bitte bring mich zum Stadttor." Sie nahm die Zügel auf und berührte seine Flanken sanft mit ihren Fersen.

Rayan hob den Kopf und setzte sich in Bewegung. Sie musste nur leicht an den Zügeln ziehen, und er schlug die gewünschte Richtung ein. Samira konnte es fast nicht glauben, wie gut er ihr gehorchte und wie leicht er sich lenken ließ.

Mit neuem Mut ritt sie auf das Stadttor zu, das die Wächter inzwischen geöffnet hatten. Vor dem Tor warteten schon zahlreiche Menschen mit ihren Tieren und Karren auf Einlass. Auch etliche Leute wollten die Stadt verlassen, genau wie Samira. Vor ihr wartete ein Wagen, der von zwei Maultieren gezogen wurde. Auf der Ladefläche befanden sich einige Möbelstücke und eine verschleierte Frau mit zwei kleinen Kindern. Der Mann saß auf dem Bock und lenkte die Tiere. Offenbar hatten sie ihr Heim verlassen und wollten woanders hinziehen.

Rayan wartete mit Samira geduldig auf ein Durchkommen. Erst als ein Kamel ihm zu nahe kam, machte er einen Satz zur Seite. Samira klammerte sich an der Mähne fest. Fast wäre sie vom Pferderücken gerutscht! Einer der Wächter schaute zu ihr herüber, und Samira spürte, wie die Panik in ihr hochschoss. Sie durfte sich nichts anmerken lassen. Jetzt kam der Wächter auf sie zu, und Samira befürchtete schon das Schlimmste. Doch dann wandte er sich an einen Händler, der vor dem Karren der Familie in der Schlange wartete, und ließ sich den Inhalt einer der zahlreichen Taschen zeigen, die der Händler über seine Esel gespannt hatte. Samira atmete erleichtert auf.

Kurz darauf konnte sie das Tor passieren, ohne von den Wächtern aufgehalten zu werden. Als der Weg frei war, schnalzte sie mit der Zunge und trieb Rayan zu einem schnelleren Tempo an. Der Hengst schien nur darauf gewartet zu haben. Er fiel in Galopp. Seine Beine griffen weit aus. Samira beugte sich nach vorne und genoss den wilden Ritt. Der Wind ließ Rayans Mähne flattern. Unter seinen Hufen wirbelte der Staub auf. Längst waren sie an dem Viertel vorbei, in dem Rafi wohnte. Sie ritten an einem Fluss entlang, bis die Stadt etliche Meilen hinter ihnen lag und die hohen Türme winzig klein aussahen.

Schließlich entschied sich Samira, eine Pause einzulegen. Hier am Fluss wuchs genügend Gras für Rayan, und auch ihr knurrte der Magen. Schräg vor ihnen lag ein kleiner Gasthof. Dort hoffte Samira, einen Imbiss zu bekommen. Sie nahm sich auch vor, die Wirtsleute nach ihrem Vater zu fragen.

„Warte hier auf mich!“, sagte sie zu Rayan. Als sie ihn an einen Baum anbinden wollte, schnaubte er vorwurfsvoll.

Hast du denn kein Vertrauen zu mir?, schien sein Blick zu sagen.

Samira zögerte. Ihre Stute Aida lief niemals weg, wenn sie irgendwo warten sollte. Doch Tarik hatte Rayan jedes Mal angebunden, schließlich war er ein wertvoller Rassehengst. Samira entschied sich nach kurzer Überlegung, Rayan die Freiheit zu lassen. Er war so kräftig, dass er die Behelfszügel ohnehin leicht losreißen konnte, wenn er es darauf anlegte. Und hatte er nicht schon bewiesen, dass sie sich auf ihn verlassen konnte? Er hätte sie hundertmal abwerfen oder einfach mit ihr durchgehen können, in eine Richtung, die er bestimmte. Doch er hatte brav alles getan, worum sie ihn gebeten hatte.

„Du hast recht, ich bin ein Dummkopf!" Samira seufzte. „Natürlich darfst du frei bleiben und so viel Gras fressen, wie du willst." Sie wollte ihm einen Kuss auf die Nüstern drücken, aber das war Rayan dann doch eine Spur zu viel, und er wich einen Schritt zurück. Samira musste lachen. Sie ließ das Pferd stehen und lief zu dem kleinen Gasthof. Eine unglaublich dicke Wirtin war gerade dabei, eine Reisegruppe zu verabschieden und der Truppe beim Aufladen des Gepäcks zu helfen.

„Was willst du, Junge?", rief sie, als sie Samira erblickte.

„Ich habe Hunger und Durst", antwortete Samira.

„Dann komm mal rein. Ich habe frischen Käse, und das Brot dürfte auch gleich fertig gebacken sein." Die Wirtin musterte sie eingehend. „Bist so dünn wie eine Bohnenstange, Junge. Du musst ordentlich essen, weil du noch am Wachsen bist." Ihr rundes Gesicht nahm einen wehmütigen Ausdruck an. „Ich hatte mal einen Sohn, der wäre jetzt ungefähr in deinem Alter. Oder auch ein, zwei Jahre älter."

„Was ist mit ihm passiert?", rutschte es Samira heraus, bevor ihr bewusst wurde, dass eine solche Frage zu aufdringlich war.

Die Wirtin blickte zu Boden. „Er war erst zwei Jahre alt, als er verschwand. Wir reisten damals in einer großen Karawane. Unterwegs brach eine Krankheit aus, die Hälfte der Reisenden erwischte es, auch meinen Gatten und mich. Mein Gatte starb, und ich hatte tagelang so hohes Fieber, dass ich nichts mehr mitbekam. Als das Fieber schließlich sank, war mein Sohn verschwunden. Ich weiß nicht, ob er gestorben ist oder ob ihn jemand mitgenommen hat." Sie wischte sich eine Träne aus dem Augenwinkel.

„Das tut mir leid." Samira war betroffen.

„Ich nannte ihn Said, aber vielleicht hat er jetzt einen ganz anderen Namen, falls er noch lebt", murmelte die Wirtin und blickte Samira an. „Er hatte genauso schwarze Haare wie du. Vielleicht bist du ja mein Sohn, und das Schicksal hat dich zu mir zurückgebracht?" Hoffnung blitzte in ihren Augen auf.

„Bestimmt nicht. Ich … ich …" Samira überlegte, ob sie preisgeben sollte, dass sie ein Mädchen war. Doch dann entschied sie sich dagegen. „Ich heiße Samir. Meine Eltern sind Djamila und Tarik, und ich bin ihr einziges Kind. Meine Mutter ist leider vor drei Jahren gestorben."

„Oh, das ist wahrhaft schrecklich", sagte die Wirtin mitfühlend.

Samira fasste sich ein Herz. „Seit ein paar Tagen ist mein Vater verschwunden, und ich bin auf der Suche nach ihm. Er ist Kaufmann und wollte sich mit jemandem treffen wegen eines ganz seltenen Teppichs. Habt Ihr vielleicht zufällig etwas gehört?"

„Lass mich nachdenken, Samir." Die Wirtin wiegte den Kopf. „Vor einigen Tagen waren tatsächlich zwei Männer da, die sich über einen fliegenden Teppich unterhielten. Es waren ein alter

Mann, vielleicht sechzig Jahre alt, und ein jüngerer, höchstens zwanzig. Zuerst dachte ich, dass sie einander ein Märchen erzählen, doch dann begriff ich, dass es sich um einen echten Teppich handeln muss. Sie sprachen auch von einem Käufer, den sie treffen wollten."

Samira klopfte das Herz bis zum Hals. „Kennt Ihr ihre Namen? Oder wisst Ihr, wohin sie reisen wollten?"

„Leider nein", erwiderte die Wirtin. „Aber ihre Reittiere waren sehr auffällig. Der Alte ritt ein schwarzes Dromedar. Ich habe noch nie ein so dunkles Kamel gesehen. Der junge Mann dagegen hatte nur ein Maultier, aber es trug eine kostbare Satteldecke, sehr bunt und mit Glasperlen geschmückt. Auch das Zaumzeug war aufwendig bestickt. Ich wunderte mich, weil diese Sachen viel eher zu einem edlen Pferd gepasst hätten als zu einem Maultier."

„Danke, Ihr habt mir sehr geholfen", sagte Samira und prägte sich die Beschreibung ein. Sie folgte der Wirtin ins Innere des Gasthofes. Die Frau holte frisch gebackenes Brot aus dem Steinofen, häufte Ziegenkäse in eine Schüssel und gab eine Handvoll Oliven dazu. Außerdem servierte sie Samira eine Schale mit Feigen und Datteln sowie etliche Nüsse. Dazu gab es köstlichen Granatapfelsaft.

„Danke!" Jetzt erst spürte Samira, wie ausgehungert sie war. Sie langte tüchtig zu und verputzte alles bis auf den letzten Krümel. Die Wirtin bediente inzwischen andere Gäste, aber danach setzte sie sich zu Samira an den Tisch.

„Hat es dir geschmeckt?", fragte sie.

„Es war fantastisch“, murmelte Samira und trank den Rest Saft. Sie fühlte sich gestärkt und voller Energie. Als sie bezahlen wollte, schüttelte die Wirtin den Kopf.

„Behalt dein Geld“, sagte sie.

„Aber …“, wollte Samira einwenden, doch die Wirtin ließ sie nicht zu Wort kommen.

„Du bist in Not, Junge. Ich weiß genau, wie schrecklich es sich anfühlt, wenn man nach jemandem suchen muss.“ Sie griff über den Tisch und tastete nach Samiras Hand. „Ich wünsche dir viel Glück! Und wenn du unterwegs zufällig einen Jungen namens Said triffst, der ungefähr in deinem Alter oder ein bisschen älter ist, dann schicke ihn zu mir in den Gasthof Grüne Schildkröte. Ich bin Khaula.“

Samira war gerührt. „Oh, ich wünsche Euch wirklich, dass Ihr Euren Sohn wiederfindet! Ich werde die Augen offen halten.“

Khaula lächelte und machte mit der freien Hand ein Zeichen über Samiras Kopf. „Der Herrscher des Himmels segne dich, Samir! Möge er dich geleiten und immer über dich wachen. Und möge sein Wille dich zu deinem Vater führen.“ Tränen schimmerten in ihren braunen Augen.

„Vielen, vielen Dank!“, sagte Samira.

„Gibt’s denn hier kein Bier mehr?“, grölte jemand am Nachbartisch.

„Ich komme gleich!“, rief Khaula zurück. Sie erhob sich, lächelte Samira zum Abschied zu und eilte dann, um den ungeduldigen Gast zu bedienen.

Samira stand ebenfalls auf und verließ den Gasthof.

Rayan graste ein Stück entfernt. Er hatte brav auf sie gewartet und hob den Kopf, als sie sich ihm näherte.

Samira rieb ihm die Stirn. „Du bist wirklich ein Lieber! Was meinst du, wollen wir weiter?"

Der Hengst schnaubte, was sie als Zustimmung wertete. Sie sah sich um, um etwas zu finden, worauf sie sich stellen konnte, um sich leichter auf Rayans Rücken zu schwingen. Doch es war weder ein großer Stein noch eine Mauer in der Nähe.

„Kamelkacke! Warum habe ich nicht längere Beine!", ärgerte sich Samira. Sie versuchte, ohne Hilfe hochzukommen, aber Rayan war einfach zu groß. Nach dem dritten gescheiterten Versuch setzte sie sich zornig ins Gras. „Mist, Mist, Mist!"

Rayan blickte zu ihr herab. Zu Samiras Überraschung knickte er plötzlich mit den Vorderbeinen ein.

Samira bekam zuerst einen Schreck, weil sie befürchtete, Rayan würde es schlecht gehen. Doch dann begriff sie, dass er ihr beim Aufsteigen behilflich sein wollte.

„Du bist unglaublich!", rief sie fassungslos, sprang auf und kletterte auf seinen Rücken. „Tausend Dank, Rayan!"

Der Hengst erhob sich.

Samira überlegte kurz, dann entschied sie sich, weiter nach Osten zu reiten. Sie erinnerte sich daran, dass Tarik erzählt hatte, es gebe dort eine Oasenstadt, in der oft Kaufleute haltmachten.

Viele Stunden vergingen. Nachdem sich das Pferd und seine Reiterin vom Fluss abgewandt hatten, wurde die Landschaft immer karger und der Boden sandiger. Samira sah unterwegs kaum noch Häuser und Hütten. Schließlich erreichten sie einen Ausläufer der Wüste, wo kaum noch Pflanzen wuchsen. Weil der Abend hereinbrach, entschied sich Samira, einen Platz zum Rasten zu suchen. Sie würden diese Nacht im Freien übernachten müssen.

Hinter einem Felsvorsprung war es windgeschützt, und Samira entschied, hier ihr Nachtlager aufzuschlagen. Sie saß ab und befreite Rayan von seinem Gepäck. Unterwegs hatte sie einen Sack Getreide für ihn gekauft, in den er jetzt seine Nase steckte. Während seine Zähne genüsslich mahlten, rollte sie ihren Schlafsack aus, verzehrte ein paar Früchte, die sie ebenfalls erworben hatte, und trank aus ihrem Wasserschlauch.

„Danke, dass du mich hierhergebracht hast“, rief sie Rayan zu, während sich die Dämmerung über die Wüste senkte. Die ersten Sterne waren am Himmel zu sehen. Es wurde merklich kühler. Samira war froh, als sie in ihren Schlafsack schlüpfen konnte.

„Gute Nacht, Rayan“, sagte sie zu dem Hengst, der ein paar Meter von ihr entfernt stand. Er döste bereits, einen Hinterhuf entspannt angehoben. Dass sie ihn beim Gasthof *Grüne Schildkröte* hatte anbinden wollen, kam ihr jetzt völlig absurd vor. „Träum schön von saftigen Wiesen!“ Sie kuschelte sich in den Schlafsack, schloss die Augen und lauschte den Geräuschen der Wüste. Irgendwo summten Insekten. Ein Nachtvogel schrie, und manchmal war das Säuseln des Windes zu hören. Aber meistens war es so still, dass Samira nur ihre eigenen Gedanken hören konnte. Sie versuchte, sich nur an die schönen Erlebnisse des Tages zu erinnern. Die freundliche Wirtin Khaula. Der Moment, in dem Rayan vor ihr auf die Knie gegangen war. Der Flug eines Falken am Himmel … Sie nahm die Bilder mit in den Schlaf und ließ ihre Sorgen und Ängste zurück.

Tödliche Gefahr

Samira erwachte, weil ein Sonnenstrahl ihre Nase kitzelte. Sie musste blinzeln, denn das Licht war so hell.

Umständlich setzte sie sich auf und schälte ihren Oberkörper aus dem Schlafsack. Ihre Glieder schmerzten nicht mehr so sehr wie am Abend zuvor. Sie fühlte sich erholt und ausgeruht, ihr Schlaf war tief und fest gewesen.

„Guten Morgen, Rayan! … Rayan? Rayan!"

Panik überkam sie. Die Stelle, an der Rayan gestern gestanden hatte, war leer. Hatte man ihn gestohlen?

Samira strampelte sich aus dem Schlafsack frei und sprang auf. Der Sand unter ihren nackten Füßen war noch kühl, während das grelle Sonnenlicht sie blendete. „Rayan? Wo bist du?" Voller Angst drehte sie sich im Kreis.

Gerade als Rayan hinter dem Felsen hervorkam und ihr ein Stein vom Herzen fiel, spürte sie einen stechenden Schmerz an der Fußsohle.

„Autsch! Verd …" Als sie den Fuß anhob, sah sie, dass sie versehentlich auf einen kleinen schwarzen Skorpion getreten war.

Sein Giftstachel hatte sie getroffen.

„O nein!" Samira wusste, wie gefährlich Skorpione sein konnten. Ihr Vater hatte ihr hundertmal eingeschärft, immer erst die

Schuhe zu überprüfen, bevor sie hineinschlüpfte, denn ein Skorpion könnte sich darin verstecken. Und jetzt hatte sie nicht einmal auf den Boden geschaut, als sie barfuß aus dem Schlafsack gesprungen war.

Der Fuß begann, immer mehr zu schmerzen, und schwoll bereits an. Samira biss die Zähne zusammen. Sie wusste, dass manche Stiche von Skorpionen tödlich sein konnten. Sie waren weit abseits von jeder Siedlung, und niemand würde ihr zu Hilfe kommen. Würde sie hier und jetzt sterben müssen?

„Was mach ich nur?“, murmelte sie, während ihr Körper zu schlottern anfing. Sie spürte Übelkeit in sich aufsteigen.

Urplötzlich erinnerte sie sich an den sterbenden Mann in der Gasse. Sie konnte seinen festen Griff fast spüren. Das Geschenk! Würde es ihr Leben retten, auch wenn es dem Alten nicht mehr hatte helfen können? Sie merkte, wie das Gift bereits ihr Denken beeinflusste. Es fiel ihr schwer, sich zu konzentrieren. Wo hatte sie das Fläschchen untergebracht? Panisch durchwühlte sie ihre Sachen. Alles verschwamm vor ihren Augen. Das Fläschchen musste in Tariks Schlafsack stecken. Schließlich ertasteten ihre Finger das kleine Gefäß. Als sie es herauszog, fiel ein Sonnenstrahl auf das Gold und stach ihr in die Augen. Sie stöhnte auf.

„Die Medizin … ich muss … die Flasche … öffnen …!“

Wieder leistete der Verschluss Widerstand. Ihre Hände waren verschwitzt. Sie rieb sie an ihrem Gewand trocken, zusammen mit dem Fläschchen. Als sie jetzt den Verschluss drehte, öffnete er sich ganz leicht. Der Deckel fiel in den Sand. Samira wollte das Fläschchen gerade an den Mund setzen und daraus trinken, als Rauch aus der Öffnung stieg.

Verwirrt hielt sie inne und betrachtete blinzelnd den aufsteigenden Dunst, der höher stieg und sich über ihr zu einer Wolke formte. Eine Wolke, die ein Gesicht bekam, dann Arme und Beine und einen Leib. Das musste eine Halluzination sein! Das Gift war schon so weit in ihren Körper eingedrungen, dass es ihr ein Trugbild vorgaukelte. Sie sah einen Dämon. Nein, einen Dschinn!

Die Gestalt verlor ihre Durchsichtigkeit und wurde zu einem großen Mann in blauen Pluderhosen und schimmernder Weste. Auf dem Kopf trug er einen Turban, unter dem ein paar feuerrote Haare hervorschauten. Sein Gesicht war rund mit einer mächtigen Nase.

Samira starrte ihn ungläubig an. Das konnte nicht wahr sein! So ein riesiger Kerl passte unmöglich in ein so kleines Fläschchen! Oder doch? Aber wo war die Medizin, die angeblich darin sein sollte?

„Du hast mich gerufen!“, donnerte eine Stimme auf sie herab. „Was ist dein Begehr?“

Sein Kopf näherte sich und war nun dicht vor ihr. Samira wich zurück.

„Ich hab dich gar nicht gerufen“, ächzte sie, während es vor ihren Augen flimmerte. „Ein Skorpion hat mich gestochen, und ohne Hilfe werde ich sterben!“

Der Dschinn spitzte seine fleischigen Lippen und blies ihr ins Gesicht. Eine Duftwolke aus Zimt und Weihrauch umhüllte sie.

Der Geruch schien ihr fast die Sinne zu rauben. Sie schnappte nach Luft, um nicht das Bewusstsein zu verlieren. Einige Augenblicke lang war ihr furchtbar schwummrig, aber dann wurde ihre Sicht besser, und sie konnte wieder klar sehen. Das Schwindelgefühl ließ nach, ebenso die Schmerzen in ihrem Fuß.

Der Dschinn allerdings war immer noch da. Also war er keine Halluzination, sondern echt. Und seine Magie hatte offenbar das Gift in ihrem Körper unschädlich gemacht.

„Danke!", stammelte sie. „Ohne Euch ... ohne dich wäre ich wahrscheinlich gestorben."

Der Dschinn verneigte sich vor ihr.

„Es freut mich, dass ich Euch dienen konnte, Herrin der Flasche!" Ein breites Grinsen überzog sein Gesicht. „Aber jetzt müsst Ihr ein Rätsel lösen, so verlangt es unsere Dschinn-Regel. Wenn Ihr falsch antwortet, muss ich Euch leider den Hals umdrehen!"

Samira, die eben noch erleichtert gewesen war, erstarrte. Richtig, sie hatte schon schlimme Geschichten über die Dschinn gehört. Erst taten sie freundlich, dann stürzten sie denjenigen, der sie aus ihrem Gefängnis befreite, ins Unglück. Manchmal, in schöneren Märchen, schenkten sie ihren Befreiern auch einen Schatz. Offenbar waren diese Dschinn weder grundsätzlich gut noch böse, aber anscheinend sehr launenhaft. Bisher hatte Samira aber gedacht, dass sie ins Reich der Fantasie gehörten und nicht in die Wirklichkeit. Und jetzt musste sie sich mit so einem magischen Wesen auseinandersetzen!

„Hör mal zu, ich habe dich befreit, und eigentlich müsstest du mir dankbar sein", sagte sie, indem sie all ihren Mut zusammennahm. „Wenn ich gewusst hätte, dass du in dem Fläschchen steckst, dann wäre ich vorsichtiger gewesen. Der Mann, von dem ich es bekommen habe, sprach von einem lebensrettenden Inhalt."

Sie stutzte. Konnte der Bärtige gewusst haben, dass das Fläschchen keine Medizin in sich barg, sondern einen Dschinn, der einem Schwerverwundeten die Gesundheit zurückbringen konnte? Samira hatte automatisch angenommen, dass das Gefäß einen heilenden Wundertrank enthielt.

„Ich habe meine gute Tat bereits geleistet", entgegnete der Dschinn mit strenger Stimme. „Wie es jetzt weitergeht, hängt von der Antwort des Rätsels ab. Tut mir leid, ich habe die Regeln nicht gemacht."

„Du musst sie ja nicht unbedingt befolgen", meinte Samira und versuchte, trotz ihrer Angst zu lächeln. „Keiner zwingt dich dazu! Oder gibt es einen Dschinnmeister, der über jedes Vergehen wacht und eine Strichliste führt? Und bei fünf Strichen wird einem die Magie aberkannt, oder so ähnlich?"

Es war ihr Galgenhumor, der sie diese Worte einfach plappern ließ, doch der Dschinn zog erstaunt die Augenbrauen hoch.

„Woher wisst Ihr das, Herrin? Diese Dinge sind streng geheim! Wer hat sie Euch verraten?"

Samira zuckte nur mit den Schultern und bemühte sich, ein gleichmütiges Gesicht zu machen. Er sollte ruhig denken, dass sie über ein großes Geheimwissen verfügte. Damit würde sie sich vielleicht Respekt verschaffen. Sie bebte innerlich vor Angst, ließ sich aber nichts anmerken.

„Es tut mir leid“, sagte der Dschinn. „Doch ich muss Euch jetzt das Rätsel stellen. Wenn Ihr so klug seid, dann kennt Ihr sicher die Antwort und dürft am Leben bleiben.“

Samira schluckte. „Na, schieß schon los“, murmelte sie, während ihre Hand automatisch nach der Muschel tastete.

„Was ist winzig klein und kann mit anderen zusammen riesig groß werden?“, fragte der Dschinn feierlich.

Samira dachte kurz nach. Ein Stein fiel ihr vom Herzen. Das Rätsel war kinderleicht!

„Ein Sandkorn“, antwortete sie lachend. „Zusammen mit Millionen und Milliarden anderen Sandkörnern bildet es die Wüste.“

Der Dschinn runzelte die Stirn, dann schüttelte er ärgerlich den Kopf. „Leider falsch! Ich meinte einen Wassertropfen. Zusammen mit Millionen und Milliarden anderen bildet er das Meer!“ Er seufzte theatralisch. „Ich bedauere es wirklich außerordentlich, aber ich muss Euch jetzt leider den Hals umdrehen!“ Er streckte seine mächtigen Hände aus.

Samira wich zurück. „Das ist gemein!“, fauchte sie. Die Wut besiegte ihre Angst. „Meine Antwort ist genauso richtig wie deine! Ein Sandkorn ist winzig, sogar noch kleiner als ein Wassertropfen. Und ergeben viele Sandkörner zusammen nichts Großes? Wo ist da ein Fehler? Beweis mir das erst einmal!“

Weil sie rückwärtsgegangen war, stolperte sie über das Gepäck und plumpste auf den Schlafsack ihres Vaters. Etwas Hartes stieß durch den Stoff an ihre Hüfte. Das Ebenholzkästchen!

Der Dschinn, eben noch triumphierend und angriffslustig, ließ schlagartig die Arme fallen, sank vor Samira auf die Knie und neigte seine Stirn so tief, dass sie den Boden berührte. Samira war verblüfft. Was war denn jetzt los? Hatte der Dschinn seine bösen Absichten auf einmal aufgegeben? Sie konnte es nicht fassen, aber unglaubliche Erleichterung durchflutete sie. Ob ihre Mutter wieder ihre Hand im Spiel gehabt hatte?

Gleich darauf bekam sie die Antwort auf den plötzlichen Sinneswandel des Dschinns.

„O Herrin! Ihr seid im Besitz des Sonnensteins! Warum habt Ihr das nicht gleich gesagt? Ich werde Euch niemals ein Leid antun, sondern Euch für immer und ewig dienen – zumindest so lange, wie Ihr es wünscht. Jeder Dschinn beugt sich der Macht des Steins. Ich bitte vielmals um Vergebung! Ich bin wahrlich ein großer Dummkopf, und Ihr könnt mich gerne verprügeln, wenn es Euch Spaß macht!"

Er drehte sich um und bot ihr seine Kehrseite an.

Samira schnappte nach Luft. Das war ja wohl die Höhe!

„Prügeln macht mir aber keinen Spaß!", rief sie empört. „Und jetzt lassen wir einfach den Quatsch! Du bist ein Dschinn und ich ein Mäd.... Junge. Ich habe dich versehentlich freigelassen, und du hast mir das Leben gerettet. Also sind wir quitt, wie du vorhin schon angedeutet hast. Ich bin auf der Suche nach meinem Vater, und wenn du Lust hast, mich zu begleiten, dann kannst du das gerne tun. Deine Magie könnte vielleicht hin und wieder nützlich sein. Und damit das klar ist: Ich bin weder deine Herrin, noch gehört der Sonnenstein mir. Ich habe ihn nämlich gestohlen und werde ihn irgendwann zurückgeben."

Der Dschinn wandte sich wieder zu ihr um und machte große Augen. „Dann … dann muss ich Euch … äh … dir nicht dienen? Wir können einfach Freunde sein?“ Seine Stimme klang ungläubig.

Samira nickte. „So ist es.“

„Ich bin einverstanden.“ Der Dschinn schien kurz zu überlegen und schürzte die Lippen. „Aber eines stimmt nicht. Du bist kein Junge, sondern ein Mädchen! Ich habe dich nämlich die ganze Zeit ‚Herrin‘ genannt, und du hast nicht widersprochen.“

Samira spürte, wie sie rot wurde. „Das ist richtig. Ich bin ein Mädchen, aber ich gebe mich als Junge aus, weil … weil … Es ist einfach sicherer und auch bequemer auf Reisen.“

Der Dschinn nickte. „Ich verstehe. Es ärgert dich, weil Mädchen vieles nicht machen dürfen, was für Jungen selbstverständlich ist.“

„Na, siehst du, du bist ja gar kein so großer Dummkopf!“, sagte Samira lachend. „Du begreifst es schneller als andere. Wie heißt du eigentlich? Ich kann dich doch nicht nur *Dschinn* nennen.“

„Man gab mir den Namen Abdul, das bedeutet *Diener*“, antwortete er. „Und wie heißt du?“

„Samira, aber als Junge nenne ich mich Samir“, erwiderte sie. „Mein Vater behauptet, Samira bedeutet *nächtliche Gesprächspartnerin* oder *Unterhalterin*. Meine Mutter hat früher immer zu mir gesagt, mein Name würde *Plaudertäschchen* bedeuten, wenn ich nachts nicht schlafen wollte und mit ihr zusammen immer noch weiter Geschichten erfand.“

Abdul lachte. „So haben wir wohl beide den richtigen Namen.“ Er räusperte sich. „Ich bin wirklich froh, dass du mich nicht unter das Joch des Sonnensteins zwingst. Selbst wenn er nicht dein Eigentum ist, so verfügt der jeweilige Besitzer über große Macht. Aber diese Macht ist nicht ungefährlich."

Samira hatte schon von magischen Gegenständen gehört, die ihren Besitzer veränderten. Manche raubten den Menschen Kraft und schwächten sie auf Dauer. Schwarzmagische Zauberartefakte konnten Einfluss auf den Charakter nehmen und aus liebenswerten Leuten nach und nach Tyrannen machen. So verlockend es war, mithilfe von Magie Probleme zu lösen oder sich Reichtum zu verschaffen – es war immer mit einem gewissen Risiko verbunden.

„Was hast du nun vor?", fragte Abdul.

„Ich will zu einer Oasenstadt, die sich in der Nähe befinden soll", antwortete Samira. „Vielleicht finde ich dort Hinweise, wo sich mein Vater aufhält. Khaula, die Wirtin von der *Grünen Schildkröte*, hat zwei Männer belauscht, die sich über einen besonderen magischen Teppich unterhalten haben, und hinter genauso einem Teppich ist mein Vater her. Khaula hat mir die beiden Männer beschrieben. Einer soll ein schwarzes Kamel besitzen."

„Oh, Teppiche haben schon oft für Unglück gesorgt, besonders fliegende", jammerte Abdul. „Manche sind störrisch wie ein wildes Pferd und werfen ihren Reisenden ab. Man muss sich schon einigermaßen mit Magie auskennen, wenn man so einen Teppich steuern will. Warum ist dein Vater so versessen danach? Es wäre klüger, sich ein gutes Pferd zu kaufen!"

Samiras Blick wanderte zu Rayan. „Mein Vater hat bereits ein gutes Pferd. Nämlich diesen Hengst da." Sie machte eine Handbewegung in Rayans Richtung. „Der Teppich, den mein Vater sucht, ist etwas ganz Besonderes. Er hat sich nicht klar ausgedrückt, aber ich vermute …“ Sie zögerte, weil sie nicht sicher war, ob sie mit Abdul darüber reden sollte.

„Was vermutest du?“, hakte der Dschinn nach.

Samira räusperte sich. „Meine Mutter ist vor drei Jahren gestorben. Mein Vater hat sie sehr geliebt. Und ich glaube, er hofft, dass er sie mithilfe des Teppichs wiedersehen kann.“

Abdul legte einen Finger an seine Nase und machte ein nachdenkliches Gesicht. „Ich fürchte, du sprichst von nichts anderem als von dem berüchtigten *Tag-und-Nacht-Kelim*, den eine Kalifentochter in Medina gewebt hat. Es heißt, die Kettfäden sind silbern wie der Mond und die Schussfäden golden wie die Sonne, er verbindet zwei Reiche: das der Lebenden und das der Toten.“

„Du hast davon gehört?“, fragte Samira atemlos.

Abdul nickte. „Das ist ein sehr gefährliches Unternehmen, auf das sich dein Vater eingelassen hat. Man munkelt, der Teppich habe ein Bewusstsein und sein Gewebe sei lebendige Magie. Wer mit ihm fliegt, kann tatsächlich die Schwelle des Todes überschreiten. Doch ob derjenige zurückkehrt, entscheidet der Kelim allein – und er ist nicht allen Menschen wohlgesinnt.“

Samira schluckte. Das hatte sie nicht gewusst. Sosehr sie sich nach ihrer Mutter sehnte und sich wünschte, sie ins Leben zurückzuholen – ihren Vater wollte sie bei diesem riskanten Abenteuer nicht auch noch verlieren! Ach, hätte Tarik doch nie von dem magischen Teppich erfahren und sich nicht diese fixe Idee in den Kopf gesetzt!

Abdul berührte Samira leicht an der Schulter. „Ich spüre deine Zweifel und deine Traurigkeit. Trotz allem solltest du auch an dein Pferd denken. Der Hengst hat Hunger, er hat sein Futter bis auf das letzte Korn aufgefressen. Wir sollten uns daher in weniger karge Gefilde begeben, wo er genügend Gras findet. Ich könnte ihm zwar einen Sack Heu herbeizaubern, aber in diesem Fall wäre das Heu aus Luft gehext, und dein Hengst würde nicht satt davon. Also lass uns lieber aufbrechen."

Er reichte ihr die Hand und zog sie hoch.

Aufbruch in die Oasenstadt

Samira merkte, wie froh Rayan war, den kargen Platz verlassen zu können. Abdul hatte recht, der Hengst brauchte Futter und Wasser. Und auch ihr knurrte der Magen.

Sie hatte das goldene Fläschchen an ihren Gürtel gebunden und den Verschluss getrennt von dem Gefäß eingesteckt. Abdul, der fast zwei Meter groß war und damit sogar Tarik überragen würde, war vor ihren Augen geschrumpft und nun klein wie ihre Hand. Er hatte es sich auf den Gepäckstücken gemütlich gemacht und sah aus wie eine Spielzeugfigur. Bei Gefahr konnte er jederzeit zu Rauch werden und sich in das Fläschchen zurückziehen, wenn es nötig war.

„Ich will nicht die ganze Zeit in dem Ding stecken", hatte er erklärt. „Auf diese Weise kriege ich mit, wohin du reitest, und kann dich notfalls beschützen."

Samira hatte nichts dagegen einzuwenden. „Du musst dich aber gut festhalten, wenn wir galoppieren", warnte sie ihn. „Nicht dass du unterwegs verloren gehst!"

„Keine Sorge, Samira!", versicherte ihr der Dschinn. „Ich passe schon auf!"

Sie ritten ein ganzes Stück am Wüstenrand entlang, bis sie an einen Wegweiser kamen. Eine Richtung führte in die Oasenstadt, ihrem Ziel. Das andere Schild wies auf eine nahe Karawanserei hin, wo sich die Reisenden vor dem Durchqueren der Wüste noch einmal mit Speis und Trank stärken und ihre Reittiere versorgen konnten.

„Sehr gut." Abdul hatte das Schild ebenfalls gelesen. „Meine große Nase verrät mir, dass es dort auch Zimtröllchen gibt! Ich liiiebe Zimtröllchen!"

„Du auch?", wunderte sich Samira. „Dann nichts wie hin!"

Die Karawanserei war gut besucht. Der Hof war voller Reittiere, die gerade mit Gepäck beladen wurden. Samira hielt Ausschau nach einem schwarzen Kamel und einem Maultier mit auffälligem Zaumzeug, aber sie konnte keines von beiden entdecken. Sie kaufte Heu und Getreide für Rayan und ließ ihn ausgiebig am Brunnen trinken. Für sich und Abdul besorgte sie Früchte und Gebäck. Es gab tatsächlich Zimtröllchen. Abduls Nase hatte ihn nicht getrogen. Das süße Gebäck bestand aus Yufkateig und schmeckte himmlisch nach Zimt und Kakao, nach Kardamom und leicht nach geriebener Orangenschale. Samira musste aufpassen, dass ihr Abdul nicht alles wegfutterte.

„Du solltest einen ganzen Sack davon mitnehmen, damit wir unterwegs nicht verhungern", murmelte er und schloss genießerisch die Augen. Er war noch immer klein wie eine Puppe, wie er da auf dem Gepäck saß, und Samira hatte gedacht, dass er mit ein paar Krümeln zufrieden sein würde. Aber er verdrückte genauso viel wie sie, denn die Zimtröllchen schrumpften zu Miniaturen, sobald er sie berührte.

Nun, er war der erste Dschinn, mit dem sie zu tun hatte, und sicher würde er noch mehr Überraschungen auf Lager haben!

„Ich würde gerne einen großen Futtersack für Rayan und auch genügend Wasser für ihn mitnehmen", sagte Samira nachdenklich. „Aber ich fürchte, die Last wird für Rayan zu schwer, er braucht schließlich mindestens zwanzig Mal mehr Wasser am Tag als ich. Und wir haben ja kein Maultier, das unsere Sachen trägt."

Abdul hob die Augenbrauen. „Ich könnte die Sachen leicht und klein zaubern, das ist kein Problem für mich."

„Das kannst du?"

„Sicher!"

Samira gab ihr letztes Geld für mehrere Wasserschläuche und zwei große, prall gefüllte Futtersäcke aus.

„Junge, das willst du alles schleppen?", rief ein Mann ihr zu. Er schien von weit her zu kommen, denn er sprach mit einem deutlichen Akzent. „Du brichst mir ja zusammen! Warte, ich helfe dir!"

Er nahm ihr die Wasserschläuche ab und ächzte unter der schweren Last. Samira war erleichtert. Der Futtersack war auch nicht gerade leicht. Sie schleifte ihn hinter sich her.

„Wo ist dein Reittier?", fragte der hilfreiche Mann keuchend.

„Es steht gleich dort drüben", antwortete Samira. „Der schwarze Hengst."

Der Mann schleppte sich zu Rayan und setzte dort die Wasserschläuche ab. „Ein wahrhaft schönes Tier", sagte er und streckte seine Hand aus, um den Hals des Hengstes zu streicheln. Rayan rollte mit den Augen und wich zurück.

„Er lässt sich nicht von Fremden anfassen“, erklärte Samira und warf einen schnellen Blick auf ihr Gepäck. Abdul war geistesgegenwärtig in eine Falte des Schlafsacks gekrochen. Nur ein kleines Stück seines Turbans schaute noch heraus.

„Wie kommst du an ein so edles Pferd?“, wollte der Mann wissen und musterte Samira streng. „Du hast es doch nicht etwa gestohlen?“

Samira spürte, wie ihr die Hitze ins Gesicht schoss. „Der Hengst gehört meinem Vater!“

„Ach ja? Und wo ist dein Vater?“ Der Mann griff nach den Behelfszügeln. „Der Hengst hat nicht einmal richtiges Zaumzeug. Irgendwas stimmt an deiner Geschichte nicht, Junge!“

„Mein Vater ist verschwunden, und ich bin auf der Suche nach ihm“, sagte Samira wahrheitsgemäß.

„Und das soll ich dir glauben?“ Der Blick des Fremden blieb jetzt an dem goldenen Fläschchen hängen, das Samira an ihrem Gürtel befestigt hatte. Sie hatte es zwar in ihr Gewand gesteckt, aber es musste herausgerutscht sein, als sie den Futtersack herumgezerrt hatte.

„Und was ist das da? Das ist pures Gold, so etwas erkennen meine Augen auf Anhieb!“ Er fasste sie hart am Arm. „Meiner Ansicht nach bist du nichts weiter als ein gemeiner Dieb!“

Samira versuchte, sich loszumachen. „Das Fläschchen war ein Geschenk!“, entgegnete sie. „Und der Hengst gehört wirklich meinem Vater! Es ist der Kaufmann Tarik, vielleicht habt Ihr schon von ihm gehört! – Jetzt lasst mich los, ich habe nichts Unrechtes getan!“

„Das werden wir ja erst einmal sehen!" Der Griff des Mannes wurde noch fester.

„Loslassen!", verlangte Samira noch einmal und wand sich heftig.

Jetzt wurde ein weiterer Reisender auf das Gerangel aufmerksam und kam herbei. „Was ist da los?", wollte er wissen.

„Ich habe einen Dieb gefasst", sagte der Mann, der Samira festhielt. „Er hat das Pferd und auch Gold gestohlen!"

„Das stimmt nicht!", fauchte Samira.

Sie sah, wie Abdul aus dem Schlafsack auftauchte. Sein Gesicht verzerrte sich vor Zorn. Dann gab es einen grellen Lichtblitz, und Abdul stand in seiner vollen Größe vor ihnen. Er stupste die beiden Männer nur leicht mit seinem dicken Finger an und blies ihnen seinen Atem ins Gesicht. Der Mann, der Samira festhielt, ließ sie los und ruderte mit den Armen, um sein Gleichgewicht zu halten. Vergebens. Er fiel um wie ein Getreidesack. Auch der andere Mann war auf dem Rücken gelandet und starrte mit ungläubiger Miene in den Himmel.

„Mach schnell!", sagte Abdul. Er half Samira auf den Hengst, ließ die Wasserschläuche und den Futtersack zu Miniaturen schrumpfen und stopfte alles in einen Schlafsack. Dann sprang er selbst aufs Pferd und wurde noch während des Sprungs so klein wie zuvor.

Samira drückte Rayan die Fersen in die Flanken, und der Hengst preschte los.

„Du hast die Männer doch nicht wirklich verletzt?", fragte sie Abdul, als sie ein Stück von der Karawanserei entfernt waren und den Weg zur Oasenstadt eingeschlagen hatten.

„Ach was! Ich habe ihnen kein Haar gekrümmt!“, sagte der Dschinn grinsend. „Sie liegen nur ein wenig auf dem Rücken und ruhen sich aus. Sie werden sich auch nicht daran erinnern, was passiert ist, sondern denken, dass sie zu tief in den Weinkrug geschaut haben!“

Samira war beruhigt. Jetzt erst spürte sie, wie sehr sie der Vorfall aufgeregt hatte. Wäre Abdul ihr nicht zu Hilfe gekommen, wäre das Ganze sicher übel für sie ausgegangen. Dass Rayan ihrem Vater gehörte, konnte sie nicht beweisen, und auch nicht, dass ihr der Bärtige vor seinem Tod das goldene Fläschchen geschenkt hatte. Samira dachte an das Ebenholzkästchen, das sie tatsächlich gestohlen hatte, und wieder überrollte sie das schlechte Gewissen. Andererseits …

Sie ließ Rayan im Schritt gehen. „Abdul, hättest du mir wirklich den Hals umgedreht, wenn ich den Sonnenstein nicht gehabt hätte?“

Abdul senkte verlegen den Blick. „Ich weiß nicht“, gestand er. „Wahrscheinlich hätte ich es mir im letzten Augenblick anders überlegt. Aber ich habe schon mehrere Rüffel von unserem Dschinnmeister erhalten, und er hat mir gedroht, dass er mir keinen Regelverstoß mehr durchgehen lässt.“

„Warst du denn schon immer ein Dschinn? Hattest du verschiedene Herren oder Herrinnen, denen du dienen musstest?“ Samira brannte vor Neugier. Sie hätte am liebsten alles über Abdul erfahren: warum er in einer Flasche leben musste, wer dieser Dschinnmeister war und ob Abdul auch eine Familie hatte, und wenn ja, ob seine Eltern und seine Geschwister auch Dschinn waren.

Abdul seufzte. „Das ist eine sehr lange und nicht besonders fröhliche Geschichte, Samira. Ich glaube, ich erzähle dir sie besser heute Abend, wenn wir Rast machen. Jetzt sollten wir lieber sehen, dass wir zügig vorankommen. Wahrscheinlich müssen wir einmal in der Wüste übernachten. Ich glaube nicht, dass wir die Oasenstadt heute noch erreichen."

„In Ordnung", murmelte Samira. Rayan verfiel wieder in flotteres Tempo. Sie legten etliche Meilen zurück, aber gegen Mittag mussten sie immer öfter eine Pause machen. Die Sonne brannte vom Himmel, und der Sand ringsum machte die Hitze noch schlimmer. Über weite Entfernungen gab es keinen Baum und keinen Strauch, der ihnen Schatten spenden konnte. Die Sanddünen schienen endlos zu sein. Rayan folgte dem Karawanenweg, auf dem nur noch die frischesten Spuren zu erkennen waren. Die älteren hatten Wind und Sand längst verschwinden lassen.

Manchmal überholten sie eine Truppe von Kamelen, die schwer bepackt ihrem menschlichen Führer folgten. Ein einzelner Reiter, noch dazu auf einem Pferd, erregte Aufsehen in der Wüste. Erstens war es gefährlich, allein unterwegs zu sein; man war ein allzu leichtes Opfer für Räuberbanden, die Reisende überfielen. Und zweitens war ein Pferd nicht das ideale Reittier, um eine Wüste zu durchqueren. Ein Kamel konnte dank seiner besonderen Natur etliche Tage ohne Wasser auskommen, während ein Pferd schon nach zwei Tagen ohne Wasser in einen lebensgefährlichen Zustand geriet. Aber dank Abduls Magie war das Problem mit dem Wasser für Rayan und Samira gelöst.

„Kannst du nicht auch etwas gegen die Hitze unternehmen?", fragte Samira den Dschinn. Sie hatte ihr Gesicht und ihre Arme bedeckt, um sich vor der glühenden Sonne zu schützen. Trotzdem hatte sie das Gefühl, demnächst ohnmächtig vom Pferd zu fallen. Was gäbe sie jetzt für ein kühles Bad in einem See oder in einem Kaltwasserbecken eines Hamams!

„Es tut mir sehr leid", sagte Abdul, dem die Hitze kaum etwas auszumachen schien. „Es heißt, dass ein Dschinn aus Feuer geschaffen ist. In einer kalten Nacht kann ich ohne Probleme dafür sorgen, dass du nicht frierst, aber was die Hitze angeht, so sind mir die Hände gebunden. Du bräuchtest ein anderes magisches Wesen, einen Frostgeist oder ein Wassergespenst. Die könnten dir jetzt besser helfen als ich."

Sie ritten weiter. Die Hitze versetzte Samira in eine Art Trancezustand. Auch Rayan trottete schließlich nur noch dahin und setzte mechanisch einen Huf vor den anderen.

Endlich ging es auf den Abend zu, und sie suchten sich einen Platz für ihr Nachtlager.

Weil es keinen Felsvorsprung gab, baute Abdul mithilfe von Tariks Schlafsack und einigen anderen Sachen aus Samiras Gepäck eine Art Windschutz. Er benutzte dabei ein wenig Magie. Kienspäne wuchsen zu stützenden Stangen heran, die Abdul mithilfe von Stricken befestigte. Die Seile hatte er aus Samiras Haaren gezaubert, wofür sie sich fünf hatte ausreißen müssen. So entstand ein passabler Unterstand, während Samira Rayan mit Futter und Wasser versorgte.

Als sich die Dunkelheit über die Wüste breitete und es merklich kühler wurde, entzündete Abdul ein magisches Feuer. Die behagliche Wärme war jetzt willkommen; Samira hatte bereits gefröstelt.

So saßen sie nebeneinander am Feuer, während sich Rayan neben dem Unterstand hingelegt hatte und ruhte. Samira und Abdul teilten sich den restlichen Reiseproviant.

Am Himmel funkelten unzählige Sterne, manche besonders hell. Der Mond war nur noch eine sehr schmale Sichel.

Abdul wischte sich ein paar Krümel vom Mund. „Du willst also wissen, wie es mir ergangen ist, bevor wir uns getroffen haben."

Samira nickte.

Der Dschinn seufzte tief. „Ich bin sehr, sehr lange in dieser Flasche eingesperrt gewesen. Ich habe keine Ahnung, ob der Vorbesitzer überhaupt wusste, was darin ist. Vielleicht ging es ihm nur darum, seltene magische Gegenstände zu erwerben wie den Sonnenstein."

„Er hat davon gesprochen, dass der Inhalt der Flasche sein Leben retten kann." Ein Schauder überlief Samira, als sie an das schreckliche Erlebnis in jener Nacht dachte. Wieder sah sie den Mann stöhnend am Boden liegen und die Hände nach ihr ausstrecken. Ihre Stimme war belegt, als sie weiterredete. „Aber ich habe die Flasche nicht aufbekommen."

„Man muss sie zuerst reiben, dann öffnet sich der Verschluss ganz leicht", erklärte Abdul.

Samira nickte. „Das habe ich in der Wüste gemacht, allerdings mehr zufällig. Meine Hände waren so verschwitzt wegen des Skorpiongifts."

„Du darfst das Schicksal nicht unterschätzen", meinte Abdul.

„Vielleicht hat es gewollt, dass ich zu dir komme und nicht diesem Mann dienen muss, der nun leider nicht mehr am Leben ist." Er stocherte mit einem der umgewandelten Kienspäne im Feuer herum. Die Flammen tanzten höher.

„Davor musste ich einem Zauberer dienen", fuhr er fort. Es schien ihm schwerzufallen, darüber zu reden. „Das war eine fürchterliche Zeit, an die ich nicht gerne zurückdenke. Ich war etliche Jahre sein Diener und musste für ihn die übelsten Arbeiten erledigen. Eine der angenehmsten Dienste war noch, aus verschiedenen Kräutern stinkende Tinkturen herzustellen. Einige dienten zur Heilung von Krankheiten, aber die meisten waren schwarzmagische Flüssigkeiten, die ihren zukünftigen Besitzern Unglück bringen sollten." Er schüttelte sich voller Abscheu. „Ausschlag. Haarausfall. Eiterpickel. Schwärende Wunden. Liebeskummer. Anhaltende Traurigkeit. Ich könnte noch mehr aufzählen, die Liste wäre endlos."

„O du Armer", sagte Samira mitfühlend.

„Hast du schon von Leuten gehört, von denen man sagt, sie hätten kein Herz?", fragte Abdul. Ohne eine Antwort abzuwarten, sprach er weiter. „So einer war mein damaliger Herr. Er war voller Hass auf die Menschen und auf die Welt. Ich habe ihn kein einziges Mal von Herzen lachen sehen. Ich glaube, das konnte er gar nicht. Er hat nur manchmal höhnisch gelacht, wenn ihm ein besonders fieser Zauberspruch gelungen war. Außerdem war er so einsam, dass er mir manchmal leidtat, obwohl er so böse war, dass er wirklich kein Mitleid verdiente." Abdul machte eine Pause und sah zu den Sternen empor.

„Glaub mir, ich habe unzählige Male an Flucht gedacht, aber das hat der Zauberer natürlich verhindert. Ich konnte zwar das Haus verlassen und mich um den Garten kümmern – das war auch eine meiner Aufgaben –, aber ich konnte nicht fliehen. Unsichtbare Fesseln hielten mich zurück und verursachten mir schreckliche Schmerzen. Er schien auch manchmal meine Gedanken lesen zu können und bestrafte mich, wenn er einen Gedanken entdeckte, der ihm nicht gefiel. Mit der Zeit lernte ich allerdings, mich davor zu schützen, dass er in meinem Kopf herumschnüffelte. Schließlich bin ich ein Dschinn und habe auch einige magische Fähigkeiten."

„Aber die Gartenarbeit war doch bestimmt nicht so schrecklich, oder?", wollte Samira wissen. Sie liebte Blumen und wünschte sich nichts lieber, als einmal einen großen Garten mit vielen Pflanzen zu besitzen. Früher, als ihre Mutter noch gelebt hatte, hatten sie einen schönen Garten gehabt. Aber nach ihrem Tod war Tarik jedes Mal traurig geworden, wenn er den Garten betreten hatte. Außerdem fehlte ihm als gefragter Kaufmann die Zeit, sich darum zu kümmern, und so waren er und Samira schließlich schweren Herzens in ein kleineres Haus ohne Garten umgezogen.

„Die Gartenarbeit war an sich in Ordnung", murmelte Abdul leise. „Doch im Gewächshaus wuchsen hauptsächlich giftige Pflanzen, die mein Herr mit Magie verändert hatte. Sie wisperten hinter meinem Rücken und redeten schlecht über mich. Und manche nutzten jede Gelegenheit, ihre Dornen nach mir auszufahren oder mich mit ihrem Geruch zu betäuben. Die Pflanzen mochten mich nicht und ließen mich ihre Feindseligkeit spüren, obwohl ich das Ungeziefer von ihren Blättern ablas und sie sorgfältig goss."

„Wie hast du das nur ausgehalten?", sagte Samira tonlos.

„Ich hatte ja keine andere Wahl", erwiderte Abdul. „Ich nutzte jedoch meine Zeit, um in den Zauberbüchern zu lesen – in der Hoffnung, eines Tages einen Spruch zu finden, mit dem ich den Zauberer besiegen konnte und ein freier Mann werden würde. Doch leider kam es nicht dazu."

„Was ist passiert?"

„Vielleicht habe ich nachts im Schlaf gesprochen und mich verraten. Oder ich hatte meine Gedanken doch nicht gut genug abgeschirmt. Jedenfalls wurde Malik furchtbar zornig und hat mich mit einem schrecklichen Fluch in die goldene Flasche gebannt. *Mögest du auf Ewigkeiten darin schmoren!*, hat er mir nachgerufen."

„Malik?", fragte Samira aufgeregt nach. „Hast du eben Malik gesagt? Hieß der Zauberer so?"

Abdul nickte. „Sein Name ist *Malik Abu Omar Ben Khalid*. Ich fürchte, dass er immer noch irgendwo lebt. Die Jahre können ihm wenig anhaben. Er war damals schon uralt, sah aber noch immer so aus wie ein Mann mittleren Alters."

„Ich habe einen Mann namens Malik getroffen", sagte Samira gepresst und erinnerte sich mit Schaudern an den Fremden, der sich mit ihrem Vater unterhalten und sie später noch einmal in der Stadt angesprochen hatte. Sie hatte sofort das Gefühl gehabt, sich vor diesem Mann in Acht nehmen zu müssen. So etwas war ihr noch nie zuvor passiert.

Abdul wiegte den Kopf. „Schon möglich, dass wir von demselben Kerl reden. Mit ihm ist jedenfalls nicht zu spaßen. Du solltest dich von ihm fernhalten, falls du ihm noch einmal begegnest."

Samira nickte. Sie starrte eine Weile in die zuckenden Flammen. „Und wie war das mit dem Dschinnmeister?", fragte sie schließlich nach, denn es interessierte sie sehr, wer die Regeln für die Dschinn aufstellte und ihnen die Anweisung gab, denjenigen zu töten, der sie aus Flaschen oder Lampen befreite.

Abdul verdrehte die Augen. „Mein Dschinnmeister ist leider gut befreundet mit Malik. Er war es auch, der mich zu dem Zauberer gebracht hat. Damit du endlich lernst, wie man richtig böse wird, hat er zu mir gesagt. Abdul, du bist mit deiner Gutmütigkeit eine Schande für alle Dschinn! Du darfst kein Erbarmen mit den Menschen haben, denn sie haben auch keins mit dir. Wenn du ihr Sklave wirst, lassen sie dich schuften bis zum Umfallen. Und niemanden kümmert es, ob du hundert Jahre oder länger irgendwo eingesperrt bist und dich während dieser Zeit zu Tode langweilst." Abdul räusperte sich. Er hatte die Stimme des Dschinnmeisters angenommen und sehr streng gesprochen. Jetzt wurde sein Tonfall wieder normal. „Mit meiner früheren Herrin kam ich nämlich ganz gut klar. Sie war eine reiche Kaufmannswitwe, die sich oft sehr einsam fühlte. Ich musste sie zwar bedienen, aber sie behandelte mich immer sehr höflich. Eines Tages bat sie mich um einen besonderen Gefallen. Weil sie nachts immer so kalte Füße hatte, sollte ich mich ans Bettende legen und sie ihr wärmen. Als Dschinn bin ich von Natur aus für Feuer und Hitze zuständig. Ich schwöre dir, Samira, mehr ist niemals zwischen uns vorgefallen. Aber mein Dschinnmeister bekam Wind von der Geschichte und warf mir vor, ich hätte mich mit einer Menschenfrau eingelassen – was für uns Dschinn streng verboten ist." Er senkte verlegen den Kopf. „Die Frau war wirklich nett, und wenn ich kein Dschinn gewesen wäre, hätte ich sie vielleicht geheiratet. Aber leider bin ich nun mal als Dämon geboren, genau wie meine Eltern und Geschwister, die allesamt Dschinn sind. Wir dürfen uns nur ineinander verlieben und nie in einen Menschen."

„Hm", machte Samira. „Und wenn es doch mal passiert? Es heißt immer, die Liebe sei unberechenbar."

„Dann greift der Dschinnmeister ein und sorgt dafür, dass beide unglücklich werden." Abdul seufzte. Danach grinste er Samira an. „Also komm bitte nicht auf die Idee, dich in mich zu verlieben."

Samira grinste zurück. „Keine Sorge, Abdul. Du bist viel zu alt für mich."

Es war spät geworden, und Samira merkte, wie die Müdigkeit sie übermannte. Sie hatte fast den ganzen Tag auf dem Pferderücken verbracht.

„Ich glaube, wir gehen jetzt besser schlafen", sagte sie zu Abdul.

„Ja, das sollten wir", meinte er.

Als Samira in ihren geliebten Schlafsack schlüpfte, ging ihr auf, dass der zweite Schlafsack ja als Windschutz diente und Abdul ihn gar nicht benutzen konnte. „Wo schläfst du?", fragte sie bestürzt. „Willst du vielleicht in deine Flasche zurück?"

„Auf keinen Fall!“ Abdul schüttelte den Kopf. „Ich brauche keinen Schlafsack. Ich rolle mich zu deinen Füßen zusammen, und du brauchst nur Bescheid zu sagen, falls ich sie dir wärmen soll.“

Samira lachte. „Keine Sorge, mein Schlafsack hält mich wunderbar warm.“ Sie dachte an ihre Mutter, die ihn genäht hatte, und spürte wieder einen schmerzhaften Stich der Sehnsucht. Warum hatte sie nur so früh sterben müssen?

Während Abdul sich neben dem Feuer ausstreckte, griff Samira nach ihrer Muschel und hielt sie ans Ohr. Kurz hörte sie das Rauschen ihres eigenen Blutes, dann vernahm sie Djamilas geliebte Stimme.

Schlaf gut, mein Kind, und sammle Kräfte für den morgigen Tag. Die wirst du nämlich brauchen. Gute Nacht!

Als Samira erwachte, stieg ihr ein köstlicher Duft in die Nase. Abdul stand mit einer Pfanne am Feuer und briet Spiegeleier. Sofort begann Samiras Magen zu knurren. Sie schälte sich aus dem Schlafsack und achtete diesmal darauf, wohin sie trat, bevor sie in ihre Sandalen schlüpfte.

„Guten Morgen, Samira!“, rief Abdul ihr zu, bevor er ein weiteres Ei in die Pfanne schlug. „Ich hoffe, du hast gut geschlafen.“

„O ja, das habe ich.“ Samira gähnte und streckte sich ausgiebig. Dann trat sie ans Feuer.

„Woher hast du die Eier und die Pfanne?“, fragte sie verwundert.

„Die Pfanne habe ich ausgeliehen und die Eier von Hühnern stibitzt“, antwortete Abdul. „Ich finde nämlich, dass wir ein ordentliches Frühstück brauchen.“

„Moment mal“, sagte Samira. „Ich sehe hier weit und breit nichts, wo du dir etwas ausleihen kannst. Und Hühner sind auch keine in der Nähe.“

Abdul wurde verlegen. „Ich gestehe, ich war in der Nacht ein wenig unterwegs“, entgegnete er. „Als Dschinn kann man sich nämlich blitzschnell von einem zum anderen Ort bewegen. Aber wenn ich auf diese Weise reise, kann ich nie lange am Zielort bleiben, weil mich die magische Kraft an meinen Ausgangspunkt zurückzieht. Es ist, als hinge ich an einer langen Angelschnur. Ich habe höchstens eine Minute Zeit. Deswegen musste ich schnell sein, als ich die Pfanne aus der Küche der Karawanserei entliehen habe. Ich bin ein zweites Mal los für die Eier. Ich fürchte, ich habe die Hühner in ihrem Stall gestört. Es war noch sehr früh, deswegen habe ich nur die vier Eier mitgebracht.“

Samira seufzte. Sie wusste nicht, was sie davon halten sollte. „Abdul, das ist Diebstahl. Du hast die Pfanne und die Eier gestohlen!“

„Ich bringe die Pfanne zurück, sobald wir sie nicht mehr brauchen.“ Abdul war ein bisschen beleidigt. „Außerdem hatten sie dort noch mehr. Und das mit den Eiern ist Mundraub, kein Diebstahl.“

„Man hat Dieben schon für weniger die Hand abgeschlagen“, sagte Samira streng.

„Ja, ein wahrhaft grausamer Brauch“, murmelte Abdul. „Den hätte man schon längst abschaffen sollen.“ Er blickte Samira an. „Außerdem hast du ja auch das Kästchen mit dem Sonnenstein gestohlen, wenn ich mich recht erinnere. Wer von uns ist also der größere Dieb?“

Samira stöhnte. Es war wirklich zwecklos, mit Abdul über Recht und Unrecht diskutieren zu wollen. Außerdem lief ihr inzwischen das Wasser im Mund zusammen. Es war schon lange her, seit sie zum letzten Mal ein Spiegelei gegessen hatte.

Sie hockte sich ans Feuer und wartete, bis Abdul ihr die Pfanne hinschob.

„Vorsicht, heiß!“

Er gab ihr sogar einen Löffel, mit dem sie die Eier aus der Pfanne herauskratzen konnte. Sie fragte lieber nicht, woher er den hatte.

„Gut?“, wollte Abdul wissen und sah lächelnd zu, wie Samira die Eier verschlang.

Sie nickte mit vollem Mund. Nachdem sie genau die Hälfte der Portion gegessen hatte, reichte sie die Pfanne an Abdul weiter. „Für dich.“

„Danke!“

Die Eier verschwanden blitzschnell in Abduls Mund. Samira hatte noch nie jemanden gesehen, der in einem solchen Tempo essen konnte. Aber schließlich war er ein Dschinn. Sie erinnerte sich, dass er auch gestern die Zimtröllchen im Nu verputzt hatte.

„Ich habe auch Tee gemacht.“ Abdul zog eine Kanne hinter einem Stein hervor, aus der ein lieblicher Duft emporstieg. „Jasmintee. Ich hoffe, du magst die Sorte.“

Samira runzelte die Stirn. „Wie oft warst du heute Nacht unterwegs, hast du gesagt?"

Abdul überging grinsend die Frage. „Ich finde einfach, dass wir mit Pfanne und Teekanne ausgestattet sein sollten. Wer weiß, wie lange wir auf Reisen sind." Er goss Tee von der Kanne in einen Becher. Der war ausnahmsweise nicht geklaut, sondern gehörte zu Samiras Gepäck.

„Ich habe Rayan schon versorgt", verkündete Abdul, nachdem auch er seinen Becher Tee getrunken hatte. „Er wollte erst ein bisschen rumzicken, aber ich kann sehr gut mit Tieren umgehen. Wir sollten aufbrechen, bevor es zu heiß wird."

Samira nickte.

Eine Viertelstunde später war sie reisefertig. Beim Abbau des Lagers hatte Abdul ein bisschen Magie zu Hilfe genommen, damit es schneller ging.

Es war noch kühl, als Rayan lostrabte. Sie ritten wie gestern: Samira saß auf dem blanken Pferderücken, und Abdul als Winzling klammerte sich an den zusammengerollten Schlafsack. Es wehte ein kräftiger Wind, und Samira schützte ihr Gesicht mit einem durchsichtigen Tuch.

„Hoffentlich bekommen wir keinen Sandsturm", sagte sie besorgt.

Abdul leckte seinen Zeigefinger ab und hielt ihn in die Luft, um die Windstärke zu prüfen.

„Tja, leider sieht es ganz nach schlechtem Wetter aus", meinte er.

„Oje." Samira stöhnte. „Ich habe so sehr gehofft, dass wir heute die Oasenstadt erreichen. Ein Sandsturm kann schrecklich sein!"

Sie erinnerte sich an den Sturm, den sie zusammen mit ihrem Vater im letzten Jahr erlebt hatte. Damals waren sie zum Glück mit einer großen Karawane unterwegs gewesen, und der Führer hatte gewusst, was bei einem Sandsturm zu tun war. Er hatte rechtzeitig die Zelte aufbauen lassen und sie fest verankert. Drei Tage hatte der Sturm gewütet, und während dieser Zeit hatten Samira und ihr Vater kaum einen Fuß ins Freie setzen können. Auch im Innern ihres Zeltes war alles voller Sand gewesen: in den Schlafsäcken, unter der Kleidung, in den Augen und zwischen den Zähnen. Es war furchtbar gewesen, aber zum Glück hatten alle Reisenden den Sturm gut überstanden, und niemand war zu Schaden gekommen. Auch von den Tieren war keines verletzt worden.

Würden Samira, Abdul und Rayan jetzt etwas Ähnliches durchmachen müssen?

„Vielleicht kann ich helfen", sagte da Abdul. „Während meiner Zeit bei Malik war auch für ein paar Tage ein Winddämon zu Gast. Malik hat unseren Kontakt zwar überhaupt nicht gerne gesehen, aber natürlich haben wir uns ausgetauscht. Er wollte wissen, wie man Blitze erschafft, und ich habe etwas über Windmagie gelernt, denn ein heftiger Wind kann eine Flamme auslöschen oder ein Feuer anfachen. Es schadet nie, über den Tellerrand zu schauen und etwas dazuzulernen."

„Du kannst den Sturm verhindern?", fragte Samira atemlos.

„Nun ja, vielleicht nicht ganz. Aber ich kann ihn zumindest ein paar Stunden aufhalten und möglicherweise abschwächen."

„O Abdul, du bist wieder einmal mein Retter!"

„Lob mich nicht zu früh“, meinte Abdul bescheiden. „Noch ist es mir nicht gelungen.“

Sie ritten in flottem Tempo weiter. Abdul hatte die Augen geschlossen und schien sich zu konzentrieren. Manchmal zeichnete er etwas mit dem Finger in die Luft.

Seine Beschwörungen blieben nicht ohne Wirkung. Samira hatte das Gefühl, dass der Wind ein wenig nachließ. Sie kamen gut voran. Rayan schien zu begreifen, dass sie unbedingt die Oasenstadt erreichen mussten. Er flog nur so dahin, ohne dass Samira ihn ständig antrieb. Dabei war der Hengst bestimmt noch müde von dem anstrengenden Ritt des vorigen Tages. Aber er ließ sich nichts anmerken. Samira war dankbar, dass er so tapfer durchhielt.

Der drohende Sandsturm machte die Luft diesig, und die Sonne brannte nicht ganz so unbarmherzig vom Himmel wie am Tag zuvor. Es war früher Nachmittag, als in der Ferne die ersten Anzeichen der Oasenstadt auftauchten. Samira war sich zunächst nicht sicher, ob es sich nicht um eine Fata Morgana handelte. Doch die Umrisse der Türme wurden immer größer, auch wenn sie wegen des Sandes in der Luft wirkten, als wären sie hinter einem gelblichen Schleier verborgen.

„Uff!“, machte Abdul und ließ seine Hand sinken. Er sah sehr erschöpft aus. „Jetzt ist es mir endlich gelungen, die Richtung des Sandsturms zu ändern. Er dreht ab, sodass die Stadt nicht mehr gefährdet ist.“ Ein tiefer Seufzer entschlüpfte ihm. „Ich sage es nur ungern, Samira, aber es kann sein, dass der Sandsturm irgendwann zu uns zurückkehrt und noch mehr Kraft hat.

Vielleicht kann ich ihn dann nicht mehr aufhalten, weil meine Magie nicht mehr ausreicht."

Samira nickte. Hauptsache, sie waren momentan außer Gefahr!

Hohe Palmen erhoben sich zwischen den Gebäuden. Je näher sie kamen, desto wohltuender erschien Samira das viele Grün. Hier gab es ausreichend Wasser, hier war Leben!

Ob sie in der Oasenstadt Hinweise auf den Verbleib ihres Vaters finden würde? Samira hoffte es so sehr. Es wäre schrecklich, wenn sie die anstrengende weite Reise ganz umsonst gemacht hätten!

Ein Tiermarkt voller Magie

Entfernungen ließen sich in der Wüste nur schwer schätzen, und so dauerte es doch noch zwei Stunden, bis sie endlich die Oasenstadt erreichten. Nach der Stille in der Einsamkeit kamen Samira die Geräusche in der Stadt besonders laut vor. Es herrschte rege Betriebsamkeit. Alle schienen erleichtert zu sein, dass der Sandsturm abgedreht war und die Stadt verschont hatte. Reisende aus verschiedenen Ländern waren hier zusammengekommen, um zu handeln. Es war ein buntes Treiben. Überall boten Händler an ihren hastig wieder aufgebauten Ständen ihre Waren an, Gaukler trieben auf den Straßen ihren Schabernack, Familien mit Kindern waren unterwegs, froh darüber, dass sie sich nicht mehr in ihre Häuser zurückziehen mussten. Bald fand Samira den Grund für das Getümmel heraus: Es war die Zeit des großen Tiermarktes! Der Markt konnte jetzt doch stattfinden, obwohl sich die Vorbereitungen durch den drohenden Standsturm verzögert hatten. Jetzt wurde in Eile alles nachgeholt.

Das Gedränge war unglaublich. Hier wechselten Reittiere ihren Besitzer, Kamele wurden begutachtet, es wurde gefeilscht und gestritten. Tiere wurden vorgeführt und mussten zeigen, was sie konnten. Anmutige Fohlen trabten neben ihren Mutterstuten her, Ziegen wurden verglichen, Esel blökten, weil ihnen der Rummel zu viel wurde.

Samira saß ab und führte Rayan am Strick rund um den Tiermarkt. Sie reckte den Hals und suchte nach dem schwarzen Kamel, von dem Khaula gesprochen hatte.

Abdul hatte seine normale Gestalt angenommen, aber sein Äußeres verändert, damit ihn nicht jeder gleich als Dschinn erkannte. Jetzt sah er aus wie ein Kaufmann, der lange unterwegs gewesen war und Ausschau nach einem passenden Reittier hielt. Seine roten Locken lugten unter dem Turban hervor. In der Absicht, möglichst würdevoll zu erscheinen, übertrieb es Abdul etwas: Er stolzierte mit durchgedrücktem Kreuz durch die Menge, sodass sein Bauch größer wirkte, als er tatsächlich war. Die Hände hatte er auf dem Rücken verschränkt, und seine Miene war die eines Kamelkenners. Mit zusammengekniffenen Augen und gerunzelter Stirn betrachtete er die Tiere.

„Ich sehe jede Menge Kamele, aber leider kein einziges schwarzes“, sagte er zu Samira. „Bist du sicher, dass sich die Wirtin nicht getäuscht hat?“

Samira schüttelte den Kopf. „Bestimmt nicht. Wer so viel mit Reisenden zu tun hat wie sie, sieht sich die Leute gut an.“ Ihr Mut sank.

Abdul bemerkte, wie niedergeschlagen Samira war. Er klopfte ihr auf die Schulter. „Jetzt lass den Kopf nicht hängen, Mäd… mein Junge. Das Kamel kann irgendwo in der Stadt in einem Stall stehen. Warum sollten die Männer es hier auf dem Tiermarkt anbieten, wenn sie es weiterhin als Reittier benutzen wollen?“

„Da hast du natürlich recht“, meinte Samira und versuchte, sich zusammenzunehmen. „Es war dumm von mir, zu hoffen, dass hier unser gesuchtes Kamel herumsteht. Das Schicksal hätte es uns zu einfach gemacht, oder nicht?“

„Na ja, ein bisschen Glück könnten wir schon gebrauchen“, räumte Abdul ein.

Sie beobachteten eine Weile, wie ein Mann mit einem störrischen Maultier kämpfte. Das Tier weigerte sich, mitzukommen. Als der Mann den Arm hob, um es mit einem Stock zu schlagen, knurrte Abdul und machte eine kleine Handbewegung.

Der Mann stieß einen Schmerzenslaut aus und ließ den Stock fallen. Er rieb sich das Handgelenk. Das Maultier nutzte den Moment, um kehrtzumachen und in die Gegenrichtung davonzugaloppieren.

„Gut gemacht, Abdul!“, lobte Samira den Dschinn.

Abdul grinste. „Der wird seine verstauchte Hand eine ganze Weile nicht benutzen können, und das nächste Mal überlegt er es sich vielleicht, bevor er ein Tier schlägt.“

Samira mochte Abduls Tierliebe sehr. Sie gingen weiter. Einige Meter vor ihnen gab es plötzlich ein Gerangel.

Zwei Wachmänner hielten einen Jungen fest, der sich heftig wehrte.

„Ich hab das Kamel nicht gestohlen!“, rief er, den Tränen nah. „Ich hab es vor drei Monaten auf einem Tiermarkt gekauft. Es war total vernachlässigt und schnappte nach jedem. Der Händler wollte es schon einem Schlachter verkaufen. Das konnte ich nicht zulassen.“

„Halt's Maul, Kerl", schnauzte einer der Wachmänner den Gefangenen an, während der andere ihm Ketten um die Arme legte. „Geschichten ausdenken kann ich mir selber!"

„Aber das ist die Wahrheit!" Der Junge heulte jetzt vor Verzweiflung. „Ich hab das Kamel gepflegt und wieder aufgepäppelt ..."

„Das kannst du dem Richter erzählen", sagte der zweite Wachmann ungerührt.

Etliche Schaulustige hatten sich angesammelt, und er zog seinen Knüppel. „Aus dem Weg, Leute! Oder muss ich erst das Ding da benutzen?"

Die Menge machte Platz, und es entstand eine Gasse. Die beiden Wachmänner zerrten den Jungen mit sich. Als sie an Samira vorbeikamen, kreuzten sich ihr Blick und der des Jungen. In seinen Augen stand ein stummes Flehen um Hilfe. Der Blick traf Samira tief ins Herz, aber da waren die Wachmänner mit ihrem Gefangenen schon an ihr vorbei.

Jetzt konnten Samira und Abdul auch das Kamel sehen, um das es ging. Ein sichtlich wohlhabender Mann hielt es am Zügel fest, während das Tier ängstlich die Augen verdrehte. Samira hatte noch nie ein so schönes Kamel gesehen. Es war schneeweiß mit einem edlen Kopf und wundervollen dunkelblauen Augen, die fast schwarz wirkten. Man erkannte, dass sich jemand gut um die Kamelstute gekümmert hatte. Das Fell war gebürstet und ohne räudige oder abgeschabte Stellen, und die beiden Höcker waren steil aufgerichtet.

„Das Kamel gehört mir", erzählte der Mann den neugierigen Zuhörern. „Es wurde mir vor Kurzem gestohlen. Nicht wahr, meine Liebste?" Er wollte die Nüstern des Tieres streicheln, aber die Stute zuckte zurück und zeigte die Zähne.

„Hm", brummte Abdul. „Schwer zu entscheiden, wer die Wahrheit sagt."

„Können Dschinn denn nicht erkennen, wenn jemand lügt?", wunderte sich Samira und sah Abdul von der Seite an.

„Leider können wir nicht alles, Samir, auch wenn wir uns das noch so sehr wünschen", erwiderte Abdul mit einem schiefen Lächeln.

Samira fasste automatisch nach ihrer Muschel. Sie hatte das Gefühl, dem Jungen helfen zu müssen. Sie glaubte seine Geschichte, schließlich war es ihr kürzlich vor dem Gasthof nicht anders ergangen, als man sie verdächtigt hatte, Rayan gestohlen zu haben. Bestimmt log der Mann, der sich als Besitzer der Kamelstute ausgab. Aber wie konnte sie sicher sein?

„Ganz schön bissig, deine Kleine!", rief ein jüngerer Mann ihm jetzt zu. „Du solltest ihr einen Maulkorb anlegen!"

Die Umstehenden lachten.

Samira packte Abdul am Arm, und gemeinsam schoben sie sich näher an das Kamel heran. Abdul tat so, als wollte er das Kamel kaufen, und begann mit dem angeblichen Besitzer ein Gespräch.

„Ein wirklich bemerkenswertes Tier, das Ihr da habt, Herr. Genauso eines suche ich schon lange. Was soll es denn kosten?"

Der Angesprochene zeigte seine Goldzähne und versuchte abermals, die Stute zu streicheln. Das Kamel ruckte wieder mit dem Kopf.

„Meine Süße ist leider nicht zu verkaufen. Es ist nicht nur ihr weißes Fell, das ungewöhnlich ist. Ihr müsstet sie erst einmal galoppieren sehen, da würdet Ihr Augen machen! Sie gewinnt jedes Kamelrennen, und ich wäre ein Dummkopf, wenn ich mich von diesem Goldstück trennen würde."

Während die beiden Männer miteinander redeten, trat Samira näher an die Stute heran. Das Kamel beobachtete sie, und diesmal war der Blick ganz sanft. Samira wagte es, ihre Hand auszustrecken und den Hals vorsichtig zu streicheln.

Die Stute wandte sich ihr zu, und ohne die Lippen zu bewegen, flüsterte sie:

„*Es ist genau so, wie der Junge sagt. Er hat mich gerettet. Hilf ihm, er hat mich immer gut behandelt. Der Mann mit den Goldzähnen ist ein Lügner und Betrüger.*"

Samira verlor um ein Haar ihr Gleichgewicht. Das Kamel hatte mit ihr gesprochen! Konnte das sein? Oder hatte sie sich das nur eingebildet?

Aber sie hatte schließlich einen Dschinn getroffen, warum sollte es nicht auch sprechende Kamele geben?

„Ich ... ich werde es versuchen", flüsterte Samira zurück.

„*Danke!*", hauchte die Kamelstute. Sie drehte sich wieder zur Seite, und nichts an ihrem Verhalten deutete darauf hin, dass sie *kein* normales Kamel war.

Samira umklammerte Rayans Führstrick und dachte fieberhaft nach. Wie konnte sie den Jungen aus den Fängen der Wachen befreien und ihm helfen, zu seinem Recht zu kommen? Sie konnte ja schlecht erklären, dass das Kamel selbst zu ihr gesprochen hatte. Das würde ihr kein Mensch abnehmen! Sie warf dem Mann mit den Goldzähnen einen wütenden Blick zu.

Warum wurde wohlhabenden Leuten eher geglaubt als armen? Weshalb wurden diese immer leicht als Diebe bezichtigt? Das Leben war nicht gerecht! Sie hatte Mitleid mit dem armen Jungen, dessen Schicksal sie an das ihrige erinnerte.

„Ich würde so eine hübsche Kamelstute nie ein Rennen laufen lassen“, sagte Abdul gerade. „Ich hätte viel zu große Angst, dass sie sich dabei ernsthaft verletzen könnte.“

„Ihr seid ein Dummkopf, Herr“, sagte der falsche Besitzer. „Der Gewinner des ersten Platzes bekommt eine schöne Summe als Preisgeld ausgezahlt. Das muss ich in den Kaufpreis für die Kamelstute einbeziehen, falls ich sie doch verkaufe. Also – seid Ihr noch interessiert?“ Er nannte eine astronomisch hohe Summe.

Abdul tat so, als würde er hin und her überlegen. „Das ist viel Geld für ein einziges Tier“, meinte er schließlich. „Ich muss eine Nacht darüber schlafen, Kann ich Euch morgen wieder hier antreffen?“

„Bedenkt, es ist eine einmalige Gelegenheit.“ Der Betrüger zeigte ein falsches Lächeln. „Ich kann Euch nicht versprechen, dass das Kamel morgen noch zur Verfügung steht. Ihr seid nicht der einzige Interessent, Herr!“

„Ach! Merkwürdig! Ich dachte, Ihr wolltet gar nicht verkaufen.“ Abdul zog die Augenbrauen hoch. Dann verneigte er sich würdevoll. „Wir sehen uns morgen zur Mittagszeit an diesem Ort. Lebt wohl!“ Er schritt durch die Menge davon.

Samira folgte ihm und zog Rayan neben sich her. Kurz darauf hatte sie Abdul eingeholt.

„Der Junge hat die Wahrheit gesagt“, berichtete sie aufgeregt.

„Das weiße Kamel gehört ihm und nicht diesem Mann!"

Abdul blieb stehen. „Aha, und woher hast du diese plötzliche Gewissheit?"

„Das Kamel hat mit mir gesprochen." Samira sah Abdul trotzig an. „Und jetzt sag bloß nicht zu mir, dass Tiere nicht reden können! Es gibt nämlich mehr Dinge zwischen Himmel und Erde, als wir uns vorstellen können!"

„Daran zweifle ich nicht", entgegnete Abdul. „Und ich glaube dir jedes Wort, denn ich halte dich für ein ausgesprochen kluges Mä… äh… für einen ausgesprochen klugen jungen Mann. Was willst du tun?"

„Wir müssen dem Jungen auf alle Fälle helfen!"

„*Wir?*"

„Genau. Wir zusammen. Ich weiß noch nicht genau, wie wir es anstellen werden, aber deine Magie wird auf jeden Fall nützlich sein." Samira nagte an ihrer Unterlippe.

„Ich nehme an, dass die Wachmänner den Jungen zunächst irgendwo eingesperrt haben, bis der Richter Zeit hat, sich des Falles anzunehmen", sagte Abdul. „Offen gestanden räume ich dem Gefangenen wenig Chancen auf ein gerechtes Urteil ein. Wenn der falsche Besitzer einen Eid leistet, dass das Kamel ihm gestohlen wurde, dann droht dem Jungen der Strick. Das Stehlen eines Reittiers ist ein schweres Vergehen und wird streng bestraft."

Samira erinnerte sich mit Magenschmerzen daran, dass sie Rayan aus dem Stall des Wirts der *Springenden Gazelle* gestohlen hatte. *Das ist etwas anderes, schließlich gehört Rayan Tarik, und der Wirt vom Sanften Abendwind hätte ihn nicht einfach als Pfand nehmen und weiterverkaufen dürfen*, hielt eine innere Stimme dagegen.

„Dem Jungen darf nichts passieren“, sagte Samira. „Er hat das Kamel doch aufgepäppelt und sich seiner angenommen. Es ist ungerecht, wenn er dafür bestraft wird!“

„Aber wie will er es beweisen?“, fragte Abdul. „Das Kamel wird bestimmt nicht als Zeuge aufgerufen, um eine Aussage zu machen.“

„Dann müssen wir den Jungen aus dem Gefängnis befreien“, schlug Samira vor. „Wir müssen herausfinden, wohin er gebracht wurde. Und dann holen wir ihn heute Nacht heraus, wenn die Wachen schlafen.“

„So, wie du das sagst, klingt es nach einem Kinderspiel“, meinte Abdul. „Ich fürchte, du stellst dir das etwas zu einfach vor, Samira … äh … Samir. Es gibt Gefängnisse, aus denen man nicht so leicht rauskommt. Glaub mir, ich kann ein Lied davon singen. Malik hatte sein Grundstück mit einem so starken Zauber geschützt, da hatte ich nicht die kleinste Chance.“

„Malik ist ja auch ein Zauberer“, entgegnete Samira. „Ich bezweifle, dass die Wachmänner hier Magie anwenden können. Wir müssen es zumindest versuchen, Abdul. Wir können den Jungen nicht einfach seinem Schicksal überlassen! Und das sprechende Kamel auch nicht.“

Abdul seufzte. „Du hast natürlich recht, Samir. Auch wenn ich allmählich befürchte, dass du ein Helfersyndrom hast, mit dem du dich gerne selbst in Schwierigkeiten bringst. Denk nur an den Mann, der in der Gasse niedergestochen wurde.“

„Wenn ich nicht versucht hätte, ihm zu helfen, wärst du jetzt nicht bei mir“, sagte Samira. „Du würdest dich immer noch in der Flasche langweilen. Oder wärst in die Hände dieser Verbrecher geraten und müsstest ihnen dienen!“

„Das ist wahrhaft eine schreckliche Vorstellung!“ Abdul seufzte. „Na gut, ich werde dich mit all meinen Kräften unterstützen.“

Ein zufriedenes Lächeln stahl sich auf Samiras Lippen.

Zunächst suchten sie sich eine Herberge, wo sie mit Rayan über Nacht bleiben konnten. Abdul hatte ein paar Getreidekörner in Münzen verwandelt, denn die Wirtin wollte die Bezahlung für Unterkunft und Essen vorab.

„Der Zauber hält nur vierundzwanzig Stunden“, flüsterte Abdul Samira ins Ohr, als sie ihr Zimmer aufsuchten. „Bis dahin sind wir hoffentlich weg.“

Samira nickte. „Nicht dass mir Rayan noch einmal weggenommen wird!“

„Notfalls hättest du ja auch mit dem Sonnenstein bezahlen können“, sagte Abdul. „Wobei es das Beste ist, wenn du das Ding so wenig wie möglich anrührst. Der Stein sieht zwar aus wie ein wertvoller Smaragd, aber er steckt voller mächtiger Magie – und zwar Magie von unangenehmer Art. Deswegen ist äußerste Vorsicht angebracht, wenn wir keine bösen Überraschungen erleben wollen. Du willst doch nicht etwa, dass ein böser Geist in dich fährt und über deinen Körper bestimmt?“

„Auf keinen Fall!“ Samira schüttelte erschrocken den Kopf.

Das Zimmer war winzig und nicht gerade sauber. Samira rümpfte die Nase. Es roch muffig nach Schimmel und Mäusekot. Auch Abdul verzog das Gesicht.

„Also, ich würde es eigentlich vorziehen, im Freien zu übernachten. Die Stadt ist jedoch so überfüllt, dass wir vermutlich nirgends einen Unterschlupf finden, wo wir ungestört sind. Und wir dürfen auch nicht riskieren, dass uns jemand im Schlaf die Kehle durchschneidet. So besehen ist das bisschen Dreck die bessere Lösung."

„Wenn du das sagst." Samira stellte ihr Gepäck vorsichtig auf dem Boden ab und bemühte sich dann, die kleine Luke zu öffnen, um frische Luft hereinzulassen. Doch das Fenster klemmte, und sie bekam es nicht auf.

„Hilf mir bitte, Abdul!"

Der Dschinn trat neben sie und rüttelte an der Luke. Unter seinem festen Griff gab der Fensterladen nach und brach in der Mitte durch. Das Holz war völlig morsch.

„Ups!", sagte Abdul. „Das Fenster ist wahrscheinlich schon monatelang nicht geöffnet worden."

„Jedenfalls ist die Luft jetzt besser", meinte Samira.

Durch das Sonnenlicht, das hereinfiel, sah man allerdings auch den Schmutz deutlicher. In den Ecken wimmelte es vor Ungeziefer, und von der Decke seilte sich eine fette Spinne ab. Samira kämpfte mit sich. Hier wollte sie nicht bleiben! Aber welche anderen Möglichkeiten gab es?

„Kind, du bist ja ganz blass geworden!" Abdul grinste. „Sorge dich nicht wegen des Drecks. Ich war lange genug bei Malik und habe gelernt, wie man gründlich sauber macht!"

Er kreuzte die Finger und rief mit dröhnender Stimme:

„Spinnentier,
was suchst du hier?
Fort mit dir!
Weg mit euch,
ihr Krabbelwesen,
sonst droht euch
mein Zauberbesen!
Blitzeblank das Zimmer sei,
zähle ich nur eins, zwei, drei!“

Ungläubig sah Samira zu, wie die Spinne verschwand und sich das Ungeziefer in Luft auflöste. Gleichzeitig schien es, als würde ein unsichtbarer Besen das Zimmer fegen. Er wirbelte eine ganze Menge Staub auf, der jedoch sogleich zum Fenster hinauszog.

Einige Minuten später war der kleine Raum immerhin so sauber, dass Samira keine Bedenken mehr hatte, hier ihr Lager aufzuschlagen. Sie brauchten die Strohsäcke, die als Matratze gedacht waren, ja nicht zu benutzen.

Unten in der Wirtsstube nahmen sie und Abdul eine kleine Mahlzeit ein, danach schaute Samira noch einmal nach Rayan. Im Stall war alles in Ordnung; der Hengst hatte genug Futter und Wasser.

Es dämmerte bereits, als Abdul und Samira einen Erkundungsgang durch die Stadt machten, weil sie herausfinden wollten, wohin die Wachen den Jungen gebracht hatten. Es waren noch viele Leute unterwegs. In den Tavernen und Gasthäusern herrschte so großer Betrieb, dass man sogar Tische und Bänke auf die Straße gestellt hatte. Noch immer kamen von auswärts Händler, die ihre Pferde und Esel auf dem mehrtägigen Tiermarkt anbieten wollten. Einmal glaubte Samira, Yara zu entdecken, aber das Maultier zeigte keinerlei Anzeichen, dass es sie wiedererkannte. Also hatte sie sich wahrscheinlich getäuscht. Trotzdem gab es ihr einen schmerzhaften Stich. Ob sie Yara und ihre geliebte Stute Aida je wiederfinden würde? Automatisch wanderten ihre Gedanken zu ihrem verschwundenen Vater. Jetzt musste sie heftig schlucken und die Tränen wegblinzeln.

Nahe am Marktplatz gab es eine große Schlägerei, die mehrere Betrunkene angefangen hatten. Viele Zuschauer versammelten sich um sie herum und feuerten die Kämpfenden mit Zurufen an. Schließlich gingen Wachen mit ihren Knüppeln dazwischen und trennten die Streithähne. Die beiden schlimmsten Schläger wurden in Ketten gelegt und abgeführt. Sie waren so betrunken, dass sie Unterstützung beim Gehen brauchten.

Samira stieß Abdul in die Seite. „Komm, wir folgen ihnen“, sagte sie leise. „Die Wachen bringen die Männer sicher ins Gefängnis. Dort finden wir vielleicht auch den Jungen.“

Abdul nickte wortlos, und sie schlichen den Wachen hinterher, bemüht, in der Menge nicht aufzufallen.

Das Gefängnis befand sich in einem hässlichen flachen Gebäude. Es hatte vergitterte Fenster, durch die man die Schreie und das Grölen der Gefangenen hörte. Die Wachen verschwanden mit den beiden Betrunkenen durch den Eingang. Die Tür fiel hinter ihnen zu, und Samira hörte, wie ein Riegel vorgeschoben wurde.

„Da drinnen scheint ja mächtig was los zu sein", meinte Abdul.

Samira hatte eine Idee. „Heb mich bitte hoch, Abdul, damit ich durch die Fenster hineinsehen kann", sagte sie.

Abdul schüttelte den Kopf. „Hast du vergessen, dass ich ein Dschinn bin? – Warte hier!"

Er ging zwei Schritte, wurde durchsichtig und löste sich in eine dünne Rauchfahne auf. Samira presste vor Spannung die Hände auf den Mund. Dann sah sie, wie Abdul in seiner Zwergengestalt auf dem Sims des ersten Fensters wieder auftauchte. Er hielt sich an den Gitterstäben fest und spähte ins Innere. Gleich darauf drehte er sich um und signalisierte Samira, dass der Junge nicht da war.

Sie war enttäuscht, aber da hatte sich Abdul schon wieder in Rauch aufgelöst und tauchte auf dem nächsten Sims auf. So arbeitete er sich Fenster für Fenster vor.

Samira wurde immer mutloser. Sie hatten jetzt schon fast das gesamte Gebäude umrundet. Vielleicht hatten die Wachen den Jungen doch woanders hingebracht.

Sie waren am vorletzten Fenster angelangt, als Abdul auf dem Sims zu hüpfen anfing und übers ganze Gesicht strahlte.

„Hier ist er!", rief er Samira zu und deutete durch das Gitter in das Innere.

Aufgeregt lief Samira hin. Abdul sprang vom Sims und nahm während des Sprungs seine richtige Größe an. Dann packte er Samira an der Taille und stemmte sie hoch, sodass sie durchs Fenster schauen konnte.

Zuerst konnte sie gar nichts sehen, weil es in der Zelle zu finster war. Als sich ihre Augen nach ein paar Sekunden an die Dunkelheit gewöhnt hatten, erkannte sie eine schmale Gestalt, die am Boden auf einem Haufen schmutzigen Strohs kauerte. Der Junge hatte den Kopf gesenkt. Seine Ketten waren an der Wand befestigt.

„Pssst", machte Samira, um seine Aufmerksamkeit zu erwecken. „Hallo!"

Der Junge blickte sich verwirrt um und schaute schließlich zu ihr hoch. „Wer ist da?", fragte er mit tränenerstickter Stimme.

„Hab keine Angst", rief Samira ihm zu. „Ich weiß, dass du die Wahrheit gesagt hast. Wir ... wir holen dich da raus, versprochen!"

Der Junge machte Anstalten, aufzustehen, doch seine Ketten rissen ihn zurück. „Bitte kommt bald!", flehte er. „Ich verdurste hier! Sie haben mir weder zu essen noch zu trinken gegeben. Und wo ist mein Kamel? Ist es in Sicherheit?"

„Dein Kamel werden wir schon finden", raunte Samira. „Wichtig ist erst einmal, dass du freikommst."

„Wie wollt ihr das machen? Die Tür ist abgesperrt und wird außerdem bewacht! Wollt ihr die Wachen bestechen? Ich habe kein Geld, ich kann es euch nicht wiedergeben!"

„Lass das mal unsere Sorge sein!", sagte Samira mit mehr Zuversicht, als tatsächlich in ihr war. „Wie viele Wachen sind es?"

„Zwei oder drei", antwortete der Junge. „Der Dicke scheint der Anführer zu sein. Er hat am meisten zu sagen und ist am grausamsten. An dem kommt keiner so einfach vorbei, und ich weiß auch nicht, ob er sich bestechen lässt."

„Uns wird schon etwas einfallen“, meinte Samira. „Halte dich heute Nacht auf alle Fälle bereit!“

Abdul setzte sie ächzend ab. „Junge, Junge, du bist ganz schön schwer für ein Mädchen“, murmelte er und rieb sich die Arme. „Also – wie gehen wir vor, um den armen Kerl zu befreien? Was ist dein Plan?“

Samira krauste die Stirn, wie immer, wenn sie angestrengt nachdachte. Ihr Vater hatte sich stets darüber lustig gemacht und behauptet, sie bekäme durch diese Angewohnheit noch Falten. Schließlich hatte sie eine Idee.

„Ich weiß, dass du wie ein vornehmer Kaufmann aussehen kannst. Kannst du dich auch in einen Wachmann verwandeln?“

„Kinderleicht“, meinte Abdul.

„Und mich dazu?“

„Hm“, machte Abdul, „das wird schon schwieriger. Aber es ist für eine gewisse Zeit machbar, dass du eine Männergestalt annimmst und die Uniform eines Wachmanns trägst. Allerdings kann ich nicht vorhersagen, wie lange das Trugbild anhalten wird. Verwandlungszauber war nie meine große Stärke. Aber eine Stunde oder so sollte ich schon hinkriegen.“

Samira biss auf ihre Lippe. Eine Stunde? Es erschien ihr reichlich knapp. Sie hatte keine Ahnung, wie lange so eine Befreiungsaktion dauern würde. Zunächst mussten sie in das Gefängnis eindringen und die Wachen außer Gefecht setzen. Dann mussten sie sich die Schlüssel schnappen, die Zellentür aufsperren und den Jungen von seinen Ketten befreien. Eine Stunde musste einfach dafür reichen!

„Kannst du auch einen Schlafzauber über die Wachen legen?“ Samira blickte Abdul gespannt an. Ein Schlafzauber konnte nicht so schwierig sein, schließlich hatte Tarik kürzlich einen über sie gelegt, und ihr Vater war kein zaubermächtiger Dschinn.

Abdul wiegte seinen dicken Kopf. „Natürlich kann ich Leute in einen künstlichen Schlaf versetzen, keine Frage! Aber du musst bedenken, dass es mich Kraft kostet, Magie anzuwenden. Wenn wir als falsche Wachen herumlaufen, muss ich die ganze Zeit den Zauber aufrechterhalten. Ich habe dann nur noch ein bisschen magische Kraft für den Schlafzauber. Hoffentlich verlangst du nicht von mir, dass ich gleich ein Dutzend Wächter einschläfere.“

Samira schluckte. „Höchstens zwei oder drei.“

„Das sollte gehen“, sagte Abdul. „Wir warten aber besser noch bis Mitternacht. Dann sind die Kerle ohnehin müde, und der Schlafzauber kann schneller wirken.“

Samira hätte am liebsten auf der Stelle gehandelt, aber Abdul hatte recht. Ihr tat nur der Junge leid, der noch ein paar Stunden länger in seiner Zelle ausharren musste. Hoffentlich verlor er nicht den Mut!

Im Gefängnis der Stadtwache

Samira hatte das Gefühl, dass die Zeit noch nie so langsam vergangen war wie an diesem Abend. Je länger sie warteten, desto nervöser wurde sie. Ob alles gut gehen würde? Sie versuchte, sich ihre Angst nicht anmerken zu lassen, aber Abdul durchschaute sie.

„Ich sehe, dass du am ganzen Körper schlotterst“, sagte er. „Wenn du willst, kann ich das Ganze auch allein durchziehen. Du wartest einfach draußen auf mich, bis ich mit dem Jungen herauskomme.“

„Das ist schrecklich nett von dir, Abdul“, erwiderte Samira. „Aber ich glaube, ich würde vor Aufregung sterben, wenn ich nicht dabei wäre. Ich würde mir vorstellen, was alles schiefgehen kann …“

„Ich verstehe“, meinte Abdul. „Manchmal ist es ein Fluch, wenn man zu viel Fantasie hat und immer die schrecklichsten Dinge befürchtet.“

„Stimmt!“, bestätigte Samira. Nachts musste sie ihre Gedanken oft gewaltsam beiseiteschieben, weil sie sonst vor lauter Sorgen nicht schlafen konnte. Sie durfte sich nicht ausmalen, was ihrem Vater möglicherweise zugestoßen war. Vielleicht war er längst tot, umgebracht von erbarmungslosen Räubern. Oder er war irgendwo gefangen und musste schlimmen Hunger und Durst leiden. Tränen traten ihr in die Augen. Wieder einmal griff sie nach der Muschel und spürte, wie das glatte Gehäuse ihr Trost schenkte. Djamila würde Tarik beschützen, wenn es in ihrer Macht lag.

„Du willst also wirklich mitkommen?“, vergewisserte sich Abdul ein letztes Mal. „Ich bin dir nicht böse, wenn du doch hierbleiben willst, und ich halte dich auch für keinen Feigling.“

„Ich bin dabei“, beharrte Samira in fast wütendem Tonfall. „Ich kann es nicht leiden, dass man Mädchen nichts zutraut.“

„Das habe ich doch gar nicht so gemeint“, verteidigte sich Abdul. „Natürlich traue ich dir das zu. Ich weiß, dass du ein sehr mutiges Mädchen bist.“

„Dann ist es ja gut.“ Samira holte tief Luft. „Also – verwandele mich bitte in einen Wachmann!“

Abdul starrte sie konzentriert an. Dann legte er seine Hände auf ihren Turban, schloss die Augen und murmelte etwas, das Samira nicht verstand. Eine Hitzewelle schoss durch ihren Körper. Ein heftiger Schmerz schien sie auseinanderzureißen. Sie spürte, wie sich ihre Glieder reckten und streckten. Der Boden war auf einmal weiter entfernt als zuvor. Ihr Brustkorb dehnte sich aus, die Schultern wurden breiter, die Füße größer. Plötzlich trug sie eine Uniform und Lederstiefel, und in ihrem Gesicht kitzelte sie ein Bart. Der Turban wog schwerer als zuvor.

„Ausgezeichnet“, freute sich Abdul, nachdem er seine Augen wieder geöffnet hatte und Samira von oben bis unten musterte. „Das ist mir ja besser gelungen, als ich gedacht habe!“

Jetzt verwandelte er sich selbst. Samira hätte Abdul nicht wiedererkannt. Jetzt waren sie zwei gleichgroße Männer, beide in ähnliche Uniformen gekleidet. Ketten klirrten an ihren Hüften, und jeder trug an seinem Gürtel einen Knüppel sowie einen Krummsäbel.

„Prächtig, prächtig!“, sagte Abdul. „Wenn ich genauso stattlich aussehe wie du, dann geben wir beide ein eindrucksvolles Bild ab. Können wir los?“

„Ja, ich bin bereit“, erwiderte Samira und erschrak ein wenig über die tiefe Männerstimme, die sie jetzt besaß. Auch ihr Körper fühlte sich fremd an, das spürte sie bei jedem Schritt. Ihre Beine waren lang und hatten kräftige Muskeln. Die schweren Stiefel an den Füßen waren ungewohnt. Knüppel und Säbel schlugen beim Laufen gegen ihre Schenkel. Bestimmt würde sie blaue Flecken davontragen!

Aber das war das kleinste Übel. Wichtiger war, dass ihr Auftritt überzeugend ablief und die Befreiung des Jungen gelang.

Als sie das Gefängnis erreicht hatten, wollte Abdul die Tür aufdrücken, aber diese war von innen verriegelt. So pochte er heftig dagegen.

„Aufmachen!“, verlangte er streng. „Wachablösung!“

Es dauerte einen Augenblick, bis drinnen jemand antwortete.

„Ichkommschofort.“ Die Zunge des Mannes war schwer, anscheinend hatte er schon reichlich Wein getrunken. Er brauchte mehrere Anläufe, bis es ihm gelang, den Riegel zurückzuschieben. Knarrend ging die Tür auf.

Samira und Abdul standen einem älteren Wachmann gegenüber, dessen Gesicht gerötet war und dessen Atem nach Alkohol roch.

„Wachablöschung? Wiescho jetzscht schon? Wer scheid ihr, ich kenn euch nicht!“

„Sonderkommando wegen des Tiermarktes“, sagte Abdul. „Befehl von ganz oben. Wir sollen euch helfen, die Gefangenen zu bewachen.“

„Dann immer rein in die gute Schtube“, lallte der Wächter und trat zur Seite, um Abdul und Samira einzulassen.

Der Gang war dunkel. Nur vereinzelte Fackeln brannten an den Wänden und warfen flackernde Schatten. Es roch nach Pech und Rauch, und aus den Zellen drang übler Gestank. Am liebsten hätte Samira kehrtgemacht; sie hatte das Gefühl, gleich ersticken zu müssen oder sich zumindest zu übergeben. Doch sie musste jetzt stark sein. Also versuchte sie, möglichst flach zu atmen.

Am Ende des Ganges hockten zwei weitere Wachmänner auf Holzschemeln. Vor ihnen stand ein kleiner Tisch, auf dem sich einige Würfel und ein Becher aus Leder befanden. Offenbar hatten sie sich die Zeit mit einem Glücksspiel vertrieben. Es musste reichlich Wein geflossen sein, ein leerer Krug lag umgekippt auf dem Boden, einen zweiten hatte einer der Männer gerade in der Hand und nahm einen kräftigen Schluck.

„Wachablöschung“, verkündete der Mann, der die Tür aufgemacht hatte. „Leute, wir ham Feierabend!“

Sein Kamerad verschluckte sich am Wein, hustete und spuckte über den Tisch. „Wie? Wachablösung? Um diese Zeit?“

Der dritte Mann, der zusammengekrümmt auf dem Hocker gesessen hatte, straffte sich und musterte die Ankömmlinge mit schmalen Augen.

„Wer seid ihr denn?“, fragte er misstrauisch.

„Sonderkommando wegen des Tiermarktes“, wiederholte Abdul mit autoritärer Stimme. „Die Stadt ist voller Leute, deswegen wird der Schutz verstärkt.“

Die beiden Männer am Tisch wechselten einen Blick.

„Und warum wissen wir davon nichts?“, erkundigte sich der eine.

„Ja, das würde mich auch interessieren. Wer hat euch hergeschickt?“, hakte der andere nach.

„Befehl von ganz oben“, sagte Abdul noch einmal.

Samira konnte spüren, dass die Männer am Tisch ihnen nicht glaubten. Trotz des vielen Alkohols schienen sie noch ziemlich wachsam zu sein.

„Wer ist euer Dienstherr?“, wollte der Mann wissen, der den Wein ausgespuckt hatte. „Los, redet schon!“ Er erhob sich und sah sie drohend an. Seine Größe und sein Bauch waren beeindruckend. Das musste der Aufseher sein, von dem der Junge gesprochen hatte.

Abdul machte einen Schritt nach vorne und hauchte ihn an. „Schlaf!“, zischte er. Sofort sackte der Mann zusammen.

Jetzt sprang der andere auf, so heftig, dass er den Tisch umstieß. Der zweite Weinkrug fiel zu Boden und zerschellte.

„Das sind Betrüger!“, schrie der Mann, tastete nach seinem Knüppel und ging damit auf Abdul los.

Der betrunkene Wächter griff ebenfalls an und drehte Samira den Arm auf den Rücken. Ihr entfuhr ein Schmerzenslaut. Aber keine Sekunde später sank auch er in den Schlaf.

Auch der letzte Mann hatte gegen Abduls Zauber keine Chance. Schließlich lagen alle drei schnarchend auf dem Boden, und ihre Uniformen sogen sich mit dem verschütteten Wein voll.

„Schnell!", keuchte Abdul. „Wir müssen den Schlüsselbund finden. Ich weiß nicht, wie lange der Zauber hält, ich habe kaum noch Magie in mir."

Samira bückte sich bereits und durchsuchte die Wächter. Bei dem Dicken wurde sie fündig. Mit fahrigen Fingern löste sie den Schlüsselbund von seinem Gürtel. Der Mann regte sich im Schlaf, und sein Arm machte eine Abwehrbewegung. Seine Augenlider begannen schon zu flattern.

„Mist!", stieß Samira aus.

Abdul hauchte den Dicken noch einmal an. „Nachschlag", ächzte er. Schweiß lief ihm übers Gesicht. „Los, zur Zelle des Jungen!"

Samiras Herz klopfte heftig. Vor lauter Aufregung hatte sie die Orientierung verloren. Abdul fasste sie am Arm und zog sie mit.

„Es war das vorletzte Fenster, also müssen wir hier entlang!"

Die Zellentür hatte in der Mitte eine kleine Öffnung. Samira spähte hindurch, aber es war stockfinster, sie konnte gar nichts erkennen.

„Hallo", rief sie im Flüsterton. „Junge mit dem weißen Kamel, bist du da?"

Stroh raschelte. „Wer ist da?", antwortete eine Jungenstimme.

„Deine Befreier!", rief Samira. „Wir holen dich raus." Nervös versuchte sie, einen Schlüssel in das Türschloss zu stecken. Er passte nicht. Sie probierte die anderen aus. Zweimal fiel ihr der

Schlüsselbund aus der Hand. Auch Abdul hatte inzwischen seine Ruhe verloren. Er atmete aufgeregt neben ihr.

„Jetzt mach schon!“, drängte er.

„Ich versuch’s ja!“ Samira war den Tränen nah.

Endlich sprang das Schloss auf, und sie konnten die Tür öffnen. Der Junge hatte sich in der Zelle aufgerichtet, aber die Ketten fesselten ihn immer noch an die Wand.

„Gib mir die Schlüssel!“, verlangte Abdul.

Samira reichte ihm den Bund.

Während sich Abdul auf den Boden kniete, um die Fesseln des Jungen zu lösen, spürte Samira, wie sie schrumpfte. Die Stiefel fühlten sich auf einmal viel zu groß an und schienen an ihren Füßen zu schlackern. Die Uniformhose begann zu rutschen. Samira geriet in Panik. Fing sie bereits an, sich zurückzuverwandeln?

„Verdammt, ich brauche einfach etwas Licht!“, hörte sie Abdul knurren. Er schnippte mit den Fingern. Ein winziges Licht, kaum mehr als das Glimmen eines Glühwürmchens, tauchte auf und schwebte in der Luft.

Es klickte. Die erste Fessel löste sich, und die Kette fiel klirrend auf den Boden. Im selben Moment glaubte Samira, auf dem Gang hinter sich Geräusche zu hören. O nein, waren die Gefangenenwärter etwa schon aufgewacht?

„Beeil dich!“, rief sie. Im selben Moment rutschte ihr die eigene Kette, die zu ihrer Uniform gehörte, herunter und legte sich um ihre Füße, sodass sie einen Augenblick lang selbst gefesselt war. Samira drohte, das Gleichgewicht zu verlieren, und ruderte mit den Armen.

„Hilfe!“ Doch dann spürte sie, dass die Kette sich einfach auflöste – genau wie der Rest ihrer Uniform samt Knüppel und Säbel. Sie stand in ihrer ursprünglichen Kleidung und in normaler Größe da, aber immerhin konnte sie ihre Füße wieder frei bewegen.

Abdul hantierte immer noch an den Fesseln des Jungen. Im Schein des winzigen Lichts bemerkte Samira, dass auch Abduls Uniform nach und nach verschwand und die Pluderhose und die Weste seiner Dschinn-Kleidung zum Vorschein kamen.

Die Schritte auf dem Gang wurden lauter.

„Sind die Betrüger noch da?“

„Was haben sie vor?“

„Ischt doch egal ...“

Drei verschiedene Stimmen! Alle Wächter waren wach, Abduls Schlafzauber hatte viel zu kurz gewirkt. Samiras Herz klopfte vor Angst so schnell, dass ihr fast die Sinne schwanden. Verzweifelt griff sie nach der Muschel und drückte sie voller Inbrunst.

„*Mutter! Hilf, dass wir hier rauskommen! Bitte!*“, flehte sie lautlos.

Als hätten ihre Worte Abdul neue Magie verliehen, wurde aus dem schummrigen Licht ein greller Blitz, der sekundenlang die Zelle erhellte. Die letzten Fesseln des Jungen sprangen auf – wie von Zauberhand gelöst. Abdul griff nach dem Arm des Jungen und zerrte ihn zur Tür hinaus. Samira hastete hinterher.

„Da sind sie!“

„Sie haben einen Gefangenen befreit!“

„Schie schehen anders aus! Schind da noch mehr?“

Die Wächter waren ganz nah. Samira erwartete jeden Moment, dass man sie von hinten ergriff.

Spürte sie nicht schon eine Berührung an ihrem Hemd?

„*Mutter!*" Wieder drückte Samira die Muschel.

Etwas streifte ihren Rücken, jemand stolperte und stürzte. Ein Aufschrei. Dann ein zweiter Aufprall.

Als sie einen schnellen Blick über die Schulter warf, sah Samira im Fackelschein zwei Verfolger am Boden liegen, und der dritte fiel gerade über seine Kameraden.

„Du hast mir ein Bein gestellt, du Idiot!"

„Hab ich gar nicht! Du bist über deine eigenen Füße gefallen, Dummkopf!"

„Schnell, schie dürfen nicht entkommen!"

Ein Wirbel aus Armen und Beinen, Knüppeln und Säbeln war den Wächtern im Weg, als sie aufzustehen versuchten. Die eigenen Ketten, die dazu gedacht waren, Verbrecher gefangen zu nehmen, behinderten die liegenden Männer. Das heillose Durcheinander verschaffte Samira, Abdul und dem Jungen einen Vorsprung.

Schon waren sie beim Ausgang.

Abdul schob den Riegel zurück, die Tür schwang auf – zwei Schritte und sie waren im Freien.

Schnell rannten sie weiter und ließen das Gefängnis hinter sich.

Erst im Schatten einer schmalen Gasse blieben sie stehen und verschnauften.

„Danke", keuchte der Junge. „Ihr habt mich gerettet!"

„Das war knapp!" Abdul wandte sich nach Samira um. „Um ein Haar wäre alles schiefgegangen!"

„Ja, zum Glück ist deine Magie am Schluss wieder stärker geworden“, japste Samira.

„Meine Magie?“ Abdul klang verwundert. „Das war nicht ich! Die Kraft kam von dir! Es war *dein Licht* und *dein Zauber*, der die letzten Fesseln geöffnet hat.“

Samira schüttelte verwirrt den Kopf. „Das kann nicht sein! Ich kann nicht einmal den Docht einer Öllampe mit Magie anzünden! Ich bin hoffnungslos unbegabt!“

„Wenn du dich da nicht täuschst“, murmelte Abdul.

Eine halbe Stunde später befanden sie sich in der Herberge. Samira und Abdul hatten den Jungen über die Hintertreppe in ihr Zimmer geschmuggelt. Sie teilten mit ihm die Vorräte, die sie noch hatten. Der Junge war völlig ausgehungert und verschlang alles bis auf den letzten Krümel. Er trank auch fast den Wasserschlauch leer, den Samira ihm reichte.

Im Schein einer Öllampe sahen sie, wie hager der Junge war. Er hatte dunkle Ringe unter den Augen, und in seinem Blick lag etwas Gehetztes. Zweifellos fiel es ihm schwer, seinen Rettern zu vertrauen.

„Wie heißt du, Junge?“, wollte Abdul wissen.

„Said. Und ihr?“

„Ich bin Abdul, und das ist Samir.“

„Warum habt ihr mich gerettet?“ Said blickte von Abdul zu Samira und wieder zurück. „Wollt ihr mich auf dem Sklavenmarkt verkaufen?“

Samira schnaubte vor Empörung. „Wie kannst du so etwas denken? Wir haben zufällig mit angesehen, wie man dich beschuldigt hat, das weiße Kamel gestohlen zu haben.“

„Und warum glaubt ihr, dass es mir wirklich gehört und dass ich kein Dieb bin?", fragte Said trotzig. Seine Augen funkelten vor Argwohn.

„Das weiße Kamel hat mir verraten, dass du die Wahrheit sagst", erwiderte Samira.

Said blieb vor Überraschung der Mund offen stehen.

„Leika hat mit dir geredet?", hakte er nach, nachdem er sich wieder gefasst hatte.

„Ganz recht." Samira nickte. „Sie hat deutlich mit mir gesprochen. Vielleicht klingt es verrückt, aber so war es, ich schwöre es."

„Ich glaube dir ja." Der Junge senkte verlegen den Kopf. „Ich habe bisher nur gedacht, dass ich der Einzige bin, mit dem sie redet. Wir … wir haben nämlich eine besondere Verbindung. Ich habe ihr das Leben gerettet. Sie war völlig vernachlässigt worden und noch dazu krank. Es ist ein Wunder, dass sie nicht gestorben ist. Viele Tage und Nächte habe ich um ihr Leben gekämpft." Als er wieder aufsah, standen Tränen in seinen Augen.

„Wie alt bist du, Said?", fragte Abdul voller Mitgefühl.

„Fünfzehn."

„Und du bist allein mit deiner Kamelstute unterwegs? Was ist mit deinen Eltern? Womit verdienst du dein Brot und das Futter für Leika?"

Es war Samira fast ein bisschen peinlich, wie neugierig Abdul war. Doch es schien Said nichts auszumachen, seine Geschichte zu erzählen.

„Ich hatte es nie leicht im Leben", begann Said. „Wer meine richtigen Eltern sind, weiß ich nicht. Eine Karawane hat mich unterwegs am Rande der Wüste aufgelesen. Keine Ahnung, wie ich dorthin kam. Ich war damals etwa zwei Jahre alt. Ich kann mich weder daran erinnern, wie man mich gefunden hat, noch daran, was vorher passiert ist."

Samira stutzte. Ein zweijähriger Junge namens Said? Konnte es sein, dass Khaulas verlorener Sohn vor ihr stand? Doch sie konnte den Gedanken nicht weiterverfolgen, weil Said bereits mit seiner Geschichte fortfuhr.

„Zum Glück – oder zu meinem Unglück, je nachdem, wie man es sehen will – fand man bald Pflegeeltern für mich. Sobald ich alt genug war, musste ich meinem Pflegevater bei der Arbeit helfen. Er war Schmied, und ich musste immer dafür sorgen, dass sein Ofen brannte. Er war kein guter Mensch, sondern schlug mich, wenn ich nicht schnell genug arbeitete oder wenn er mich dabei erwischte, dass ich mich einen Moment ausruhte. Später schlug er mich auch, wenn er zu viel getrunken hatte und ihm irgendwas nicht passte. Als er gar keinen Grund mehr brauchte, um mich zu schlagen, bin ich weggelaufen." Er schluckte. „Zwei Mal brachte man mich wieder zurück, und mein Pflegevater prügelte mich fast tot. Beim dritten Mal hatte ich gelernt, mich besser zu verstecken, und meine Flucht gelang."

Samira hatte das Gefühl, dass ihre Brust zusammengeschnürt wurde. „Und deine Pflegemutter? Hat sie dich denn nicht beschützt?"

Said schüttelte den Kopf. „Sie hatte selbst Angst vor ihm. Sein Zorn konnte furchtbar sein. Wenn er weg war, tröstete sie mich und schenkte mir Süßigkeiten, aber in seiner Gegenwart hielt sie nie zu mir. Sie tat alles, um ihn nicht noch mehr zu erzürnen. Manchmal hat sie tagelang nicht gesprochen, weil ihn schon das kleinste Wort aufregte."

Samira war entsetzt. So ein Zuhause musste furchtbar gewesen sein!

„Ich war elf, als ich weggelaufen bin. Seither schlage ich mich mit irgendwelchen Arbeiten durch. Ich finde immer etwas." In Saids Stimme schwang Stolz mit. „Und vor ein paar Monaten fand ich dann Leika. Seitdem geht es mir besser. Wir haben uns gegenseitig gerettet, wenn man so will."

Er machte Anstalten, aufzustehen. „Danke für eure Befreiung und das Essen. Aber jetzt muss ich los. Ich muss Leika finden. Ich traue dem Kerl, der sie mir weggenommen hat, nicht über den Weg."

Abdul drückte Said wieder auf den Schlafsack. „Es ist noch tiefe Nacht, Said. Bleib hier bei uns. Wir werden bei Tag gemeinsam nach deiner Leika suchen."

„Und sie finden", bekräftigte Samira. Saids Schicksal hatte sie sehr berührt. Sie wollte unbedingt, dass er und Leika wieder zusammenkamen. Sie konnte gut nachvollziehen, wie Said sich fühlte. So ging es ihr ja mit ihrem Vater. Ihre Brust wurde wieder eng, diesmal so stark, dass es ihr fast die Luft abschnürte. Wo Tarik wohl war? Ging es ihm gut? War er überhaupt noch am Leben? Ihre Lippe begann zu zittern. Musste sie ihn nicht zuerst suchen? Jetzt, sofort, auf der Stelle? Hatte das nicht Vorrang vor allem anderen? Schuldgefühle drohten sie zu überrollen.

„Was hast du?“ Abdul merkte, dass Samiras Stimmung umgeschlagen war.

„Mein Vater“, sagte Samira leise. „Wo ist er? Ich kann ihn doch nicht einfach im Stich lassen, weil mir ein Kamel auf einmal wichtiger ist.“ Sie war den Tränen nah.

Abdul legte ihr tröstend eine Hand auf die Schulter. „Du lässt ihn ja nicht im Stich! Natürlich halten wir Tag und Nacht auch nach ihm die Augen offen. Wenn das Schicksal es will, finden wir eine Spur von ihm. Oder wir treffen Leute, die uns einen Hinweis geben können.“

Samira schluckte. „Du hast wahrscheinlich recht“, murmelte sie.

Wie gut, dass Abdul bei ihr war. Und seine Zauberkräfte waren sicher eine Hilfe – bei der Suche sowohl nach dem Kamel als auch nach ihrem Vater.

Magie war so etwas Geheimnisvolles! Samira musste kurz daran denken, was Abdul in der Gasse zu ihr gesagt hatte. War es wirklich *ihre* Zauberkraft gewesen, die am Schluss der Befreiungsaktion zum Einsatz gekommen war? Das konnte sie sich nicht vorstellen. Sie glaubte eher, dass Djamila ihr geholfen hatte – auch wenn das ebenfalls schwer zu begreifen war.

Nur langsam klang in Samira die Aufregung über die abenteuerliche Flucht ab. Weil sie in der Nacht noch gar nicht geschlafen hatte, übermannte sie die Müdigkeit, und sie fiel in einen unruhigen Schlummer.

Obwohl Said drängte, mit der Suche nach Leika zu beginnen, frühstückten Samira und Abdul in der Wirtsstube und brachten ihm auch etwas Essen nach oben.

„Ohne Frühstück loszuziehen, hilft uns auch nicht weiter“, meinte Abdul. „Außerdem hoffe ich, den falschen Besitzer heute Mittag zu treffen. Wir haben uns am Tiermarkt verabredet. Er denkt, er kann mit mir ein gutes Geschäft machen.“

Said hörte zu und stopfte das Fladenbrot in sich hinein. Samira wunderte sich, wie viel der Junge essen konnte. Er hatte doch erst vor ein paar Stunden ordentlich gefuttert. Wahrscheinlich war er durch seine Lebensweise gewohnt, so viel wie möglich zu essen, weil er nicht wusste, wann er die nächste Mahlzeit bekommen würde. Samira schluckte. Wenn sie ihren Vater nicht wiederfand, würde sie sich vielleicht auf ähnliche Weise durchschlagen müssen wie Said! Schnell schob sie diesen Gedanken beiseite.

Sie packten das Gepäck zusammen und verließen die Herberge, nachdem sie auch Rayan aus dem Stall geholt hatten.

„Was für ein wunderschönes Pferd!“, sagte Said. „Der Hengst ist sicher sehr wertvoll.“

„Er gehört meinem Vater“, entgegnete Samira. „Rayan hat nur ihn auf seinem Rücken geduldet. Doch zum Glück akzeptiert er mich jetzt auch.“

„Du scheinst gut mit Tieren umgehen zu können, denn sonst hätte Leika nicht mit dir geredet“, meinte Said.

Samira freute sich über die Anerkennung. „Ja, ich glaube, ich habe ein gutes Händchen. Ich betrachte und respektiere Reittiere als Persönlichkeiten, nicht nur als Fortbewegungsmittel.“

Said nickte. „Genau wie ich. Doch so eine Einstellung findet man leider selten." Er blickte sie direkt an. „Ist dein Vater tot, wenn er dir sein Pferd überlassen hat?"

Samira wurde rot, dann blass. „Ich hoffe nicht. Er ist leider vor ein paar Tagen spurlos verschwunden, und ich bin auf der Suche nach ihm." Sie überlegte, ob sie ihm von dem fliegenden Teppich erzählen sollte, entschied aber, dass später noch genug Zeit dafür war. Said fragte auch nicht weiter nach.

An diesem Tag schien die Stadt noch voller zu sein als am vergangenen. Ströme von Menschen bewegten sich in Richtung Tiermarkt. Der Boden war voller Pferdeäpfel und anderer Hinterlassenschaften, die Straßenkehrer kamen mit der Arbeit nicht nach.

Schließlich erreichten sie den vereinbarten Treffpunkt, aber der Mann mit dem weißen Kamel war nicht da.

„Vielleicht sind wir noch zu früh dran", murmelte Abdul, kniff die Augen zusammen und prüfte den Stand der Sonne.

„Was mache ich, wenn er mich erkennt?", fragte Said bang. „Er ruft sicher wieder nach den Wachen!"

„Du hältst dich einfach im Hintergrund", riet Abdul ihm. „Aber zur Sicherheit verändere ich ein bisschen dein Aussehen." Er strich über Saids ebenmäßiges Gesicht. Sogleich wuchs dem Jungen eine mächtige Nase, die Augenbrauen wurden buschiger und der Mund breiter. Samira musste ein Grinsen unterdrücken. Said war ein sehr gut aussehender Junge gewesen, aber jetzt sah er aus wie eine Karikatur seiner selbst.

Said betastete seine Nase. „Was für einen fürchterlichen Zinken hast du mir da angehext?", warf er Abdul vor. „Du bist ein Dschinn, nicht wahr? Das habe ich mir gleich gedacht."

„Keine Sorge, das ist bloß ein Blendzauber, der in ein paar Stunden von selbst verschwindet", beruhigte Abdul ihn. „Eine reine Schutzmaßnahme, falls sich der Betrüger tatsächlich an dich erinnert."

Said sah nicht sehr glücklich aus und fasste immer wieder an seine ungewohnte Nase.

Die Zeit verging, ohne dass der Mann mit dem Kamel auftauchte. Ringsum wurde eifrig Handel getrieben. Tiere wechselten ihren Besitzer. Samira hielt wieder Ausschau nach dem schwarzen Kamel und dem Maultier mit der bunten Satteldecke, aber kein Tier entsprach der Beschreibung.

Die Hitze wurde unerträglich, genau wie das Gedränge. Rayan zeigte Anzeichen von Unruhe. Abdul wurde ständig gefragt, ob er den Hengst verkaufen wolle und was er koste.

„Ich glaube, wir warten vergeblich", sagte der Dschinn schließlich. „Entweder hat der Mann gestern noch einen anderen Käufer gefunden, oder er hat mit dem Tier die Stadt verlassen."

Die Enttäuschung war bei allen groß. Said versuchte, seine Sorgen zu unterdrücken, aber Samira sah, wie seine Unterlippe zitterte. Abdul ärgerte sich, dass er nicht schon gestern mit dem Mann handelseinig geworden war.

„Ich hätte ihm ja nur eine Handvoll Falschgold geben müssen, dann hätte er mir Leika sicher überlassen." Er machte sich

Vorwürfe. „Oder zumindest hätte ich ihn fragen müssen, in welcher Herberge er übernachtet."

„Er hat das Kamel unrechtmäßig in seinen Besitz gebracht und hätte dich bestimmt angelogen", meinte Samira. „Vielleicht hatte er Angst, dass sich etliche Leute an den gestrigen Vorfall erinnern, und ist lieber weitergezogen, um das Kamel anderswo zu verkaufen."

Said stöhnte auf. „Und wie sollen wir ihn dann finden?" Mutlos sanken seine Arme herab.

„Ein weißes Kamel fällt auf, und es gibt bestimmt genügend Menschen, die Leika gesehen haben", versuchte Samira, ihn aufzumuntern.

Said seufzte tief. „Leika war meine beste Freundin. Ohne sie bin ich verloren. Ihr hättet mich ebenso gut im Gefängnis lassen können!" Er war sehr niedergeschlagen.

„Im Gefängnis lassen? Wo der Strick auf dich gewartet hätte?" Abdul schüttelte den Kopf. „Red keinen Unsinn! Wir kaufen noch ein paar Vorräte für unterwegs, dann verlassen wir die Stadt. Ich teile Samirs Ansicht: Ein weißes Kamel fällt auf, und bald seid ihr wieder zusammen – du und Leika!"

Es war immer noch heiß, als sie aus der Stadt ritten. Samira hatte Rayan gebeten, auch Said auf seinem Rücken zu dulden.

Vom Gewicht her war es kein Problem, Said und Samira wogen zusammen nur wenig mehr als Tarik. Und Abduls Zwergengestalt machte ohnehin kaum etwas an Last aus.

Um ihre Vorräte aufzustocken, hatten sie wieder mit verzauberten Münzen bezahlt, nicht mit echtem Geld. Samira hatte deswegen ein schlechtes Gewissen, aber welche andere Möglichkeit gab es? Den Sonnenstein wollte sie nicht anrühren, nachdem Abdul sie so eindringlich vor dem magischen Artefakt gewarnt hatte. Said hatte wieder sein normales Aussehen, Abdul hatte den Blendzauber gelöst.

Bald lag die Stadt mit den Palmen hinter ihnen, und Ödnis umgab die Reisenden. Die Hitze war noch glühender als in der Stadt. Kein Baum, kein Strauch spendete Schatten. Vor ihnen erstreckten sich endlose Sanddünen, und der Wind verwehte bereits die Spuren, die Karawanen und Reiter vor ihnen hinterlassen hatten. Ab und zu kamen ihnen vereinzelte Reisegruppen entgegen, die zur Oasenstadt wollten. Kamele trabten mit hochmütiger Miene an ihnen vorbei, Esel bleckten die Zähne, und müde Pferde mit ebenso müden Reitern trotteten den Weg entlang. Einmal begegneten sie einer Schar Ziegen mit ihrem Hirten. Der Mann gehörte zu einem Nomadenstamm und war so verhüllt, dass nur ein Schlitz für die Augen frei war. Grüßend hob er die Hand, und Samira und Said grüßten zurück.

„Wie ist dein Vater verschwunden?“, fragte Said, der hinter Samira saß und seine Arme um ihre Hüften gelegt hatte. Zuerst hatte es sich ungewohnt und unangenehm für Samira angefühlt, aber inzwischen fand sie die Berührung nicht mehr so schlimm.

Said hatte sich schon in der Nacht gründlich gewaschen und vor dem Auszug aus der Stadt eingeölt, um den Gefängnisgeruch loszuwerden. Samira hatte ihm dafür aus ihrem Gepäck ein wohlriechendes Öl gegeben, das auch ihr Vater auf Reisen benutzte. Jetzt stieg ab und zu der vertraute Duft nach Zitronen und Orangenblüten in ihre Nase.

„Er ist Kaufmann und hatte einen Geschäftstermin, zu dem er mich nicht mitnehmen wollte", antwortete Samira stockend. Noch immer zog sich alles in ihr zusammen, wenn sie darüber sprach. „Er hatte mir versprochen, am Abend wieder da zu sein, aber er kam nicht. Am nächsten Tag tauchte er auch nicht auf, und dann warf der Wirt mich aus der Herberge, angeblich, weil er eine große Karawane erwartete."

„Mistkerl", knurrte Said.

„Das ist noch nicht alles." Samira spürte, wie erneut Empörung in ihr hochstieg. „Er hat auch noch unsere drei Reittiere behalten, als Pfand für die unbezahlte Rechnung. Und zwar Rayan, meine Stute Aida und unser Maultier Yara." Ihre Stimme zitterte.

„Hat er dir Rayan wiedergegeben?"

„O nein, er hat alle drei Tiere schleunigst weiterverkauft. Rayan habe ich zufällig wiedergefunden und ihn seinem neuen Besitzer gestohlen." Samira dachte an ihre Stute Aida und spürte einen schmerzhaften Stich.

Said lachte kurz auf. „Du siehst gar nicht aus wie ein Dieb, Samir. Das hätte ich dir nicht zugetraut."

Du weißt nicht, dass ich noch etwas anderes gestohlen habe, dachte Samira, aber davon erzählte sie Said nichts. Stattdessen berichtete sie von Khaula, der Wirtin der *Grünen Schildkröte*, die die Männer mit dem schwarzen Kamel und dem auffallenden Maultier beobachtet hatte.

„Es kann sein, dass mein Vater mit diesen Leuten verabredet war. Sie redeten von einem besonderen Teppich, den auch mein Vater schon lange suchte." Samira zögerte. „Angeblich kann der Teppich nicht nur fliegen, sondern auch die Grenze zwischen den Lebenden und den Toten überwinden."

„Der *Tag-und-Nacht-Kelim*", sagte Said leise hinter ihr.

„Du hast davon gehört?"

„Ja. Einmal ist am Lagerfeuer darüber geredet worden, als ich mit anderen Reisenden zusammen unterwegs war. Das war, kurz nachdem ich Leika so weit gesund gepflegt hatte, dass sie wieder weitere Strecken zurücklegen konnte", erwiderte Said. „Ich wusste nicht recht, ob ich die Geschichte glauben sollte und ob an der Sache etwas dran war. An den Feuern wird viel erzählt, und je abenteuerlicher und fantastischer die Geschichten sind, desto mehr Beifall bekommt der Erzähler. Ich habe von rachsüchtigen Dschinn gehört, von üblen Räuberbanden und mörderischen Dämonen." Er lachte. „Aber dein Begleiter scheint mir ganz umgänglich zu sein. Wie bist du an ihn gekommen?"

„Er steckte in einer goldenen Flasche." Samira berichtete, wie der Bärtige überfallen worden war und er ihr im Angesicht seines Todes die Flasche geschenkt hatte. „Ich hatte keine Ahnung, dass ein Dschinn darin war, sondern dachte, es sei eine wundersame Medizin."

So erfuhr Said auch, wie Samira auf den giftigen Skorpion getreten war und den Dschinn befreit hatte.

„Das ist eine spannende Geschichte, Samir! An den Lagerfeuern würdest du große Aufmerksamkeit erhalten. Du könntest als Märchenerzähler bestimmt gut deinen Lebensunterhalt verdienen, falls du deinen Vater nicht wiedertriffst." Said schlug sich auf den Mund. „Entschuldige, Samir. Das war nur so dahingesagt. Natürlich hoffe ich, dass du deinen Vater findest."

Samira wischte sich verstohlen eine Träne aus dem Augenwinkel. „Es ist meine größte Angst, dass ich ihn nicht wiedersehe", sagte sie mit erstickter Stimme. „Vielleicht ist er längst tot, weil ihn jemand umgebracht hat." Damit hatte sie ihre schrecklichste Befürchtung laut ausgesprochen. Sie musste sich anstrengen, um nicht loszuweinen.

„Verzeih mir", bat Said noch einmal. „Ich hoffe sehr, dass dein Vater noch am Leben ist und es ihm gut geht. Aber du kannst wirklich gut erzählen. Das wollte ich dir nur sagen."

Geschichten erzählen, grübelte Samira. *Vielleicht wäre das tatsächlich eine Möglichkeit, Geld zu verdienen, anstatt Ställe ausmisten zu müssen oder in der Küche zu arbeiten.* Sie beschloss, Said den Ausrutscher nicht übel zu nehmen. Dann fiel ihr noch etwas ein.

„Die Wirtin von der *Grünen Schildkröte* … Sie hatte einen Sohn namens Said …"

„Said ist nicht gerade ein seltener Name."

„Aber du hast schwarze Locken, fast wie meine. So hat sie ihren Sohn beschrieben." Sie wandte den Kopf und blickte Said gespannt an. Seine frisch gewaschenen Haare, die unter der Kopfbedeckung hervorlugten, waren eine Pracht.

„Blonde oder rothaarige Menschen sind hier eher selten. Schwarze Haare sind die Regel, und Locken gibt es auch tausendfach. Ich fürchte, du verrennst dich da in etwas, Samir."

„Aber ihre Geschichte passt zu deiner!", beharrte Samira aufgeregt. „Sie war sehr krank, und ihr Mann ist an der Seuche sogar gestorben. Als sie wieder richtig zu sich kam, war ihr Sohn weg. Er hieß Said und war ungefähr zwei Jahre alt. „Vielleicht ist Khaula ja deine richtige Mutter!"

Einen Moment lang sah sie, wie Hoffnung in seinen Augen aufflammte. Doch dann verhärtete sich sein Gesicht.

„Ich musste mich damit abfinden, dass ich meine Eltern verloren habe – aus welchem Grund auch immer. Und neue Pflegeeltern brauche ich nicht. Die eine Erfahrung reicht mir. Ich komme sehr gut ohne sie zurecht. Es ist besser, wenn ich allein bin." Etwas leiser fügte er hinzu: „Das heißt – ich und Leika. Wir genügen einander."

Sie ritten, bis der Abend dämmerte. Eine Ortschaft war nicht zu sehen, aber in der Ferne leuchteten mehrere Lagerfeuer. Es schien der Rastplatz einer Karawane zu sein. Abdul, der in einer Falte von Samiras Schlafsack geschlafen hatte, war längst aufgewacht. Er war Rayans Mähne hochgeklettert und hatte es sich zwischen den Pferdohren bequem gemacht. Von dort aus hatte er eine gute Aussicht.

„Wir sollten uns den Reisenden anschließen, zumindest für heute Nacht", meinte er. „Das ist sicherer, als nur zu dritt in der Wüste zu übernachten. Besonders hier, so dicht an der Karawanenroute. Räuber überfallen eher Einzelpersonen oder kleine Gruppen."

Sein Argument leuchtete Samira und Said ein. Samiras Hinterteil schmerzte vom Reiten, aber sie wollte vor Said nicht jammern. Eine so lange Strecke zu zweit zu reiten, war doch wesentlich unbequemer, als den Pferderücken für sich allein zu haben. Samira war dankbar, dass sie nun endlich Rast machen konnten.

Als sie näher kamen, sahen sie, dass es offenbar mehrere Reisegruppen waren, die hier zusammen ihr Lager aufgeschlagen hatten. Einer der Karawanenführer hatte nichts dagegen, als Abdul, wieder in Kaufmannstracht und normaler Größe, ihn fragte, ob sie diesen Ort ebenfalls als Schlafplatz nutzen durften.

„Ihr habt nur dieses eine Reittier?", fragte der Karawanenführer etwas verwundert.

Abdul nickte. „Im Moment ja. Die treue Stute meines Sohnes", er legte die Hand auf Samiras Schulter, „lahmte leider, und wir mussten sie in der Oasenstadt zurücklassen. Ich hoffe, wir finden bald ein neues Reittier für meinen Sohn und ... seinen Diener."

Said verdrehte die Augen.

„Zu dritt sind wir dem Hengst doch auf Dauer zu schwer", fuhr Abdul fort. „Obwohl er sehr stark ist. Er stammt aus guter Zucht."

„Fürwahr, das sehe ich", meinte der Karawanenführer. „Ein wirklich prächtiges Tier. Es steht nicht zufällig zum Verkauf?"

„Ich wäre ein Dummkopf, würde ich mich von diesem Pferd trennen."

„Das kann ich gut verstehen. Also sucht Euch einen Platz für Euer Lager. Wenn Ihr wollt, dann seid Ihr herzlich eingeladen, später an mein Feuer zu kommen! Es gibt Musik und Geschichten, und die Gazelle ist auch bald gar!"

„Ihr seid sehr gastfreundlich!" Abdul verneigte sich höflich. „Wir nehmen Eure Einladung gerne an!"

Auf der Flucht mit dem weißen Kamel

„Kannst du bitte noch einmal meine Nase verzaubern?“, fragte Said den Dschinn, während Samira damit beschäftigt war, die Schlafsäcke auszurollen und ein gemütliches Nachtlager zu schaffen.

Abdul grinste. „Ich dachte, sie hat dir nicht gefallen!“

„Nicht wirklich“, gab Said zu. „Aber ich will mich hier ein bisschen umsehen. Ich möchte nicht riskieren, dass mich jemand wiedererkennt, der zufällig dabei war, als ich in der Oasenstadt gefangen genommen wurde.“

„Ich verstehe.“ Abdul legte erneut seine Hand auf Saids Gesicht, und kurz darauf hatte der Junge wieder die große Nase und die buschigen Augenbrauen, die sein Aussehen so drastisch veränderten.

Said betastete die neuen Errungenschaften und grinste schief. „Danke, Abdul!“

„Pass auf dich auf“, warnte der Dschinn, bevor Said zu einem Schatten wurde, der in der Dunkelheit zwischen den Zelten verschwand.

Abdul errichtete mit ein paar Utensilien aus dem Gepäck und etwas Magie einen notdürftigen Unterstand. Weil der zweite Schlafsack für Said gedacht war, konnte er ihn nicht als

Windschutz verwenden. Aber das war nicht so schlimm, da ringsum bereits andere Zelte aufgebaut waren und diese den schlimmsten Wind abhalten würden.

Samira hatte große Lust, es Said gleichzutun und im Lager herumzuschleichen, um die Tiere und die Menschen zu begutachten. Abdul schien ihr Vorhaben zu erraten und hielt sie am Arm fest.

„Bleib lieber hier! Du bist ein Mädchen!"

„Ich bin vorsichtig!", versprach Samira leicht genervt.

„Na dann – viel Glück!" Abdul ließ sie los.

Samira huschte davon. All ihre Sinne waren angespannt. Manche Reisende, meistens Frauen und Kinder, hatten sich bereits zurückgezogen, durch die Zeltwände schimmerte Licht. Kinder quengelten, weil sie nicht schlafen wollten. Einmal hörte Samira, wie eine Mutter ein Schlaflied sang. Sie bekam eine Gänsehaut. Wie oft hatte Djamila an ihrem Bett gesessen und gesungen! Samira kämpfte bei der Erinnerung mit den Tränen. Sie biss sich auf die Lippe und zwang sich, weiterzugehen.

In einem anderen Teil des Lagers waren die Tiere untergebracht, von denen jetzt nur noch die Silhouetten zu erkennen waren. Vielen Kamelen hatte man die Beine gefesselt, damit sie sich nicht vom Platz entfernten und sich in der Wüste verliefen. Die meisten Pferde dagegen waren an Pflöcken festgebunden. Manche schliefen ganz entspannt, einen Hinterhuf leicht angehoben, während andere nervös im Sand tänzelten und aufmerksam lauschten, ob kein Raubtier in der Nähe war.

Samira hielt Ausschau nach dem schwarzen Kamel und dem Maultier – leider vergebens. Enttäuschung breitete sich in ihr aus. Auch Aida oder Yara waren nirgends zu entdecken. Samira ließ ihren Blick über die Tiere gleiten. Ein großes Gefühl der Einsamkeit überkam sie. Wie sehr sehnte sie sich in diesem Augenblick nach ihrem Vater, nach seiner Warmherzigkeit und seinen klugen Ratschlägen. Wo war er? Ob er in dieser Nacht genauso sehnsüchtig an sie dachte wie sie an ihn? Ihre Augen füllten sich mit Tränen.

„Samir!" Ein Flüstern. Samira zuckte zusammen, als sich eine Hand auf ihre Schulter legte. Als sie herumfuhr, sah sie Said vor sich stehen. Er legte den Finger an seine Lippen, damit sie sich leise verhielt.

„Ich habe Leika gefunden", wisperte er aufgeregt. „Sie liegt dort hinten zwischen anderen Kamelen. Du musst mir helfen! Ich will Leika von hier wegbringen, aber es laufen ständig Männer herum, die nachsehen, ob mit ihren Tieren alles in Ordnung ist. Ich brauche jemanden, der Schmiere steht!"

Samiras Herz fing an zu rasen. Natürlich freute sie sich, dass Said sein Kamel ausfindig gemacht hatte, aber bedeutete das nicht auch, dass der falsche Besitzer hier war? Sie mussten extrem vorsichtig sein!

„Warte", raunte sie Said zu. „Wenn du Leika jetzt stiehlst, müssen wir noch heute Nacht weiterziehen und uns irgendwo in der Wüste verstecken. Keine Ahnung, ob der Wind unsere Spuren rechtzeitig verwischt. Rayan ist müde, genauso wie ich. Vielleicht sollten wir uns erst einmal zu den anderen ans Feuer setzen und essen und später, wenn es im Lager ruhig geworden ist, Leika befreien."

„Oh, vielen Dank, eine gebratene Gazelle ist dir wohl wichtiger als Leika“, knurrte Said und vergaß dabei, seine Stimme zu dämpfen. „Ich habe dich anders eingeschätzt, nachdem du mich mit deinem Dschinn aus dem Gefängnis geholt hast. Ich dachte, du hältst zu mir!“

„Schsch!“, machte Samira. „Sei kein Idiot! Natürlich halte ich zu dir! Aber was nützt es uns, zu fliehen, wenn wir gleich darauf wieder erwischt werden?“

Said zögerte. „Vielleicht hast du ja recht“, räumte er ein. „Ich war nur so aufgeregt, als ich Leika entdeckt habe. Sie hat mich auch gleich gesehen und wollte aufstehen. Aber es ging nicht wegen der zusammengebundenen Beine. Am liebsten hätte ich sie sofort von den Fesseln befreit, aber es sind ständig Leute herumgelaufen.“

„Es ist noch zu früh in der Nacht“, meinte Samira. „Wir müssen warten, bis die meisten schlafen gegangen sind. Nur so haben wir eine Chance.“

„Oder alle müssten so abgelenkt werden, dass niemand auf die Tiere achtet“, grübelte Said. „Vielleicht hat Abdul eine Idee. Er könnte ein Feuer im Lager entfachen.“

„Viel zu riskant“, wandte Samira sogleich ein. „Das Feuer könnte auf die Zelte übergreifen, und darin befinden sich auch Kinder! Es darf niemand unseretwegen zu Schaden kommen!“

Said hob ratlos die Schultern. „Dann weiß ich auch nicht.“

Auf dem Weg durch die Dunkelheit dachte Samira darüber nach, ob Abduls Zauberkraft ausreichen würde, um später einen Schlafzauber für die noch wachen Männer und Frauen im Lager zu wirken. Aber der Dschinn war ja schon im Gefängnis bei den drei Wächtern an seine Grenzen gestoßen.

„Ach Mist!“, murmelte Samira vor sich hin. Dann schoss ihr plötzlich ein Gedanke durch den Kopf. Der Sonnenstein! Abdul hatte gesagt, dass er ein mächtiges magisches Artefakt war. Ob er die Zauberkräfte des Dschinns verstärken konnte? Allerdings hatte Abdul sie auch vor der gefährlichen Magie gewarnt, die in dem Sonnenstein steckte.

Abdul wartete bereits auf sie. „Gut, dass ihr kommt. Ich wollte gerade ans Lagerfeuer gehen. Der leckere Bratenduft ist fast nicht auszuhalten. Gibt es Neuigkeiten? Habt ihr etwas entdeckt?“

„Und ob!“, sagte Said. „Leika befindet sich bei den Tieren. Wenn nicht immer Leute um mich herum gewesen wären, hätte ich sie gleich von ihren Fesseln befreit.“

„Ich habe ihm geraten, zu warten, bis es im Lager ruhig ist und alle schlafen“, ergänzte Samira.

„Das kann allerdings dauern“, meinte Abdul. „Etliche Männer scheinen in Feierlaune zu sein, und wenn Wein im Spiel ist, dann werden sie lange am Feuer sitzen wollen. Außerdem müssen wir damit rechnen, dass Wachen aufgestellt werden. Es ist unwahrscheinlich, dass wirklich alle schlafen.“

„Und wenn du nachhelfen würdest?“, fragte Samira vorsichtig.

Abdul stöhnte. „Ach, Mäd… ach, mein Junge, hast du schon vergessen, was im Gefängnis passiert ist? Wenn ich das ganze Lager schlafen lege, schläft keiner länger als ein paar Augenblicke. Die Zeit würde nicht einmal reichen, um sich am Ohr zu kratzen, geschweige denn, um ein Kamel zu entführen!“

„Ich habe vorgeschlagen, dass du ein großes Feuer entfachst, aber Samir hat Angst, dass jemand zu Schaden kommen könnte", sagte Said.

„Da hat sie ... er ... vollkommen recht", erwiderte Abdul. „Man weiß nie, aus welcher Richtung der Wind weht und wohin er die Flammen treibt. Die Lagerfeuer sind ja schon nicht ganz ungefährlich."

Samira zog Abdul beiseite, stellte sich auf die Zehenspitzen und flüsterte ihm ins Ohr: „Und wenn du den Sonnenstein benutzt, damit alle einschlafen?"

„O nein!", wehrte Abdul sofort ab, „das geht nicht! Ich kann niemals ..." Er stockte und rieb sich die Stirn. „Verdammt, das wäre tatsächlich eine Möglichkeit! Du hast wirklich einen schlauen Verstand, vor allem, wenn man bedenkt, dass du ein Mäd... dass du noch so jung bist."

Samira ärgerte sich etwas, weil sich Abdul ständig verplapperte. Was war nur in ihn gefahren? Aber im Moment war anderes wichtig. „Du würdest es also versuchen?", wollte sie wissen.

Abdul wiegte den Kopf. „Es ist sicher nicht ohne Risiko. Die dunkle Magie könnte Folgen haben für denjenigen, der den Sonnenstein benutzt. Aber ich bin ein Dschinn und nicht ganz unerfahren. Ich denke, wir können es wagen. Aber erst nachher. Jetzt setzen wir uns ans Lagerfeuer, essen und trinken und lauschen den Neuigkeiten, die man erzählt."

Samira hätte nichts dagegen gehabt, den Sonnenstein sofort auszuprobieren. So hungrig und müde sie vorhin noch gewesen war – jetzt hatte sie das Gefühl, ausgeruht und satt zu sein. Doch sie musste auch an Rayan denken. Dem Hengst tat es sicher gut, wenn er noch ein paar Stunden Pause hatte.

Also begaben sie sich zu dritt an das Lagerfeuer, zu dem der Karawanenführer sie eingeladen hatte. Ringsum hockten schon etliche Männer und Frauen auf dem Boden. Einige saßen auf bunten, runden Kissen, manche hatten Kinder auf dem Schoß, die mit glänzenden Augen in die Flammen schauten.

Die Gazelle briet noch am Spieß, aber ein verführerischer Duft stieg in die Nachtluft. Samira spürte, wie ihr das Wasser im Mund zusammenlief. Hatte sie eben noch gedacht, satt zu sein? Warum knurrte dann ihr Magen so verräterisch?

Eine verschleierte Frau ließ einen geflochtenen Korb mit Fladenbrot herumgehen. Samira brach sich ein Stück vom Brot ab und reichte den Korb dann an Said weiter.

Inzwischen kümmerten sich zwei Männer um die Gazelle und schnitten einige durchgebratene Stücke ab, während der Rest mit Öl bestrichen und weiter am Spieß gedreht wurde. Ein Weinkrug machte die Runde, und wer keinen Wein trinken wollte, bekam Granatapfelsaft. Die ersten Fleischportionen wurden verteilt. Es wurde einfach mit den Fingern gegessen.

„Hm, köstlich!“, freute sich Abdul. „Den Geschmack habe ich schon lange vermisst.“

Auch Said und Samira genossen die Mahlzeit. Jemand hatte getrocknete Datteln spendiert, und es gab auch Ziegenkäse. In dieser Gruppe schien man alles miteinander zu teilen.

Die Stimmung war gut und wurde mit vorgerückter Stunde immer ausgelassener. Eine Frau begann, auf einer kleinen Harfe zu spielen, während ein Mann mit wohltönender Stimme ein wehmütiges Lied über seine verlorene Liebe sang. Er hatte kaum geendet, als ein Mann von einem anderen Lagerfeuer herankam.

„Schön, dass ihr alle so fröhlich seid“, sagte er. „Ich hoffe, ihr habt nichts dagegen, wenn ich mich ein wenig zu euch setze. Meine Männer dort drüben kennen meine Geschichten schon auswendig, aber ich hoffe, dass es hier ein paar Zuhörer gibt, für die meine Abenteuer neu und aufregend sind.“

Einige Leute rückten ein Stück zur Seite, um dem Ankömmling Platz zu machen. Als der Schein des Feuers auf sein Gesicht fiel, erkannte Samira voller Schreck den Betrüger, der in der Oasenstadt behauptet hatte, Leikas Besitzer zu sein. Unwillkürlich drückte sie Saids Handgelenk und vergewisserte sich mit einem Seitenblick, dass seine große Nase noch da war.

Auch Said hatte den Mann wiedererkannt, Samira konnte spüren, wie sich der Junge versteifte. Der Betrüger nahm zunächst einen großen Schluck aus dem Weinkrug, bevor er sich räusperte und zu sprechen begann.

„Seht ihr meinen Umhang, seht ihr mein Gewand? Wer von euch würde glauben, dass ich in großer Armut aufgewachsen bin? Meine Mutter hatte schon fünf Kinder von unterschiedlichen Männern, als sie mich zur Welt brachte. Mein Vater hatte sich längst aus dem Staub gemacht. Meine Mutter nannte ihn einen elenden Windhund und weinte ihm keine Träne nach, denn er hatte ihr außer Gold und Edelsteine auch die Ehe versprochen. Alles nur dicke Lügen! Aber was sage ich euch da,

Männer? Habt ihr nicht auch schon das Blaue vom Himmel herabgelogen, um das Herz einer Frau zu gewinnen?"

Einige Zuhörer lachten, während der Erzähler sich erneut den Weinkrug reichen ließ und den restlichen Inhalt trank. Er wischte sich mit dem Handgelenk den Mund ab, rülpste vernehmlich und redete dann weiter.

„Wir waren so arm, dass es kaum für das tägliche Brot reichte. Meine Mutter wusste nicht, wie sie sieben Mäuler stopfen sollte. Eines Tages kam ein wohlhabender Kaufmann vorbei. Sein Bauch war dicker als der einer schwangeren Frau, die Zwillinge erwartet. An jedem seiner Finger blitzten Ringe aus schwerem Gold, sein Mantel war mit Pelz verbrämt, und um den Hals trug er ein Amulett, das aus einem großen Smaragd und einem goldenen Strahlenkranz bestand."

Beifälliges Gemurmel ertönte. Samira spürte, wie sie trotz der Wärme des Feuers eine Gänsehaut bekam. Die Beschreibung passte haargenau auf den Sonnenstein!

„Der Kaufmann erbot sich, meiner Mutter zu helfen. Er wollte ihr meine älteste Schwester abkaufen. Sie war gerade fünfzehn Jahre alt und sollte seine Frau werden. Meine Schwester tobte und schrie, denn der Kaufmann war ausgesprochen hässlich und bestimmt bereits fünfzig Jahre alt. Aber es gelang meiner Mutter, so lange auf meine Schwester einzureden, bis sie schließlich einwilligte. Der Kaufmann ließ einen großen Barren Gold und eine trächtige Kamelstute als Brautpreis da. Meine Mutter weinte, als ihre älteste Tochter mit ihm abreiste, aber sie tröstete sich mit dem Gedanken, dass es uns allen ab sofort sehr viel besser gehen würde."

Der Mann machte eine kurze Pause und sah in die Runde.

„Was soll ich euch sagen?“, fuhr er dann fort. „Am nächsten Tag lag statt des Goldbarrens nur ein Haufen Kamelmist da, und aus der trächtigen Kamelstute war eine magere, alte Ziege geworden, die keinen Tropfen Milch mehr gab. Der Kaufmann hatte uns nach Strich und Faden reingelegt!“

Jetzt murrten etliche Männer, und es ertönten auch einige Frauenstimmen.

„So ein Betrug!“ – „Ja, was für eine Ungerechtigkeit!“ – „Der Kaufmann gehört in Ketten gelegt!“ – „Wer eine arme Familie ausnutzt, verdient kein Mitleid!“

Ein Kind lehnte sich auf dem Schoß seiner Mutter vor und fragte laut: „Aber wie hat der Kaufmann das gemacht? War er ein Zauberer?“

„Du bist ja ein kluges Kerlchen!“ Der Erzähler lachte. „Ja, ich denke auch, dass dieser Kaufmann ein Zauberer war. Wie hätte sich sonst das Gold in einen Misthaufen verwandeln können? Und die Ziege war so gebrechlich, dass sie schon zwei Tage später geschlachtet werden musste. Doch ihr Fleisch war furchtbar zäh, niemand konnte es mehr essen. Also hatte meine Mutter gar nichts davon, dass sie meine älteste Schwester weggegeben hatte.“

Etliche Zuhörer drückten ihr Bedauern aus. Dann meldete sich das Kind wieder zu Wort. „Und du hast nichts gemacht? Du warst doch ihr Bruder! Bist du dem Zauberer nicht nachgegangen und hast versucht, deine Schwester zurückzuholen?“

Der Mann lachte erneut. „Ich war so ein kleiner Stöpsel wie du, höchstens sechs Jahre alt. Wie hätte ich da diesen Zauberer zur Rede stellen können? Der hätte mich im Nu in einen Wasserschlauch oder in einen Feigenbaum verwandelt!“

Viele im Kreis lachten.

„Aber jetzt bist du doch groß“, sagte das Kind laut und deutlich. „Warum suchst du nicht nach deiner Schwester? Die freut sich bestimmt, wenn du sie von dem Zauberer wegholst!“

„Schschsch, sei endlich ruhig, Aladin“, mahnte die Mutter. „Es ist doch nur eine Geschichte, die der Mann erzählt hat!“

„Ja, nur eine Geschichte“, wiederholte ein Zuhörer neben ihr. „Ich habe sie schon in ähnlicher Form woanders gehört. Immer geht es um einen Zauberer, ein junges Mädchen und ein Kamel.“

Einige Männer stimmten ihm zu. Samira bemerkte, dass sich der Erzähler zu ärgern begann. Er stand auf.

„Nun, wenn ihr mir nicht glaubt und alles schon kennt, dann brauche ich ja nicht weiterzuerzählen. Ich wünsche euch allen eine gute Nacht!“

Er drehte sich um, warf den Umhang um sich und ging mit langen Schritten davon. Ein paar Leute riefen ihm nach, er solle doch zurückkommen, aber er reagierte nicht darauf. Die Stimmung am Lagerfeuer schien zu kippen, und das Paar mit dem Kind fing einen Streit an.

„Du hast den Mann beleidigt“, warf die Frau ihrem Gatten vor. „Er hat doch nicht schlecht erzählt!“

„Warum soll ich lügen?“, verteidigte sich der Mann. „Ich habe die Geschichte erst kürzlich gehört, und sie klang wirklich ähnlich. Allerdings ging es darin um eine Prinzessin.“

„Die Geschichte will ich auch hören!“, quengelte das Kind. „Erzähl sie bitte, Vater!“

„Ja, bitte!“, drängten auch einige Männer und Frauen.

„Es ist noch zu früh, um schlafen zu gehen“, meinte der Karawanenführer. „Also – wenn Euch danach ist, dann lasst die Geschichte vom Zauberer und der Prinzessin hören!“

Der Vater des Kindes wurde sichtlich verlegen. Er räusperte sich, dann stand er auf.

„Also gut. Ich bin aber kein so geübter Erzähler, wie es mein Vorgänger offenbar ist. Übrigens weiß ich aus sicherer Quelle, dass er niemals aus einem so armen Elternhaus stammt, wie er behauptet hat. Sein Vater, mit dem ich einst befreundet war, war Beamter, und er ermöglichte seinem Sohn eine gute Bildung durch verschiedene Hauslehrer. Leider war der Sohn faul, und anstatt zu lernen, zog er lieber mit seinen Freunden durch die Tavernen, trank Wein, amüsierte sich mit Mädchen und verspielte viel Geld beim Glücksspiel. Sein verzweifelter Vater starb vor lauter Kummer an einem Herzschlag. Nach seinem Tod geriet der Sohn leider völlig auf die schiefe Bahn. Wie er jetzt zu seinem angeblichen Reichtum gekommen ist, weiß ich nicht, aber garantiert nicht durch ehrliche Arbeit.“

Ein Raunen ging durch die Menge. Einige murmelten etwas von „Verleumdung“, andere stimmten dem Sprecher zu. Samira ballte unwillkürlich ihre Hände zu Fäusten. Sie und Said wechselten einen Blick.

Der Karawanenführer bat um Ruhe. „Die einen sagen so, und die anderen behaupten das Gegenteil. Wer außer dem Universum kennt die Wahrheit? Deshalb lasst uns lieber bei den Geschichten und Märchen bleiben! Wir sind alle sehr gespannt, was der Zauberer in Eurer Version gemacht hat!“

Der Vater des Kindes knetete seine Hände. „Nun gut. Es war einmal ein mächtiger Zauberer, der einsam in seinem Schloss lebte. Er war berühmt und zugleich gefürchtet im ganzen Land. Seine Magie machte ihn unbesiegbar. Ein Wort genügte, um ein Getreidefeld verdorren zu lassen, und seinen Feinden konnte er mit einem Fingerschnippen eine Heuschreckenplage schicken. Leider war er fürchterlich hässlich, und selbst wenn er sich in einen ansehnlichen jungen Mann verwandelte und eine Frau seinen Heiratsantrag annahm, so lief jede schreiend davon, sobald sie ihn zum ersten Mal in seiner richtigen Gestalt sah. Darüber ärgerte sich der Zauberer natürlich gewaltig. Ihm war klar, dass er mit dieser Taktik nicht weiterkommen würde.“ Der Mann machte eine kleine Pause. Es war ringsum mucksmäuschenstill, nur ab und zu knackte ein Ast im Feuer.

„Das Schicksal wollte schließlich, dass er sich in eine wunderschöne Prinzessin verliebte. Sie war jung, ihre Haut weiß wie Milch und das Haar so schwarz wie Ebenholz. Ungewöhnlich waren ihre Augen, sie leuchteten dunkelblau wie zwei tiefe Seen. Als der Zauberer die Prinzessin erblickte, traf ihn die Liebe wie ein Blitz, und er wusste, dass er keine andere zur Frau wollte als Leika.“

Leika? Samira stutzte. Said neben ihr rutschte unruhig hin und her.

„Er entführte die Prinzessin aus dem Garten, wo sie mit einer goldenen Kugel gespielt hatte. Ja, er flog mit ihr durch die Luft, so schnell, dass der armen Leika das Hören und Sehen verging und sie vor Schreck und Angst ohnmächtig wurde. Der Zauberer trug sie auf seinen Armen in sein Schloss. Als die Prinzessin wieder zu sich kam, lag sie in einem wunderschönen Himmelbett, das in dem prächtigsten Raum stand, den man sich vorstellen kann. Der Zauberer aber kniete neben ihrem Bett, ergriff ihre Hand, sah ihr tief in die Augen und sprach: ‚Allerliebste Leika, mein Herz steht in Flammen, und ich kann keinen Augenblick mehr ohne dich sein. Deswegen bitte ich dich, meine Frau zu werden! Ich werde dir die ganze Welt zu Füßen legen!'"

Ein paar Frauen seufzten, andere hielten erschrocken die Hand vor den Mund.

„Aber Leika verhielt sich genau wie ihre Vorgängerinnen", fuhr der Mann fort. „Sie stieß einen Schrei aus, sprang mit einem Satz aus dem Bett, eilte zur Tür und wollte fliehen. Der Zauberer wurde darüber so zornig, dass er seinen Arm ausstreckte und sie mit einem Zauberspruch in ein Kamel verwandelte. ‚Du wirst so lange ein Kamel bleiben, bis du es dir anders überlegst und mich heiratest!', schrie er sie an. Doch die Prinzessin war nicht bereit, ihre Meinung zu ändern. Lieber nahm sie ihr schreckliches Schicksal in Kauf. Der Zauberer wollte nicht glauben, dass sie ein Kamel bleiben wollte, anstatt in seinem wundervollen Schloss zu wohnen und seine Gefährtin zu sein. Deswegen fragte er sie jeden Tag aufs Neue, und jedes Mal erhielt er die gleiche Antwort: ‚Nein, ich heirate Euch nicht!' Das ging ein ganzes Jahr so. Dann hatte der Zauberer genug und schickte das Kamel mit Peitschenhieben fort. Sollte Leika doch für immer ein Tier bleiben! Er ließ ihr jedoch die Fähigkeit, mit menschlicher Stimme zu sprechen, allerdings durfte sie niemandem erzählen, was ihr passiert war. Sobald sie dagegen verstieß, würde ihr auch diese letzte menschliche Eigenschaft genommen werden." Er verstummte.

Das plötzliche Ende der Geschichte sorgte bei den Zuhörern für heftige Reaktionen.

„Oh, die arme Prinzessin!" – „Ist denn niemand gekommen, um sie zu retten?" – „Ja, wie geht das Märchen weiter?" – „Hat Leika tatsächlich nie über ihr Schicksal geredet?" – „Warum ist aus ihr keine Ziege geworden, Vater?"

„Jetzt ist Schlafenszeit", rief der Karawanenführer, als die Diskussionen immer heftiger wurden. „Jeder von Euch kann die Geschichte mit in sein Zelt nehmen und sich ein passendes Ende dafür ausdenken. Und wer will, kann uns dann morgen Abend am Feuer davon erzählen. Nun habt eine geruhsame Nacht, liebe Männer und Frauen und Kinder! Erholt Euch gut, und der Himmel schenke Euch süße Träume!"

Die Versammlung löste sich nur zögernd auf. Einige wollten unbedingt noch mehr Wein trinken, andere sicherten sich die letzten Stücke der gebratenen Gazelle. Abdul, Said und Samira zogen sich zu ihrem Lagerplatz zurück.

Said war ganz aufgeregt. Er vergewisserte sich, dass sie ungestört waren, dann sagte er zu Samira und Abdul: „Es fällt mir eigentlich schwer, solche Geschichten zu glauben! Aber mein Kamel kann sprechen – und dass es Dschinn in Wirklichkeit gibt, habe ich ja inzwischen auch gelernt. Könnt ihr euch vorstellen, dass meine Leika eine verzauberte Prinzessin ist, oder haltet ihr mich für verrückt?"

Samira hatte den gleichen Gedanken gehabt. Sie wusste ja von Abdul, wozu böse Zauberer fähig waren. Der Erzähler hatte zwar nicht den Namen des Zauberers genannt, aber Samira hätte sich nicht gewundert, wenn es jener Malik gewesen wäre, mit dem Abdul so schlechte Erfahrungen gemacht hatte. Und der auch ihr zweimal begegnet war, einmal in der Herberge *Zum Sanften Abendwind* und danach noch einmal in der Stadt, an jenem Tag, als ihr Vater verschwunden war.

Abdul war jedoch etwas skeptischer. „An Lagerfeuern wird nun mal viel erzählt, Said. Und Märchen, in denen sich böse Zauberer mit Magie an den Menschen rächen, sind einfach spannender als einfache Liebesgeschichten. Immer müssen Herzen gebrochen werden, stets sind die Bösen abgrundtief hässlich und die Guten wunderschön, und oft geht es um Auseinandersetzungen zwischen Armen und Reichen. Es sind Geschichten, Junge! Ich zweifele gar nicht daran, dass in mancher ein Körnchen Wahrheit steckt, aber ich glaube nicht, dass deine Leika eine verzauberte Prinzessin ist. Sie ist wahrscheinlich einfach nur ein Kamel! Zugegeben ein sehr hübsches wegen des weißen Fells!"

Said schnaubte. „Und warum kann sie dann sprechen wie ein Mensch?"

„Ach, Said, manchmal bilden wir uns etwas ein." Abdul seufzte. „Als neulich ein Knopf von meiner Weste sprang, hörte ich den Stoff flüstern: *Du wirst zu dick, Abdul, du solltest aufpassen!* Glaubst du, die Weste hat wirklich mit mir geredet? Die Stimme, die ich in meinem Kopf gehört habe, war meine eigene! Es war mein schlechtes Gewissen, das zu mir sprach!"

„Aber ich habe Leika auch reden hören", wandte Samira ein. „Das habe ich mir nicht nur eingebildet! Außerdem hat sie dunkelblaue Augen – genau wie die Prinzessin in der Geschichte! Ich halte es durchaus für möglich, dass das Märchen wahr ist!"

„Als ich Leika fand, war sie ganz abgemagert", erinnerte sich Said. „Sie muss lange unterwegs gewesen sein. Und jemand hatte sie geschlagen, an ihren Beinen waren etliche schlecht verheilte Wunden. Sie brach vor meinen Augen zusammen. Ich dachte schon, sie würde sterben. Doch da öffnete sie ihr Maul und flüsterte: ‚Ich bin Leika! Bitte hilf mir!' – Klar, ich dachte anfangs auch, ich hätte mich verhört und ihren flehenden Blick nur entsprechend interpretiert. Doch später, als sie endlich wieder gesund war, begrüßte sie mich immer mit ‚Guten Morgen, Said!! Was haben wir heute vor?'"

„Hm, schon seltsam", musste Abdul einräumen. „Na gut, vielleicht habt ihr doch recht, was Leika angeht. Ihr müsst sie ja nur fragen, ob sie eine Prinzessin ist, dann erfahrt ihr die Wahrheit."

Said schlug sich gegen die Stirn. „O Abdul, hast du nicht zugehört? Wenn sie darüber redet, wird sie ihre menschliche Sprache verlieren und gar nichts mehr sagen können."

„Ach ja", murmelte Abdul. „Aber ihr werdet das schon irgendwie machen. Jetzt müssen wir erst einmal zusehen, dass wir das ganze Lager schlafen legen." Er bückte sich und wühlte in Samiras Gepäck herum, bis er das Ebenholzkästchen fand. Er blickte Samira fragend an. Diese nickte, und Abdul öffnete das Kästchen mit großer Vorsicht.

Ein smaragdgrünes Licht strahlte ihnen entgegen, geheimnisvoll und faszinierend.

Said sog vor Überraschung die Luft ein. „Was ist das? Verflucht, der Stein ist magisch, oder nicht?"

„Das ist ein Sonnenstein", sagte Abdul sehr leise, so als würde er bereits eine Gefahr heraufbeschwören, wenn er laut sprach. „Er steckt voller dunkler Magie. Er wird mir helfen, das ganze Lager in künstlichen Schlaf zu versetzen. Allerdings ist das Ganze nicht ohne Risiko. Vielleicht werde ich zu einem grünen Zweig, wenn ich den Zauber ausgesprochen habe. Aber meine eigene Magie reicht nicht für das ganze Lager aus. Ihr entscheidet: Soll ich es wirklich tun?"

Said und Samira nickten beide nach einem kurzen Zögern.

Abdul nahm vorsichtig den Stein heraus und hängte sich die Kette um den Hals. Das Gesicht des Dschinns leuchtete grünlich, als er zu sprechen begann:

„Hilf uns bitte, Stein der Macht,
dass der Schlaf in dieser Nacht
überall sich schnell verbreitet,
uns den Weg zur Flucht bereitet,
einen Vorsprung uns verschafft,
hilf uns, Stein, mit deiner Kraft!"

Der grüne Lichtschein breitete sich aus, löste sich von dem Amulett und stieg wie ein Ballon empor. Während des Aufsteigens wuchs und wuchs er, und ein wunderbares grünes Flimmern zog sich allmählich über den Nachhimmel. Samira konnte nur mit offenem Mund staunen. Dann verdichtete sich der grüne Nebel zu unzähligen Sternen, die wie Funken nach und nach auf die Zelte herabsanken. Alles wurde still, die Lichter hinter den Stoffwänden wurden gelöscht, die Menschen kamen zur Ruhe und sanken in Schlaf. Nur ein paar heruntergebrannte Lagerfeuer glommen wie glühende Augen in der Dunkelheit.

Die plötzliche Lautlosigkeit war unheimlich. Alle Stimmen, alle Melodien waren verstummt, und selbst die Tiere gaben keinen Laut von sich, als spürten sie, dass etwas Besonderes vor sich ging. Samira war überzeugt, dass man das Schlagen ihres Herzens hören müsste.

Saids Räuspern durchbrach die Stille. „Hoffentlich sind sie nicht alle tot."

Abdul runzelte die Stirn, zog sich die Kette über den Kopf und warf das Schmuckstück so hastig in das Kästchen zurück, als hätte er sich verbrannt.

„Sag so was nicht!", fuhr er Said an. „Ich habe jedenfalls mein Bestes getan! Und jetzt lauft und holt diese Leika, während ich hier die Sachen zusammenpacke und alles fertig mache, damit wir gleich aufbrechen können."

Er musste Samira und Said nicht zweimal auffordern. So schnell, wie es bei der Dunkelheit möglich war, huschten sie zu dem Areal, wo die Tiere untergebracht waren.

Said stieß einen Seufzer der Erleichterung aus, als er Leika erreichte. Das Kamel lag noch immer auf dem Boden, denn mit seinen Fesseln war es ihm unmöglich, aufzustehen. Geschickt löste der Junge die Stricke, und Leika erhob sich nach Kamelart. Sie streckte zuerst die Hinterbeine, danach die Vorderbeine und stand schließlich ein wenig steifbeinig da.

„Ich danke dir, Said!“, sagte sie mit wohltönender Stimme und senkte ihren Kopf, um Said zärtlich zu berühren. „Ich bin froh, dass ich mich wieder bewegen kann.“

„O Leika!“ Said umarmte das Tier und presste sein Gesicht in ihr Fell. „Ich hatte schon Angst, dass wir uns nie wiedersehen. Sie haben mich ins Gefängnis gesteckt, weil sie dachten, ich hätte dich gestohlen.“

Samira hatte einige Striemen am Fell entdeckt. Alles zog sich in ihr zusammen. Der falsche Besitzer hatte Leika nicht gut behandelt.

„Hast du Schmerzen, Leika?“, flüsterte sie bang.

Das Kamel drehte den langen Hals und wandte ihr den Kopf zu. „Danke, dass du nachfragst. Es geht mir gut, ich kann eine Menge aushalten. Aber ich frage mich immer wieder, warum es manchem Menschen Spaß macht, Tiere zu quälen.“

„Das kann ich auch nicht verstehen“, sagte Samira. „Niemals!“

„Komm, Leika, wir müssen so schnell wie möglich von hier fort“, drängte Said. „Es liegt ein Schlafzauber über dem Lager, aber wir haben keine Ahnung, wie lange dieser anhalten wird.“ Er nahm ihr Halfter und zog sie von den anderen Tieren weg.

Leikas erste Schritte waren noch etwas unsicher; sie schwankte ein wenig. Doch ihr Gang wurde schnell gleichmäßiger. Samira bemerkte den Unterschied. Sicher war die Kamelstute zu fest gefesselt gewesen, sodass das Blut erst jetzt wieder richtig zirkulieren konnte. Samira ballte die Hände zu Fäusten. Am liebsten hätte sie es dem gemeinen Betrüger ordentlich heimgezahlt!

Doch es war unnütz, die Zeit mit solchen Rachegedanken zu verschwenden. Wichtig war, dass sie das Lager verließen und sich durch nichts aufhalten ließen.

Als sie bei Abdul ankamen, war dieser schon dabei, das Gepäck auf Rayans Rücken zu schnüren. Das heißt, er versuchte es zumindest. Der Hengst hatte die Ohren angelegt und schnaubte. In seinen Augen konnte man trotz der Dunkelheit das Weiße erkennen. Er machte sogar Anstalten, zu steigen.

„Blödes Vieh!“, knurrte Abdul und warf das Gepäck zu Boden. „Keine Ahnung, was auf einmal in ihn gefahren ist! Er müsste mich doch inzwischen kennen und wissen, dass ich ihm nichts Böses antun will.“

„Ruhig, ganz ruhig, Rayan!“ Samira trat auf den Hengst zu. Das Pferd beruhigte sich schnell, als es ihre sanfte Stimme hörte. Trotzdem durchlief immer wieder ein Zittern seinen Körper, als Samira seinen Hals streichelte. „Was ist denn los mit dir, Rayan?“

Rayan schnaubte nur. Samira bedauerte, dass er nicht reden konnte wie Leika, dann hätte er ihr sagen können, was ihm nicht passte. Aber zumindest ließ er zu, dass sie ihm das Gepäck auflegte und es festband. Sie streichelte ihn immer wieder und redete beruhigend auf ihn ein.

Abdul war beleidigt. „Ich weiß auch nicht, was er plötzlich gegen mich hat. Habe ich ihn unterwegs nicht gefüttert und getränkt? Ich schwöre, dass ich ihm kein Haar gekrümmt habe. Das müsst ihr mir glauben!"

„Ach, komm schon, Abdul", meinte Samira. „Er lässt eben nicht jeden an sich ran. Das hat nichts mit dir persönlich zu tun."

„Nicht? Das sehe ich aber anders", murrte Abdul. „Er kennt mich doch inzwischen!"

Oder haben Pferde ein so schlechtes Gedächtnis? Vielleicht mag er mich nicht, weil ich vorhin so viel Ziegenkäse mit Knoblauch gegessen habe? Oder mag er den Geruch nach Wein nicht? Aber ich habe nur wenig davon getrunken, das kann es nicht sein." Ratlos rieb er sich die Nase.

„Du hast ganz schön viel Wein getrunken", widersprach Said.

Samira hatte nicht die geringste Lust, lange mit dem gekränkten Dschinn zu diskutieren. Dafür war jetzt wahrhaftig nicht der richtige Zeitpunkt. Es war viel wichtiger, rasch aufzubrechen. Said half ihr, aufzusitzen. Sie ergriff Rayans Behelfszügel.

„Was ist, Abdul? Du willst doch nicht etwa hierbleiben, oder?", fragte sie.

Abdul grummelte etwas Unverständliches und löste sich in Rauch auf. Samira wunderte sich, weil es diesmal grüner Dunst war, aber vielleicht lag es ja an Abduls schlechter Laune. Kurz darauf tauchte Abdul wie gewohnt als Winzling auf dem Pferderücken auf und kroch wortlos in die Falte eines Schlafsacks. Said saß inzwischen auf Leika. Das Kamel hatte sich kurz hingelegt, um ihn aufsteigen zu lassen.

„Kann es losgehen?", fragte Said, die Zügel in der Hand.

Samira nickte und berührte Rayans Leib mit den Fersen. Der Hengst setzte sich in Bewegung, und Leika folgte ihm. So leise wie möglich verließen sie das Lager. Über ihnen funkelten Millionen von Sternen, so zahlreich wie die Sandkörner in der Wüste.

Kameltränen lügen nicht

Bis zum Sonnenaufgang legten sie eine große Strecke zurück, um sich so weit wie möglich vom Lager zu entfernen. Immer wieder drehte sich Samira auf dem Pferderücken um und blickte zurück, aber nichts wies darauf hin, dass sie verfolgt wurden. Allmählich gelang es ihr, sich zu entspannen und die Angst abzuschütteln.

Abdul wurde es auf Dauer zu langweilig, den Beleidigten zu spielen. Nachdem er mehrere Stunden geschwiegen hatte, begann er wieder zu reden und tat so, als wäre nie etwas gewesen.

„Seit ich den Sonnenstein benutzt habe, ist mir übel“, behauptete er. „Und Kopfweh habe ich auch!“

„Klar, dass so ein mächtiger Zauber anstrengend ist“, meinte Samira. „Wir sind dir auch sehr dankbar, dass du uns gerettet hast. Aber deine Kopfschmerzen könnten auch von dem Wein kommen, den du am Lagerfeuer getrunken hast. Es war fast ein ganzer Krug, ich habe aufgepasst! Das ist viel zu viel!“

„Kontrollierst du mich etwa?“, regte sich Abdul auf. „Du bist nicht meine Mutter! Außerdem bin ich schon viele Jahre erwachsen und kann so viel Wein trinken, wie ich will!“

„*Mutter?*“ Said schüttelte verdutzt den Kopf. „Warum sagt er so etwas?“

Samiras Wangen begannen zu glühen, und sie entschied sich, nicht auf Saids Frage einzugehen. Stattdessen sagte sie zu Abdul: „Meine Güte, du bist aber heute streitlustig!"

„Hast du noch mehr an mir auszusetzen?", fragte Abdul schnippisch. „Erst trinke ich zu viel, dann bin ich auch noch streitlustig. Als Nächstes bin ich zu dick, oder meine Nase ist zu krumm. Kann ich dir überhaupt etwas recht machen?"

Samira entschied sich, besser den Mund zu halten. So gereizt hatte sie den Dschinn noch nicht erlebt.

Obwohl sie glücklich war, dass die Flucht mit Leika gelungen war und Said seine Kamelstute wiedergefunden hatte, herrschte in ihrem Innern immer noch Unruhe. Die Geschichte von der verzauberten Prinzessin ließ sie nicht los. Wie würde Leika reagieren, wenn man sie darauf ansprach? Samira grübelte darüber nach, wie sie die Wahrheit erfahren konnte, ohne dass die Kamelstute die Fähigkeit, zu sprechen, verlor.

In der Ferne kam ein kleines Wüstendorf in Sicht. Es schien auch eine Wasserstelle zu geben, denn es wuchsen ein paar Palmen und Sträucher. Jetzt, am frühen Morgen, war niemand zu sehen. Die Menschen schienen noch zu schlafen. Nur ein paar Hühner liefen umher und stoben zur Seite, als die Ankömmlinge durchs Dorf ritten.

„Wollen wir hier eine Rast einlegen?", schlug Samira vor.

Said war einverstanden. Sie rutschten von den Rücken ihrer Reittiere und führten Rayan und Leika zu der Wasserstelle, damit sie trinken konnten. Sicher waren sie durstig, genau wie Said und Samira. Es war auch eine gute Gelegenheit, sich frisch zu machen und sich Staub und Schweiß abzuwaschen. Samira fand einen Platz, der geradezu zu einem Bad einlud. Weil Said mit Leika beschäftigt war, überlegte sie nicht lange, zog Hemd, Hose und Turban aus und watete in Unterwäsche ins Wasser. Ach, wie herrlich war das! Sie genoss es, ein paar Schwimmzüge zu machen, dann legte sie sich auf den Rücken und ließ sich treiben. Einige Wasservögel leisteten ihr Gesellschaft. Samira hätte Stunden so verbringen können. Sie spürte, wie ihre Muskeln, die vom langen Ritt verhärtet und verkrampft waren, langsam wieder geschmeidig wurden.

Als sie schließlich ans Ufer schwamm und aus dem Wasser stieg, entdeckte sie Said. Sie erschrak, aber es war zu spät. Er hatte sie schon gesehen und wirkte genauso schockiert wie sie. Ihre üppigen Locken fielen ihr über die Schultern, und unter ihrem nassen Hemd zeichneten sich die zarten Erhebungen ihrer Brüste ab. Sie versuchte geistesgegenwärtig, sie mit den Armen zu bedecken, doch Said hatte längst seine Schlüsse gezogen. O weh, das hätte niemals geschehen dürfen!

„Du … du bist ein Mädchen!“, stieß er aus, während seine Wangen zu glühen anfingen. Voller Verlegenheit wandte er sich ab.

Samira schlüpfte rasch in ihre Kleidung. Ihr war die Situation ebenso peinlich wie ihm, aber leider ließ sich das Ganze nicht mehr rückgängig machen. Abdul würde bestimmt auch keinen Vergessenszauber wirken – so schlecht gelaunt, wie er heute Morgen war.

„Es tut mir leid, Said“, sagte sie schüchtern, trat hinter ihn und berührte ihn an der Schulter. „Ich wollte nicht, dass du es so erfährst.“

Er schob stumm ihre Hand weg, ohne sich umzudrehen.

„Du solltest es überhaupt nicht erfahren“, fuhr sie fort. „Aber ... aber es ist nun mal passiert, und jetzt weißt du Bescheid. Ja, ich bin ein Mädchen, und ich heiße Samira.“

Er fuhr herum und funkelte sie wütend an. „Hat es dir Spaß gemacht, mich an der Nase herumzuführen?“

„Nein, überhaupt nicht! Ich wollte nur ...“

„Bestimmt hast du insgeheim über mich gelacht und mich für einen ganz schönen Dummkopf gehalten!“

„Das stimmt nicht! Ich habe nie –“

„Jedenfalls müssen wir uns jetzt trennen“, sagte Said entschlossen. „Es ist unmöglich, dass ich mit einem Mädchen weiterreite. Das geht einfach nicht! Völlig ausgeschlossen!“ Er schüttelte den Kopf. Noch immer glühten seine Wangen.

Jetzt wurde auch Samira zornig. „Was hast du gegen Mädchen?“, fauchte sie. „Denkst du auch, was alle behaupten? Dass Mädchen eitel und zimperlich sind und schon bei einer Spinne um Hilfe schreien?“ Sie stemmte die Hände auf die Hüften. „Habe ich nicht längst bewiesen, dass ich genauso tapfer bin wie ein Junge?“

Said antwortete nicht, sondern starrte sie nur schweigend an.

„Abdul und ich haben dich aus dem Gefängnis befreit!“, fuhr Samira fort. „Habe ich mich hilflos auf den Boden fallen lassen, als die Wachen uns fast erwischt haben? Sag mir doch bitte, was ich so falsch gemacht habe, dass du jetzt wegrennen willst!“ Unerschrocken erwiderte sie seinen Blick.

Said wand sich. „Ein... ein Mädchen sollte keinen Jungen beschützen. Das ... das geht einfach nicht. Es muss umgekehrt sein.“

„Aha, und wer sagt das?“, fragte Samira kampflustig.

„Na ja, alle ...“

„Ich pfeife darauf, was alle sagen, Said! Aber ich lasse mir gerne von dir helfen, wenn du unbedingt darauf bestehst. Ich suche meinen Vater, und es wäre schön, wenn du und Leika mich bei der Suche unterstützen würdet. Aber wenn du lieber kneifst, weil du meinen Anblick nicht mehr erträgst, dann ... dann ... bin ich einfach enttäuscht von dir!“

Said schluckte. „So ist es nicht! Wirklich! Natürlich wollen wir dir helfen, deinen Vater zu finden. Du ... du bist nur so schön, und jetzt, da ich weiß, dass du ein Mädchen bist mit diesen wunderbaren Locken, da fällt es mir einfach schwer ...“ Er brach ab und sah auf seine Füße.

„Was fällt dir schwer?“

„Nun ... So zu tun, als seist du weiterhin ein Junge ... Ich darf dich nicht mehr in Gefahr bringen, ich muss dich auf Händen tragen, ich muss dir alle anstrengenden Arbeiten abnehmen, ich darf dir nicht von meinen Sorgen erzählen, damit dein Gemüt heiter bleibt ...“

„Sei nicht albern, Said!“ Samira stampfte mit dem Fuß auf. „Behandele mich einfach wie vorher. Falls es dir hilft, dann stell dir vor, dass ich weiterhin ein Junge bin. Ich werde es dir leicht machen und nach wie vor Jungenkleidung tragen und meine Locken unter einem Turban verstecken.“

Said schien unschlüssig zu sein. „Ich weiß nicht, ob ich das kann.“

„Und ob du das kannst“, bekräftigte Samira. „Du musst es nur wollen!“

Said seufzte tief. „Na gut, ich versuch's", sagte er dann vorsichtig, ohne Samira direkt anzusehen. „Ich kann aber nichts versprechen."

Samira verdrehte die Augen. Sie ließ ihn stehen und ging zu den Reittieren zurück. Said folgte ihr mit großem Abstand.

Abdul hockte in seiner normalen Größe auf dem Boden und zog einen Grashalm durch die Zähne. „Oha," sagte er, als er Samiras finsteres Gesicht sah. „Gab es Streit?"

„Said weiß jetzt, dass ich ein Mädchen bin, und benimmt sich richtig blöd", antwortete Samira.

Ein Lachen ertönte. Samira sah sich verwirrt um. Es war Leika, von der das Geräusch kam. Sie sah amüsiert aus.

„Mir konntest du nichts vormachen", sagte die Kamelstute. „Ich habe sofort gemerkt, dass du ein Mädchen bist und dich nur als Junge verkleidet hast. Und da heißt es immer, dass Menschen so klug sind! Haha!" Ihr Körper bebte vor Lachen.

Samira wusste nicht, ob sie staunen oder sich ärgern sollte. Sie trat an die Stute heran und streichelte ihren Hals.

„Du bist ja auch ein besonders kluges Kamel, Leika."

Ein zufriedenes Grunzen war die Antwort.

Samira fasste sich ein Herz. „Allerdings frage ich mich, ob du schon immer ein Kamel warst", murmelte sie. „Du brauchst jetzt gar nichts zu sagen, sondern es reicht, wenn du mir zuhörst. Am Lagerfeuer erzählte ein Mann die Geschichte von einer Prinzessin namens Leika. Sie wurde in ein Kamel verwandelt, weil sie einen bösen Zauberer nicht heiraten wollte. Dieser Zauberer besaß ein prächtiges Schloss und begriff nicht, dass sein Reichtum die Prinzessin nicht überzeugen konnte. Sie wollte keinen alten, hässlichen Kerl als Ehemann, noch dazu einen, der so ein böses Herz hatte. Deswegen nahm die Prinzessin lieber ein Leben als Kamel in Kauf …“

Leika stand da wie erstarrt. Nur ihre großen blauen Augen wurden feucht. Dann rollten zwei Tränen über die pelzigen Wangen. Das Kamel weinte!

„O Said, komm her, und sieh dir das an!“ Samira winkte den Jungen herbei.

Said kam angelaufen, hielt aber gehörigen Abstand zu ihr. „Was ist los?“

„Leika weint“, sagte Samira zerknirscht. „Ich habe ihr die Geschichte von der verzauberten Prinzessin erzählt. Leika darf ja nicht darüber reden, aber sie scheint sehr betroffen zu sein.“

Said schlang die Arme um den Kamelhals. „Nicht traurig sein, Leika! Ich hatte bis heute Nacht keine Ahnung, wer du wirklich bist! Ich verspreche dir, dass ich alles tun werde, damit du deine wahre Gestalt zurückerhältst!“

Leikas Tränenflut wurde noch größer. Samira trat an ihre andere Seite, und Said und sie versuchten gemeinsam, die Stute zu trösten. Immer wieder redeten sie auf sie ein und beteuerten, dass sie den Zauberer finden und ihn zwingen würden, die Verwandlung rückgängig zu machen.

Schließlich, nach einer halben Ewigkeit, nickte Leika. „Danke!“

Inzwischen waren einige Bewohner des Wüstendorfs wach geworden und traten vor ihre Häuser. Mehrere Kinder entdeckten fast gleichzeitig die kleine Reisegruppe.

„Guck mal, ein weißes Kamel!“
„Das will ich streicheln!“
„Ich auch!“
Schon waren Said, Samira und Leika von den Kindern umringt.
„Beißt das Kamel?“
„Es hat ja blaue Augen!“
„Darf ich auf ihm reiten?“
Leika brummte etwas unwillig. Samira verstand, dass die verzauberte Prinzessin den Trubel schwer ertragen konnte – zumindest in diesem Moment. In ihrem Innern herrschte jetzt bestimmt ein großes Gefühlsdurcheinander: Trauer, weil sie sich daran erinnerte, dass sie früher ein Mensch gewesen war, und Hoffnung, dass sie nicht bis an ihr Lebensende ein Kamel bleiben musste. Vielleicht war auch eine Portion Zorn auf den bösen Zauberer dabei.
„Lasst sie in Ruhe!“, sagte Samira zu den Kindern. „Sie ist müde, weil sie heute Nacht so weit gelaufen ist. Es ist besser, wenn sie sich jetzt ausruht.“
Said nickte. „Jetzt darf niemand auf ihr reiten.“
„Aber sie ist so schön!“, beharrte ein kleiner Junge. „Ich habe noch nie ein weißes Kamel gesehen!“
„Ich auch nicht“, echote ein Mädchen. „Wie heißt sie denn?“
„Aida“, log Samira schnell und bat in Gedanken ihre verschwundene Stute um Verzeihung. Ein anderer Name war ihr auf die Schnelle nicht eingefallen. Die Lüge sollte Leika schützen. Es war schließlich möglich, dass die Geschichte von der verzauberten Prinzessin bereits die Runde gemacht hatte oder demnächst machen würde. Ein weißes Kamel namens Leika

würde gut im Gedächtnis bleiben, und man würde sich leicht an das Tier erinnern. Das konnte sich möglicherweise als hinderlich für die Suche nach dem bösen Zauberer erweisen.

Zum Glück hatten die Kinder jetzt Abdul gesehen und umringten den Dschinn, der immer noch am Boden hockte.

„Bist du ein reicher Kaufmann?"

„Hast du Süßigkeiten dabei?"

„Ja, schenkst du uns etwas?"

Weil Abdul nicht gleich antwortete, rückten sie ihm dicht auf die Pelle. Ein frecher Junge begann sogar, seine Taschen zu durchwühlen.

„Lass das!", knurrte Abdul und wehrte die Hände des Jungen ab.

„Womit handelst du denn?", fragte ein anderer und wollte sich schon dem abgeladenen Gepäck zuwenden.

Das wurde dem Dschinn zu bunt. Er sprang auf, rollte die Augen und grollte laut:

„Ich handele mit kleinen Kindern!"

Ein Mädchen kreischte laut. Auch die anderen Kinder fingen an zu schreien, dann liefen alle rasch davon und versteckten sich in den Häusern.

„Das war nicht gerade nett, Abdul!", tadelte Samira den Dschinn. „Ich gebe zu, sie waren ganz schön aufdringlich, aber du hättest sie deswegen nicht so anfahren müssen!"

„Ja, vielleicht kriegen sie jetzt deinetwegen schlechte Träume", ergänzte Said.

„Ist mir doch egal, wovon die Blagen träumen", fauchte Abdul und starrte finster vor sich hin.

Samira und Said wechselten einen Blick. War das noch der Abdul, den sie kannten? Samira erinnerte sich zwar an den Moment nach dem Skorpionstich, als sie sich vor dem Dschinn gefürchtet hatte. Doch danach hatte er sich als sehr nett und umgänglich entpuppt. Was war nur der Grund für seinen momentanen Zustand?

Ein schrecklicher Gedanke durchzuckte Samira. Konnte es sein, dass der Sonnenstein etwas damit zu tun hatte? Sie schluckte.

Das ist nur eine Vermutung!, versuchte sie, sich zu beruhigen. *Es heißt nicht, dass Abdu jetzt böse ist. Vielleicht ist wirklich der viele Wein schuld! Außerdem hat jeder mal schlechte Laune!*

Sie wandte sich wieder Said zu, der Leika nachdenklich betrachtete.

„Ein weißes Kamel fällt auf", meinte er. „Wir erregen damit überall Aufsehen, und falls der Betrüger uns verfolgt, braucht er nur ein bisschen herumzufragen."

Samira stimmte ihm zu. „Es wäre besser, wenn sie braun oder beige wäre wie die meisten Kamele."

Saids Blick wanderte zu Abdul. „Meinst du, dein Dschinn kann helfen? Eine Fellfarbe zu verzaubern, kann doch nicht so schwer sein."

Samiras Herz wurde schwer. Ob Abdul sie abblitzen ließ, wenn sie ihn bat, noch einmal einen Zauber zu wirken? In seiner momentanen Stimmung war er unberechenbar. Sie gab sich einen Ruck, trat auf Abdul zu und lächelte ihn an.

„Es tut mir leid, dass du solche Kopfschmerzen hast. In meinem Gepäck habe ich ein kleines Fläschchen Minzöl. Meiner

Mutter hat es immer gegen Kopfschmerzen geholfen, sie hat sich damit die Schläfen eingerieben. Vielleicht wirkt es auch bei einem Dschinn."

Abdul runzelte finster die Stirn. „Her damit! Rück das Ding schon raus!"

Samira beeilte sich, die kleine Glasphiole aus ihrer Tasche zu holen. Sie nahm den winzigen Korken heraus. Sofort stieg ihr ein angenehmer Pfefferminzduft in die Nase.

„Hier", sagte sie zu Abdul und reichte ihm das Fläschchen. „Ein Tropfen pro Seite reicht."

Aber da hatte Abdul das Gefäß schon an sich gerissen und den halben Inhalt in seine hohle Hand gekippt. Und bevor Samira ihn warnen konnte, dass das Minzöl auf keinen Fall in seine Augen geraten durfte, rieb er sich das ganze Gesicht damit ein.

Keine Sekunde später stieß er einen schrecklichen Schrei aus. „Uuuuahhh! Das brennt ja höllisch! Was ist das? Skorpiongift? Willst du mich umbringen?" Blind und heulend vor Schmerz drehte er sich im Kreis und rieb sich die Augen, was das Ganze nur noch schlimmer machte.

Samira reagierte schnell. Sie befahl Abdul, sich auf den Boden zu setzen, dann ließ sie Wasser aus dem Wasserschlauch in seine Augen laufen, um das Öl auszuspülen.

Allmählich wurde es besser, aber es dauerte eine ganze Weile, bis Abdu nicht mehr ständig blinzeln musste und wieder einigermaßen klar sehen konnte. Seine Augen waren rot gerädert, als er Samira zornig ansah.

„Das hast du mit Absicht gemacht!", fauchte er.

„Überhaupt nicht“, verteidigte sich Samira. „Du hast ja nicht auf mich gehört! Du solltest nur einen Tropfen pro Schläfe nehmen und dir nicht das ganze Gesicht einreiben! Natürlich reizt das Öl die Augen! Hast du das nicht gewusst?“

Der Dschinn brummte nur etwas Unverständliches.

„Warum sollte ich dich ärgern wollen?“, fragte Samira nach. „Du bist uns doch eine große Hilfe! Und ich wollte dich gerade um einen weiteren Gefallen bitten, aber jetzt …“ Sie beendete den Satz nicht.

Abdul schwieg. Nach einer Weile machte er den Mund auf, und seine Stimme klang etwas versöhnlicher: „Welchen Gefallen soll ich euch denn tun?“

„Leika fällt mit ihrem weißen Fell zu sehr auf“, antwortete Samira. „Vielleicht könntest du ihre Farbe verändern. Braun wäre ganz gut oder Beige.“

Abdul überlegte. „Kein Problem“, sagte er dann.

„Fantastisch!“, freute sich Samira. Ihr fiel ein Stein vom Herzen. Er schien wieder ganz der Alte zu sein. „Danke!“

Abdul erhob sich ächzend, trat auf Leika zu und strich ihr über den Hals. Dann sagte er feierlich:

„So schön du bist mit deinem Fell,
es ist uns leider viel zu hell.
Dein Haar soll fortan dunkler sein,
das wäre für uns alle fein!“

Ein grüner Blitz fuhr vom Himmel. Einen Augenblick leuchtete Leika smaragdgrün auf. Samira presste erschrocken die Hand auf den Mund. Doch dann schien ein tiefer Schatten auf das Kamel zu fallen, als hätte sich plötzlich die Sonne verdunkelt. Der Spuk dauerte ein paar Sekunden. Der Schatten verschwand, und Leika stand vor ihnen – pechschwarz!

„Oje!", entfuhr es Samira. Ein schwarzes Kamel fiel mindestens genauso auf wie ein weißes! Sie musste an das Kamel denken, von dem Khaula gesprochen hatte. Nein, Leika war schließlich eine Prinzessin und hatte nichts mit den Männern zu tun, die vielleicht Samiras Vater entführt hatten.

„Schwarz geht gar nicht!", sagte sie.

Said nickte. „Das finde ich auch."

Abdul grunzte unwirsch, aber er unternahm einen neuen Versuch.

„Tut mir leid, mein liebes Tier,
Schwarz mag leider keiner hier!
Anders soll dein Aussehen sein!
Dunkel-Hell, das wäre fein!"

Wieder sauste ein grüner Blitz vom Himmel und brachte den Boden zum Erzittern. Erneut schob sich eine dunkle Wolke vor das Kamel. Als sie sich auflöste, war Leika schwarz-weiß gestreift wie ein Zebra.

Samira stöhnte, und Said hielt sich jammernd die Augen zu.

„Euch kann man nie etwas recht machen!", beschwerte sich der Dschinn und stampfte verärgert mit dem Fuß auf. „In Zukunft könnt ihr selbst zaubern, zur Hölle noch mal!“

Samira fasste ihn am Arm. „Beruhige dich, Abdul. Es schimpft ja keiner mit dir. Entschuldige bitte, dass wir nicht zufrieden sind. Vielleicht kannst du ihr ursprüngliches Aussehen zurückzaubern, geht das? Wir überlegen uns etwas anderes.“

Abdul presste die Lippen zusammen. Er trat ein drittes Mal auf das Kamel zu und rief beschwörend:

„Weder Schwarz noch Streifen passen,
jetzt soll ich das Zaubern lassen!
Alles sei so wie zuvor,
ach, ich bin ein dummer Tor!“

Diesmal fuhren gleich drei Blitze vom Himmel, und alles war minutenlang in giftgrünen Nebel getaucht. Dieser war so dicht, dass Samira nicht einmal die Hand vor ihren Augen sehen konnte. Waren sie alle in der Hölle gelandet durch Abduls Zauberei? Samira befürchtete schon das Schlimmste. Dann endlich verzog sich der Dunst. Leika stand da, mit schneeweißem Fell und hängendem Kopf. Said lag am Boden und rappelte sich mühsam auf. Abdul kauerte zusammengekrümmt da, umschlang mit seinen Armen die Knie und versteckte sein Gesicht, so als wollte er mit der Welt nichts mehr zu tun haben. Samira atmete erleichtert auf. Wie es aussah, war niemandem etwas Ernsthaftes zugestoßen. Aber Abdul schien seine Magie nicht mehr besonders gut unter Kontrolle zu haben. Vielleicht war es besser, wenn er das Zaubern eine Weile unterließ.

„Alle noch am Leben?", fragte Said und sah sich um.

„Scheint so", erwiderte Samira und grinste. „Puh, diesmal hatte ich wirklich große Angst. Ich dachte, der grüne Nebel verzieht sich nie!"

Auch Abdul hob vorsichtig den Kopf und blickte sich verwirrt um. „Steht die Welt noch? Ich habe schon befürchtet, ich hätte das ganze Universum auseinandergerissen!"

„Ach, Abdul, dazu reicht deine Magie bestimmt nicht aus", meinte Samira und klopfte dem Dschinn aufmunternd auf die Schulter. „Aber du machst besser eine Pause, was das Zaubern angeht, und erholst dich! Ich fürchte, ein ganzes Lager in Schlaf zu legen, hat dich ein bisschen überfordert." Sie sagte nichts von ihrer Sorge, dass der Sonnenstein Einfluss auf Abdul genommen haben könnte – nicht nur, was seine Laune, sondern auch, was seine magischen Fähigkeiten betraf.

„Wir sollten so bald wie möglich weiterreiten", schlug Samira vor.

„Nicht ohne etwas zu essen", protestierte Abdul sofort.

„Ob wir hier etwas bekommen?", zweifelte Samira.

„Ich versuche es." Said lief zu den Häusern. Zum Glück hatte Samira in einer Seitentasche noch ein paar von Tariks Münzen gefunden, die sie bisher übersehen hatte. Es hätte sonst schlecht ausgesehen, denn Abdul konnte ja durch sein Zauberverbot keine Getreidekörner mehr in falsche Münzen umwandeln.

Nach wenigen Minuten kam Said wieder zurück, in den Händen ein bisschen Käse und Brot, außerdem ein paar Oliven und frische Feigen.

„Du hast wirklich einen schlechten Eindruck gemacht“, sagte er zu Abdul. „Sie wollten mir zuerst nichts geben, und ein Mann hätte mich fast rausgeworfen.“

Abdul schnaubte nur.

Nachdem sie gegessen hatten, führten sie Leika zur Wasserstelle.

„Bitte verzeih uns, dass wir dich schmutzig machen müssen“, sagte Samira zu der Kamelstute. „Aber mithilfe von Erde und Sand lässt sich dein Fell eine Zeit lang färben. Dann fällst du nicht so auf.“

„Tut, was ihr für richtig haltet“, antwortete Leika gelassen. „Ein schmutziges Fell ist mein geringstes Problem.“

Said und Samira holten Schlamm vom Ufer und rieben Leika damit ein. Aus dem prächtigen weißen Kamel wurde nach und nach ein hellbraunes Tier, das aussah wie viele andere.

Samira begutachtete kritisch ihr Werk. Es tat ihr in der Seele weh, dass das herrliche weiße Fell jetzt erdfarben geworden war. Aber das Ergebnis war auf jeden Fall besser als Abduls Verwandlungsversuche!

Schließlich konnten sie ihren Ritt fortsetzen. Weil Abdul seinen Schrumpfzauber nicht anwandte, ritt er zusammen mit Said auf Leika. Aber schon nach einer kurzen Strecke begann er, sich lauthals zu beschweren.

„Das ist ja die schlimmste Schaukelei, die ich je erlebt habe! Hilfe, ich werde seekrank! Läuft jedes Kamel so, oder ist das das Getrippel einer verzauberten Prinzessin?“

Leika blieb stehen. Said drehte sich um und sah Abdul wütend an.

„Du bist wohl noch nie auf einem Kamel geritten, oder? Leika läuft wie ein ganz normales Kamel, sie hat sogar einen besonders sanften Gang. Wenn du sie weiter beleidigen willst, dann kannst du absteigen und zu Fuß gehen!"

„Keine schlechte Idee", meinte Abdul und rutschte sogleich vom Kamelrücken herunter. „Vom Gehen wird mir wenigstens nicht übel."

Said ließ Leika wieder antraben und hatte im Nu Samira auf Rayan eingeholt.

„Er benimmt sich unerträglich", vertraute er ihr im Flüsterton an. „Ich verstehe nicht, dass du es so lange mit ihm ausgehalten hast."

Samira schüttelte den Kopf. „Es muss an dem Sonnenstein liegen! Eine andere Erklärung habe ich nicht."

„Hm." Said überlegte. „Was können wir dagegen machen?"

„Ich habe nicht die geringste Idee, weil ich mich mit der Magie des Sonnensteins nicht auskenne", erwiderte Samira. „Ich bin sowieso total unbegabt, was Zauberei angeht. Das sagt jedenfalls mein Vater immer." Der Gedanke an Tarik versetzte ihr wieder einen schmerzhaften Stich. Sie hatte ein schlechtes Gewissen, weil sie manchmal stundenlang vergessen hatte, dass er verschwunden war. Aber die letzten Tage waren so aufregend gewesen, sie hatte so viel Neues erlebt!

Vater, ich vergesse dich bestimmt nicht!, dachte sie inbrünstig und schloss die Augen. *Und ich werde dich finden, das verspreche ich!*

Aber bisher hatte sie leider noch keinen weiteren Hinweis auf die Männer mit dem schwarzen Kamel und dem Maultier mit der auffälligen Satteldecke erhalten, und das war ihre einzige Spur. Sie seufze tief.

Said unterbrach ihre Grübelei. „Abdul behauptet aber, dass du den Zauber gewirkt hast, der mich aus dem Gefängnis befreit hat."

„Ja, das glaubt er", murmelte Samira und hob die Schultern. „Ich aber nicht." Sie ließ Rayan anhalten und drehte sich nach dem Dschinn um, der in weiter Ferne mühsam durch den Sand stapfte.

„Wenn er zu Fuß geht, kommen wir nur im Schneckentempo voran", sagte Said und sprach damit aus, was Samira gerade gedacht hatte.

„Wir haben zwei Möglichkeiten", überlegte Samira. „Entweder reitet er mit mir auf Rayan, oder ich bitte ihn, sich wieder in seine goldene Flasche zu begeben. Allerdings müsste er dazu noch einmal zaubern."

„Am besten lassen wir Abdul entscheiden", schlug Said vor.

„Genau." Samira war einverstanden. „Sonst ist er wieder beleidigt, weil wir ihm Vorschriften machen."

Es dauerte eine Ewigkeit, bis der Dschinn sie erreicht hatte. Keuchend kam er an und wischte sich den Schweiß von der Stirn. Sein Atem ging pfeifend, und sein Gesicht war knallrot.

„Besonders gut scheinst du nicht in Form zu sein", stellte Said fest.

„Wundert dich das, wenn man lange Zeit in einer Flasche eingesperrt war?" Abdul nahm seinen Turban ab und fächelte sich damit Luft zu. Seine verschwitzten Haarsträhnen wurden in alle Richtungen geweht. „Ich habe bestimmt schon Blutblasen an den Füßen", sagte er wehleidig.

Samira unterbreitete ihm die beiden Vorschläge. Abdul überlegte, kratzte sich an der Nase, rieb sich die Kopfhaut, drehte den Turban in den Händen und setzte ihn schließlich wieder auf.

„In die Flasche zurück will ich nicht“, sagte er.

„Gut.“ Samira nickte. „Dann kann ich nur hoffen, dass Rayan dich auf seinem Rücken duldet.“ Sie beugte sich nach vorne und flüsterte dem Hengst leise in die Pferdeohren: *„Abdul wird gleich aufsteigen und hinter mir auf deinem Rücken sitzen. Ich bitte dich sehr darum, dass du das zulässt. Ich weiß, er wiegt eine ganze Menge mehr als ich, aber du bist stark.“*

„Das hab ich gehört!“, trompetete Abdul. „Und es stimmt nicht, dass ich viel wiege. Ein Dschinn besteht hauptsächlich aus Luft, das weiß doch jeder!“

Said wiegte den Kopf. „Ich will dich ja nicht kränken, aber ich schätze, dass du ungefähr ein halbes Wasq wiegst.“

Samira wusste, dass ein Wasq die Last war, die ein Kamel tragen konnte. Sie hielt sich kichernd die Hand vor den Mund. Ein Mensch, der ein halbes Wasq wog, war schon ziemlich dick. Bestimmt war Abdul nicht ganz so schwer; Said wollte den Dschinn nur necken.

Abdul starrte Said finster an. Sein Gesicht wurde noch röter, und für einen Moment bekam es sogar einen Grünschimmer. Dann schüttelte er den Kopf.

„Ich nehme doch die Flasche“, entschied er dann. Und bevor Said oder Samira etwas einwenden konnte, wurde er zu einer wirbelnden Rauchsäule, verdünnte sich und schlüpfte in das goldene Fläschchen, das Samira immer noch an ihrem Gürtel hängen hatte. Meistens wurde es von einer Falte ihres Gewands bedeckt. Aber der Stoff war für Abdul kein Hindernis.

„Ich bin drin", hallte die Stimme des Dschinns hohl aus der Flasche. „Wenn du willst, kannst du die Flasche zuschrauben. Es ist mir egal, ob du sie unterwegs wegwirfst oder mich erst wieder in hundert Jahren freilässt."

Samira hörte das Selbstmitleid in seinem Tonfall. „O nein", antwortete sie. „Die Flasche bleibt offen, damit du immer frische Luft hast und auch mitbekommst, was gerade passiert. Außerdem könnte es ja sein, dass wir dich ganz schnell brauchen."

„Wenn dich wieder ein Skorpion sticht?", tönte es hoffnungsvoll aus der Flasche.

„Zum Beispiel." Samira grinste. Dann warf sie Said einen aufmunternden Blick zu. „Können wir losreiten?"

Das brauchte sie ihm nicht zweimal zu sagen. „Ich bin bereit", antwortete Said. Leika ging in die Knie, damit er aufsteigen konnte. Samira stieß sich kräftig vom Boden ab, und diesmal schaffte sie es tatsächlich, ohne fremde Hilfe auf Rayans Rücken zu landen.

„Ich weiß, das ist nicht besonders schonend für deine Wirbelsäule", meinte sie. „Aber so oft mache ich das ja nicht."

Sie setzte sich zurecht. Das Gepäck hatte sie schon zuvor festgebunden. Eine sanfte Berührung mit ihren Fersen reichte, um Rayan antraben zu lassen. Leika setzte sich ebenfalls in Bewegungen und schloss zu ihr auf.

Eine Zeit lang ritten sie nebeneinanderher.

„Und wie geht es jetzt weiter?", fragte Said nach einer Weile.

„Was ist unser Ziel?“

Samira hatte sich darüber bereits Gedanken gemacht. „Natürlich suche ich weiter nach meinem Vater. Aber wir müssen mehr über diesen Zauberer herausfinden, wenn wir Leika erlösen wollen“, meinte sie. „Ich hätte den Mann, der die Geschichte von dem verzauberten Kamel erzählt hat, fragen sollen, ob er noch mehr Einzelheiten weiß. Aber jetzt ist es zu spät, und wir können schlecht zu der Reisegruppe zurückkehren, nachdem wir Leika zurückgeholt haben.“

„Niemand würde uns glauben, dass ich nicht ihr rechtmäßiger Besitzer bin“, bestätigte Said.

„Genau genommen gehört Leika niemandem außer sich selbst“, sagte Samira. „Schließlich ist sie in Wirklichkeit eine Prinzessin.“

„Und wir werden alles tun, damit sie ihre wahre Gestalt zurückerhält.“ Said, der zwischen den beiden Höckern saß, beugte sich nach vorne, um besser mit Leika sprechen zu können.

„Kannst du uns ein bisschen mehr über den Zauberer erzählen? Vielleicht, wo er wohnt? Ein paar Hinweise wären sehr hilfreich.“

Leika antwortete nicht, aber Samira sah, wie eine weitere Träne aus ihrem Auge rollte.

„Sie kann uns nichts sagen, weil sie dann die menschliche Sprache verliert“, murmelte Samira. „Und das ist das Einzige, was ihr von ihrem früheren Leben geblieben ist.“

„Ich weiß.“ Said seufzte. „Ich will sie ja auch nicht quälen, aber so ein klitzekleiner Tipp wäre schon ganz gut. Sonst reiten wir vielleicht in eine ganz falsche Richtung.“

Wieder kam keine Antwort. Said zuckte ratlos mit den Schultern. „Ich weiß auch nicht mehr weiter“, gestand er.

Auch Samira kämpfte mit Mutlosigkeit. Doch sie war nicht bereit, aufzugeben. Noch nicht! Es musste sich doch eine Lösung finden lassen!

„Dann müssen wir eben jeden, dem wir begegnen, fragen, ob er etwas über den Zauberer weiß“, sagte Samira. Sie beugte ihren Kopf und sprach in das goldene Fläschchen: „Hallo, Abdul, hörst du mich?“

„Ich höre dich so gut wie meine eigene Stimme“, kam es aus der Flasche zurück.

Samira war erleichtert. Abdul klang ganz normal. Vielleicht half ja der Aufenthalt in der Flasche, den bösen Einfluss des Sonnensteins abzuschwächen.

„Du warst doch bei diesem Zauberer“, fuhr Samira fort. „Ich bin mir zwar nicht sicher, ob er derselbe ist, der Leika verwandelt hat, aber es ist immerhin möglich.“

„Oh, es gibt sicher viele böse Zauberer“, antwortete der Dschinn. „Aber meiner war besonders gemein, und ich kann mir durchaus vorstellen, dass Leika an diesen fiesen Kerl geraten ist. Er war zwar nicht so abgrundtief hässlich, wie der Erzähler ihn am Feuer beschrieben hat. Aber, wie gesagt, Märchenerzähler übertreiben gerne.“

„Und wo wohnt er?“, fragte Samira weiter. Ihr Herz klopfte schneller. Ihr Gefühl sagte ihr, dass sie auf der richtigen Spur waren. Wenn der Zauberer Malik und der Mann, mit dem sich Tarik in der Karawanserei getroffen hatte, identisch waren, dann würde sie vielleicht auch einen Hinweis bekommen, wohin ihr Vater verschwunden war. „Kannst du dich daran erinnern?“, drängte sie Abdul.

„Als ich hinkam, steckte ich in einer Flasche, und als es mir endlich glückte, ihn zu verlassen, war ich abermals in diesem Gefäß gefangen“, berichtete Abdul. „Ich kann dir also keine Wegbeschreibung liefern, so leid es mir tut. Aber sein Schloss war außergewöhnlich prächtig, und ich erkenne es auf alle Fälle wieder.“

Das war nicht gerade eine besonders große Hilfe. Samira verdrehte die Augen.

„Aber es war kalt“, erinnerte sich der Dschinn. „Außerhalb des Schlossparks lag sogar im Sommer Schnee, das weiß ich noch. Ich wunderte mich nämlich sehr, als ich einmal über die Schlossmauer geblickt habe. Natürlich war die Mauer auch mit einem starken Zauber gesichert, sonst hätte ich sie einfach überwinden können.“ Er machte eine kurze Pause. „Im Schlosspark war alles grün, die Vögel sangen, und es gab auch eine Menge bunte Schmetterlinge. Aber ringsum herrschte Kälte und Frost. Eiszapfen hingen an der Außenseite der Mauer herab, und wenn ich jenseits der Grenze einen Vogel erblickte, dann war es höchstens ein Falke oder ein anderer Greifvogel.“

„Hm“, machte Samira und grübelte. Wo konnte das Schloss stehen? In welcher Gegend war es so kalt, dass der Schnee selbst im Sommer nicht schmolz?

In diesem Moment fing Leika zur Überraschung aller an, eine Art Lied zu singen. Es war mehr ein eintöniges Brummen, aber man konnte ihre Worte deutlich verstehen.

„Lang ist's her, dass ich einst sah
spitze Berge, himmelnah,
Türme ragten dort empor,
bitterlich im Schnee ich fror.
Unten wohnt ein weiser Mann
ganz allein seit irgendwann.
Einsam in der Hütte Schutz
bietet er dem Bösen Trutz.
Doch er konnte nicht gewinnen
gegen Malik finst'res Sinnen."

Said und Samira wechselten einen erstaunten Blick.

„Malik!", stieß Samira triumphierend aus. Jetzt hatten sie den Beweis, dass sie auf der richtigen Fährte waren!

„Ein Einsiedler", trompetete Abdul aus seiner Flasche. „Ja, jetzt erinnere ich mich. Es gab so einen alten Mann in der Gegend. Er klopfte mehrfach an die Schlosspforte und begehrte Einlass. Malik ließ ihn nur ein einziges Mal ein, aber als er merkte, dass der Einsiedler ihn überreden wollte, sich auf seine gute Seite zu besinnen und der dunklen Magie abzuschwören, warf er ihn hochkantig hinaus! Der Einsiedler hatte noch Glück, dass er nicht verzaubert wurde, wie Malik es vielleicht mit anderen Leuten tat." Der Dschinn räusperte sich. „Eines Tages war da nämlich eine neue weiße Eule in der Voliere, die hatte so einen menschlichen Blick. Sie schaute mich immer traurig an, wenn ich ihr eine tote Maus brachte. Ich dachte mir erst nichts dabei. Erst später kam mir ein schrecklicher Verdacht. An jenem Tag, als die Eule kam, war angeblich die Küchenmagd weggelaufen, und ich musste fortan ihre Arbeit machen."

„Wie entsetzlich!", sagte Samira mitfühlend.

„Wir müssen also in eine bergige Region, in der es so kalt ist, dass sogar im Sommer Schnee liegt", fasste Said zusammen. „Der Berg, auf dem das Schloss steht, ist so hoch, dass er fast den Himmel berührt. Und unten, am Fuße des Berges, muss irgendwo die Hütte sein, in der der einsame weise Mann wohnt."

„Ihr könntet recht haben", meldete sich Leika zu Wort. Die Kamelstute war sichtlich froh, noch sprechen zu können. Offenbar hatte sie mit ihrem Lied nicht zu viel verraten, und der Schweigezauber war noch nicht wirksam geworden.

Samira nickte. Zumindest hatten sie jetzt einen Anhaltspunkt. „Mein Vater hat einmal erzählt, dass es im Nordosten ein hohes Gebirge gibt. Es soll dort so kalt sein, dass die Bewohner selbst im Sommer Pelze tragen. Manche leben sogar in Eishöhlen."

Said blickte auf die sandige Landschaft vor ihnen. „Das kann ich mir fast nicht vorstellen."

„Mein Vater lügt nicht", erwiderte Samira etwas heftiger, als es angebracht gewesen wäre.

„Das unterstelle ich ihm ja gar nicht", verteidigte sich Said sofort. „Ich meine doch nur, dass wir hier in der Hitze schwitzen, während anderswo die Menschen in der Kälte sitzen und fast erfrieren. Kann sein, dass wir eine sehr lange Reise vor uns haben, wenn wir nach diesem Schloss suchen."

Der Flug des Falken

Sie ritten den ganzen Tag in nordöstlicher Richtung und orientierten sich dabei am Stand der Sonne. Statt kälter schien es jedoch immer heißer zu werden, und am späten Nachmittag begann sich die Luft zu trüben und verdächtig gelb auszusehen. Samira kannte das Anzeichen nur allzu gut: Ein Sandsturm näherte sich! Und diesmal würden sie nicht so glimpflich davonkommen wie neulich, als Abdul den Sturm noch rechtzeitig abgeschwächt und umgelenkt hatte.

Weit und breit war keine Siedlung zu entdecken, nicht einmal eine armselige Lehmhütte. Es gab nichts, wo sie hätten Schutz suchen können. Sie waren mutterseelenallein in der Wüste, umgeben von nichts anderem als Sand.

Samira kniff die Augen zusammen, während sich ein flaues Gefühl in ihr breitmachte. Würden sie jetzt all ihre Pläne begraben müssen? Wenn sie Pech hatten, würden sie hier in der Wüste umkommen, und der Sand würde all ihre Spuren verdecken.

Said war blass geworden. „Offenbar sind wir geradewegs ins Verderben geritten“, seufzte er, ließ Leika anhalten und stieg ab. „Der Sturm ist in ein paar Minuten da. Nur ein Wunder kann uns noch retten!“

Schon jetzt waren die Böen so kräftig, dass der Wind ihnen immer wieder Sand ins Gesicht peitschte. Samira versuchte, ihr Gesicht mit einem Tuch zu schützen. Sie saß ebenfalls ab, hielt Rayan am Behelfszügel fest und wandte ihr Gesicht von dem drohenden Unheil ab. Mit ihrer freien Hand tastete sie nach der Muschel, die ihr schon so oft Trost gespendet hatte.

Mutter, bitte lass nicht zu, dass wir hier sterben!, flehte Samira in Gedanken. *Wir müssen dem bösen Zauberer das Handwerk legen! Außerdem muss ich Vater finden! Wenn diese Wüste unser Grab wird, dann waren all unsere Anstrengungen vergebens!*

Der Sturm heulte inzwischen so laut, dass es Samira sinnlos erschien, die Muschel ans Ohr zu halten und auf eine Antwort zu hoffen. Sie tat es trotzdem.

Täuschte sie sich, oder war da tatsächlich Djamilas Stimme, die selbst das Geräusch des Windes übertönte?

Du darfst nie den Mut verlieren, Samira! Ich bin bei dir und versuche, dich und deine Freunde mit aller Macht zu beschützen. Glaub an dich! Du bist stärker, als du denkst!

Samira hatte Tränen in den Augen. Oh, wie sehr sehnte sie sich nach ihrer Mutter! Einen Moment lang hatte sie das Gefühl, dass jemand sie umarmte und ihr über die Wange strich. Aber es konnte auch eine Täuschung sein, die der Wind hervorgerufen hatte.

Das Heulen des Sturms wurde immer lauter, und seine Stärke nahm zu. Samira hatte bereits Mühe, das Gleichgewicht zu halten. Rayan hatte sich umgedreht, mit dem Schweif gegen den Wind.

Leika nahm eine ähnliche Position ein. Samira wusste, dass Kamele ihre Nasenlöcher schließen konnten und auf diese Weise verhinderten, dass Sand eindrang. Die Kamelstute schien dem Sandsturm relativ gelassen entgegenzusehen, während Rayan nervös auf und ab tänzelte, die Ohren anlegte, schnaubte und schrill wieherte. Samira hatte alle Hände voll zu tun, um ihn zu beruhigen.

„Was ist denn los?“, tönte es aus der goldenen Flasche. „Warum bewirfst du mich mit Sand?“

Ehe Samira dem Dschinn erklären konnte, in welcher Situation sie sich befanden, stieg grauer Rauch aus der Flasche, der sich zu Abduls Gestalt formte. Der Dschinn hatte den Turban abgenommen, um ihn auszuschütteln, doch die nächste Bö blies ihm eine Ladung Sand ins Gesicht. Abdul sprang erschrocken hoch und stellte sich Schutz suchend in Leikas Windschatten.

„Seid ihr verrückt geworden?“, schrie er Said und Samira an. „Warum habt ihr euch nicht längst einen sicheren Unterschlupf gesucht? Da kommt ein übler Sturm, und ihr tut so, als hättet ihr alle Zeit der Welt! Ach, warum habe ich nicht besser auf euch aufgepasst? Ihr seid wirklich die größten Dummköpfe, wenn ihr einen Sandsturm nicht rechtzeitig erkennt!“

„Deine Vorwürfe helfen uns jetzt auch nicht!“, brüllte Samira. „Tu was! Du bist doch der Einzige von uns, der zaubern kann!“

„Ihr habt mir verboten zu zaubern. Schon vergessen?“, schleuderte Abdul ihr entgegen.

Samira kämpfte mit sich. Ihr war klar, dass es sich bei dem Sonnenstein um ein sehr gefährliches magisches Artefakt handelte.

Es hatte Folgen, wenn man den Stein benutzte. Seine böse Kraft konnte auf denjenigen, der ihn in den Händen hielt, überspringen. Aber was war schlimmer – den Tod in der Wüste zu finden oder einige neue Marotten des Dschinns zu ertragen?

Der Sonnenstein war ihre einzige Chance!

Hektisch wühlte Samira in ihrem Gepäck. Der Sturm war schon so stark, dass sie kaum die Augen öffnen konnte. Der Sand hatte sich bereits in Rayans Fell festgesetzt und war in jede Falte der Schlafsäcke gedrungen. Er brannte auch schmerzhaft unter ihren Lidern. Halb blind ertastete Samira das Ebenholzkästchen. Als sie es öffnete und den Stein berührte, riss ihr der Wind das Kästchen aus der Hand und wirbelte es mit sich fort.

Samira hielt den Sonnenstein mit aller Kraft fest, um ihn nicht auch noch zu verlieren. Das Schmuckstück pulsierte in ihrer Hand. Sie konnte seine Macht förmlich spüren. Die Magie vereinigte sich mit ihrem Herzschlag. Samira hatte das Gefühl, von einem grünen Leuchten erfüllt zu werden.

Eigentlich hatte sie den Stein Abdul geben wollen, damit dieser damit gegen den Sturm kämpfte. Doch jetzt fühlte Samira, wie ETWAS in ihr erwachte. Es war, als hätte diese Kraft bisher in ihr geschlummert, um auf den richtigen Zeitpunkt zu warten.

Und der Zeitpunkt war jetzt! Samira war völlig überwältigt von der Energie, die sie auf einmal erfüllte. Es war Furcht einflößend und wunderbar zugleich. Die Macht des Sonnensteins war in ihr.

Wie von allein entschlüpfte ein Zauberspruch ihrem Mund:

„Sturmesbrausen, Ohrensausen,
Sandkornplage, heikle Lage,
Todesnähe, Herzenswehe,
alle Angst und Pein vergehe!
Wenn der Sonnenstein erwacht,
ist es aus mit Sturmesmacht!"

Die Luft hatte sich bereits zu einem tiefen Ockergelb gefärbt, und der Sand flog so dicht, dass man kaum mehr die Hand vor Augen sehen konnte. Samira konnte nur noch ahnen, wo sich Rayan und Leika mit Abdul und Said befanden. Sie schien in einem Meer aus Sand zu versinken. Große Wellen aus Milliarden winziger Körner schlugen über ihrem Kopf zusammen.

Doch in ihr war das grüne Leuchten, das verhinderte, dass sie im Wirbel des Sturmes unterging. Das Leuchten breitete sich aus, verließ ihren Körper, schuf eine große Blase, die sich immer weiter ausdehnte und einen Schutzraum bildete, in dem sie alle Platz fanden – das Pferd, die Kamelstute, die beiden Menschen und der Dschinn. Es war, als würde eine starke Zeltwand den Sand von ihnen abhalten und das Geräusch des Windes dämpfen.

Samira wusste nicht, was in ihr vorgegangen war und noch immer vorging. Das Brennen in ihren Augen hatte nachgelassen. Fassungslos starrte sie auf den leuchtenden Stein in ihrer Hand, der immer noch im Takt ihres Herzens pulsierte, als wäre er ein Teil von ihr.

Dann fiel ihr die absolute Stille auf.

Die Blase war verschwunden, aber auch ringsum war es ruhig geworden.

Der Stein hatte die Macht des Sturmes gebrochen. Der Wind hatte sich gelegt, und langsam, ganz allmählich, klärte sich die Luft. Das bedrohliche Ockergelb sank herab und wurde zu sonnenbeschienenen Sanddünen, über die sich der blaue Himmel spannte.

Und dann, als hätte die Zeit für einige Augenblicke stillgestanden, setzten wieder die Geräusche ein. Rayan prustete, das Kamel brummte, und Said klopfte sich den Sand von der Kleidung. Der auffallendste Laut aber war das Schreien eines Falken, der sich über der Düne vor ihnen erhob. Der Sandsturm hatte dem Vogel offenbar nichts anhaben können. Majestätisch stieg der Falke in die Luft und blieb dann rüttelnd auf der Stelle stehen. Samira legte den Kopf in den Nacken und starrte ihn an.

Wieder ertönte sein Schrei, der sich diesmal fast wie eine Aufforderung anhörte.

Folgt mir!

Konnte es sein, dass sie gemeint waren? Noch nie zuvor war Samira ein Falke in dieser Weise aufgefallen. Und der Vogel hier schwebte praktisch direkt aus einem Sandsturm empor. Hatte das eine Bedeutung? Hing das möglicherweise mit dem Sonnenstein zusammen, den sie noch immer in ihrer Hand hielt, so als sei er daran festgewachsen? Alles in ihr drängte danach, dem Falken tatsächlich nachzureiten, auch wenn sie den Grund dafür nicht hätte nennen können.

Sie zuckte zusammen, als jemand sie an der Schulter berührte. Mit einem leisen Aufschrei fuhr sie herum. Said stand vor ihr und sah sie an, als sei sie ein Gespenst oder eine Fata Morgana.

„Du hast den Sturm bezwungen!“, stieß er mit rauer Stimme aus. „Wie hast du das gemacht?“

„Ja, das würde mich auch interessieren“, mischte sich Abdul ein. „Du behauptest ständig, du könntest nicht zaubern, aber was ich gerade gesehen habe, war eine Meisterleistung!“

„Ich ... ich weiß selbst nicht, was geschehen ist“, stammelte Samira. Es erschien ihr unfassbar, dass es ihre eigene Kraft gewesen war, die den Wind zum Erliegen gebracht hatte. „Ich wusste nur, dass ich den Sonnenstein brauche. Eigentlich wollte ich ihn dir geben, Abdul! Aber dann habe ich plötzlich eine seltsame Energie in mir gefühlt, und ... und ... alles Weitere ist einfach passiert!“

„Das Erwachen der Magie“, murmelte Abdul und sah sie prüfend an. „Schon als ich dir zum ersten Mal begegnet bin, habe ich gespürt, dass mehr in dir stecken muss. Du wusstest instinktiv, dass man die Flasche erst reiben muss, bevor sich der Deckel öffnet – auch wenn du beim ersten Mal nur etwas gegen deine verschwitzten Hände tun wolltest. Und du hast das Kästchen gestohlen, ohne zu ahnen, welch starkes magisches Artefakt sich darin verbirgt. Das sind keine Zufälle, Samira!“

„Was willst du damit sagen?“ Samiras Kehle war ganz trocken.

„Dass du das Potenzial zu einer großen Zauberin hast“, antwortete der Dschinn. „Eigentlich müssten wir uns alle vor dir auf die Knie werfen, aber ich nehme mal an, dass du keinen großen Wert darauf legst."

Samira war verwirrt. Hatte Abdul wirklich gesagt, dass sie zaubern konnte, oder hatte sie sich verhört?

Said blickte sie mit ernster Miene an. „Wenn du tatsächlich eine solche Macht in dir trägst, dann haben wir eine gute Chance, dass wir den Kampf gegen den bösen Zauberer gewinnen und Leika zurückverwandelt wird."

Hoffnung und Freude, Angst und Zweifel, Unsicherheit und Stolz mischten sich in Samira. Es hatte sie immer geärgert, wenn sie bei den kleinen magischen Übungen versagt hatte, die ihr Vater ihr aufgetragen hatte. Auch Djamila hatte Magie in sich getragen, sonst hätte sie nicht diese wunderbaren Schlafsäcke herstellen können. Samira hatte sich jedoch jahrelang für eine Versagerin gehalten, was Zauberei betraf, deswegen war es für sie schwer, sich plötzlich umzustellen und an ihre eigenen Fähigkeiten zu glauben. Sie konnte es immer noch nicht fassen, dass sich der Sturm durch ihre Kraft beruhigt hatte. Doch es musste wohl so sein, wenn sowohl Said als auch Abdul das behaupteten.

Dann ist es vielleicht auch möglich, dass wir irgendwann meinen Vater finden, dachte Samira hoffnungsvoll. Mit Magie ergaben sich ganz neue Chancen.

Wieder schrie der Falke in der Luft, und diesmal hoben auch Said und der Dschinn ihre Köpfe.

„Was will der Vogel denn?", fragte Abdul. „Warum benimmt er sich so merkwürdig?"

„Er ruft nach uns“, ertönte Leikas Stimme von hinten. „Er fordert uns auf, ihm zu folgen. Hört ihr nicht die Dringlichkeit in seinem Ruf? Oder sind eure Ohren nicht fein genug dafür?“

„Ich dachte, er schreit, weil er Hunger hat“, meinte Said. „Mit Falken kenne ich mich nicht aus, obwohl ich solche Vögel beeindruckend finde. Im Dorf, in dem ich mit meinen Pflegeeltern lebte, gab es einen Falkner. Der Mann richtete seine Vögel zur Jagd ab. Es war faszinierend, ihm zuzusehen.“

„Ich habe auch das Gefühl, dass wir dem Falken folgen sollen“, sagte Samira und beschirmte mit ihrer freien Hand die Augen. In der anderen hielt sie immer noch den Sonnenstein. Abdul wollte danach greifen, aber Samira ließ es nicht zu.

„Nein ...Ich glaube, es ist besser, wenn ich den Stein behalte!“

„Du solltest ihn wieder in das Kästchen zurücklegen.“ Abdul runzelte die Stirn. „Wenn du den Stein zu lange berührst, gewinnt er immer mehr Macht über dich.“ Er räusperte sich. „Ich habe es selbst gemerkt. Man spürt seine Kraft und fühlt sich mächtig und mächtiger. Das ist gefährlich. Vergiss nicht, der Stein ist aus dunkler Magie geschaffen, und wenn diese einmal dein Herz gefangen hält, ist es sehr schwer, wieder davon loszukommen.“

„Du willst den Stein ja bloß selbst haben!“ Die schnippischen Worte schlüpften aus Samiras Mund, bevor sie nachgedacht hatte. Dann wurde ihr bewusst, was geschehen war. Ihre Wangen glühten. „Tut mir leid. Du hast recht.“ Sie wollte sich auf keinen Fall so benehmen, wie Abdul es getan hatte. „Der Wind hat mir das Kästchen aus der Hand gerissen.“

Einen Moment lang waren alle ratlos, wie sie den gefährlichen Sonnenstein nun sicher verwahren konnten. Doch da rief Leika, die etwas entfernt stand, ihnen etwas zu.

„Sucht ihr vielleicht das hier?"

„Kommt, Leika hat etwas gefunden!", meinte Said.

Und tatsächlich: Leika hatte das schwarze Kästchen im Sand entdeckt, als sie es mit ihren Zehenpolstern berührt hatte. Said bückte sich und hob es auf.

„Ja, das ist es!" Er schüttelte den Sand ab und hielt es Samira hin. Sie zögerte einen kurzen Moment, dann legte sie den Sonnenstein zurück. Er schien sich erst nicht von ihrer Hand lösen zu wollen. Es war, als hielte ein unsichtbarer Klebstoff ihn fest. Doch Samiras Wille war stärker. Sie klappte das Kästchen zu und verstaute es wieder in ihrem Gepäck.

Nachdem sie die Felle der Reittiere vom gröbsten Sand befreit hatten, saßen sie auf. Abdul nahm diesmal auf Leika Platz, nachdem er hoch und heilig geschworen hatte, sich nicht mehr über ihren Passgang zu beschweren.

„Hoffentlich hältst du das auch durch." Said zwinkerte Samira zu.

Wieder rief der Falke nach ihnen. Sie setzten sich in Bewegung und folgten seinem Flug.

Als die ersten Sterne am Himmel auftauchten und die Hitze des Tages allmählich schwand, wurde es Zeit, sich einen Lagerplatz zu suchen. Der Falke war verschwunden, aber Samira hoffte sehr, dass sie ihn am nächsten Morgen wiedersehen würden.

Sie machten Rast am Fuß einer hohen Düne. Abduls Gesicht war zu einer Grimasse verzerrt, als er von Leika abstieg. Man merkte, dass ihm seine Kehrseite wehtat, aber kein Klagelaut kam über seine Lippen. Stillschweigend begann er, das Lager aufzubauen. Dabei testete er, ob seine üblichen Zaubereien wieder funktionierten – wie kleine Kienspäne in Zeltstangen zu verwandeln und ein Halstuch zu einem Windschutzsegel zu vergrößern. Es klappte ohne Probleme. Anscheinend hatte ihm der Aufenthalt in seiner Flasche geholfen, den bösen Einfluss des Sonnensteins zu überwinden.

Samira, die sich selbst genau beobachtete, konnte keine Veränderung an sich feststellen. Bis auf den einen Ausrutscher war sie freundlich geblieben, und nichts an ihr schimmerte grünlich.

Vielleicht kann ich den Sonnenstein ja ohne Folgen benutzen, dachte sie, als sie in ihrem Schlafsack lag und den Sternenhimmel betrachtete. Said neben ihr war fast sofort eingeschlafen, so sehr hatte ihn der lange Ritt erschöpft. Abdul hatte sich in seine Flasche zurückgezogen, aus der nun ein leises Schnarchen drang.

Samira dagegen fühlte sich hellwach. Sie konnten die Schatten der Tiere erkennen. Leika hatte sich hingelegt, während Rayan neben ihr stand, einen Hinterhuf entspannt angehoben.

Samiras Gedanken kreisten. Ob sie wirklich das Talent zu einer großen Zauberin hatte? Sie erinnerte sich an das Gefühl, das der Sonnenstein in ihr ausgelöst hatte. Dieses wunderbare Kribbeln … Die plötzliche Stärke … Und die Fähigkeit, über den Sturm gebieten zu können … Noch nie in ihrem Leben hatte sie so empfunden. Es war großartig gewesen!

Als sie ihre rechte Hand aus dem Schlafsack zog, um sich eine Locke aus dem Gesicht zu streichen, bemerkte sie ein leichtes grünes Leuchten. Ein Fleck, kaum größer als eine Münze, hatte sich auf ihrer Handfläche gebildet. Erschrocken machte sie eine Faust und versteckte den Arm wieder im Schlafsack. Ihr Herz raste, und die Panik überwältigte sie so, dass sie fast keine Luft mehr bekam. Hatte die dunkle Magie sie bereits im Griff? Würde sich ihr Charakter verändern? Würde sie ihre neu erwachte Zauberkraft dazu benutzen, Böses zu wirken? Samira hatte Angst vor sich selbst. Tränen traten in ihre Augen. Sie hatte doch nur den Sturm abwenden wollen! Und sie wollte Leika helfen und natürlich auch Tarik wiederfinden! Was war an diesen Zielen verwerflich? Reichten allein ihre Wünsche, um die dunkle Magie hervorzulocken? Sie biss sich auf die Lippe. Ihre linke Hand wanderte zu der Muschel.

Mutter, niemand kennt mich besser als du! Du weißt, dass ich mich niemals auf die Seite des Bösen stellen würde! Bitte beschütze mich davor, der dunklen Magie zu verfallen! Ich will doch nur Gutes bewirken!

Sie hielt die Muschel an ihr Ohr, in der Hoffnung, eine Antwort zu bekommen.

Samira, mein geliebtes Kind, höre immer auf dein Herz. Das hilft dir, zwischen Falsch und Richtig zu entscheiden. Und lasse dich nie von Rachegefühlen leiten! Solche Entschlüsse sind immer verkehrt!

Samira schluckte. Die Tränen rannen jetzt ungehindert aus ihren Augen und flossen über ihre Wangen. Könnte sie ihre Mutter wenigstens noch einmal sehen! Sie wünschte sich, ein letztes Mal von ihren Armen gehalten zu werden!

Wo bist du, Mutter?, fragte sie voller schmerzlicher Sehnsucht. *Warum bist du nicht mehr bei Vater und mir? Weshalb musstest du uns so früh verlassen?*

Diesmal musste Samira länger warten, bis die geheimnisvolle Stimme antwortete.

Solche Fragen machen mein Herz schwer, liebste Samira. Ich bin nicht gerne gegangen. Es war der Wille des Schicksals. Auch wenn du mich nicht sehen kannst, bin ich immer in deiner Nähe. Hab Vertrauen! Ich liebe dich.

Danach rauschte die Muschel nur noch. Samira ließ sie wieder auf ihre Brust sinken und wischte sich die Tränen aus den Augen. Die Sterne schienen noch heller zu funkeln als zuvor. Zögernd zog Samira ihre rechte Hand aus dem Schlafsack und öffnete sie.

Der grüne Fleck war verschwunden.

Danke, Mutter!, flüsterte Samira.

In der Nacht träumte Samira von der Oasenstadt. Sie war allein und schob sich auf dem Tiermarkt durch das Menschengewühl. Von allen Seiten wurde sie angerempelt, es war kaum ein Durchkommen. Sie verzweifelte beinahe, denn sie hatte sich mit ihrem Vater verabredet und befürchtete, zu spät zu kommen. Ein großer Mann in einem dunklen Gewand versperrte ihr absichtlich den Weg, und als sie zu ihm aufblickte, erkannte sie Malik. Sie erschrak, aber er lächelte sie an.

„Wohin so eilig, meine bezaubernde Wüstenrose?"

„Lasst mich durch!", fauchte Samira. „Ich habe jetzt keine Zeit!"

„Dein Vater wird nicht auf dich warten", sagte er. „Deine Bemühungen sind sinnlos."

Empörung schoss in ihr hoch. „Wie könnt Ihr so etwas behaupten?"

„Ich kenne die Zukunft, deswegen weiß ich es." Sein Grinsen war so breit, dass Samira ihm am liebsten eine Ladung Sand ins Gesicht geschleudert hätte. Sie hatte Angst vor ihm, gleichzeitig fühlte sie unglaublichen Zorn.

Jetzt ergriff Malik ihre beiden Handgelenke und hielt sie fest. Seine Augen kamen näher, dunkel wie Onyx, und wirkten bedrohlich.

„Bald bist du mein, Wüstenrose, ob du es nun willst oder nicht, mein auf ewig", gurrte er mit samtiger Stimme, die Samira eine Gänsehaut über den Rücken laufen ließ.

„Lasst mich gefälligst los!" Sie riss zornig ihre Arme zurück und kam frei. „Unterschätzt mich nicht! Ich bin eine Tränenwandlerin und kann es mit Euch aufnehmen!"

„Soso.“ Er lächelte unbeeindruckt. „Wer sagt das?“

Die Menge teilte sich, und die Alte erschien, die damals die Tauben gefüttert und danach Samira aus der Hand gelesen hatte. Ihre hellblauen Augen strahlten und passten gar nicht zu dem faltigen Gesicht.

„Ich sage es!“, erklärte sie und zwinkerte Samira verschwörerisch zu. „Ich und Djamilas Helfer!“

Sie deutete nach oben. Als Samira den Kopf hob, sah sie ein Seil, das sich über dem Tiermarkt spannte. Darauf saß der weiß gekleidete Seiltänzer, ließ fröhlich die Beine baumeln und warf ihr eine Kusshand zu. Dann hob er den Arm, und eine Sekunde später landete ein Falke auf seiner Faust.

Maliks Gesicht verzerrte sich vor Wut. Er zog seinen dunklen Umhang enger um sich und wich rückwärts vor Samira und der Alten zurück.

„Glaub ja nicht, dass es so einfach ist!“, knurrte er und hob drohend die Hand. Wir sind noch nicht fertig miteinander. Unser Kampf beginnt gerade erst.“

Dann wurde er von der Menschenmenge verschluckt.

Samira wandte sich um, um der Alten für ihr Eingreifen zu danken. Doch statt der alten Frau stand ihre Mutter da, lächelte Samira strahlend an und breitete die Arme aus.

„Mutter!“ Samira stürzte sich in die Umarmung …

… und erwachte. Mit klopfendem Herzen, aber mit dem überwältigenden Gefühl, beschützt und geliebt zu werden.

Schade!, dachte Samira. *Es war nur ein Traum.*

Aber was für einer!

Der Mond, nun deutlich voller als noch vor einigen Nächten, versank gerade hinter dem Horizont. Auch viele Sterne waren bereits verblasst. Der Morgen konnte nicht mehr fern sein.

Samira schälte sich aus ihrem Schlafsack. Said neben ihr schlief noch tief und fest. Sie achtete darauf, auf keinen Skorpion zu treten, schlüpfte in ihre Schuhe und lief zu Rayan, der ihr aufmerksam entgegenblickte. Sie umarmte den Hengst und atmete den vertrauten Pferdeduft ein, während ihre Gedanken umherwirbelten.

Tränenwandlerin hatte die Alte sie damals genannt. Hatte das etwas mit ihren magischen Fähigkeiten zu tun? Konnte sie Dinge verändern – genau wie ihre Augen die Farbe änderten, wenn sie weinte? Konnte sie Magie wirken, wenn starke Gefühle in ihr herrschten?

Rayan spürte ihre Unruhe und brummte leise. Samira schmiegte sich an ihn.

„Der Falke ist ein Zeichen", flüsterte sie. „Ich weiß jetzt, dass es richtig ist, ihm zu folgen. Und mir ist auch klar, dass ich Malik begegnen werde und gegen ihn kämpfen muss."

Ihre Kehle wurde eng. Im Traum war sie ihm so entschlossen entgegengetreten, fest von sich und ihren Fähigkeiten überzeugt. Ich bin eine *Tränenwandlerin*, hatte sie gesagt, so als verfügte sie dadurch über eine besondere Macht. Und Malik hatte sich zurückgezogen, nicht ohne ihr noch einmal zu drohen.

Tarik behauptete, dass in Träumen manchmal eine tiefe Wahrheit liege. Konnte es sein, dass der Seiltänzer und der Falke mit ihrer Mutter in Verbindung standen? Vielleicht war ja auch die alte Frau eine Art guter Geist oder eine Botin, die Djamila ihr geschickt hatte.

Fragen über Fragen! Doch wo waren die Antworten? Samira beschloss, einfach ihren Gefühlen zu vertrauen. *Höre auf dein Herz!*, hatte die Stimme in der Muschel zu ihr gesagt, und Samira nahm sich vor, dem Ratschlag zu folgen.

„Kannst du nicht mehr schlafen?“, raunte jemand in ihr Ohr.

Samira fuhr herum und stieß gegen flauschiges Fell.

„O Leika, wie kannst du mich so erschrecken!“ Jetzt umarmte sie den Hals der Kamelstute und presste sich an sie.

„Tut mir leid, das wollte ich nicht.“ Leika seufzte. „Du scheinst mir heute Morgen sehr schmusebedürftig zu sein.“

„Ja, das bin ich“, gab Samira zu. „Ich hatte einen wundersamen Traum, der mir einiges deutlich gemacht hat. Trotzdem bin ich furchtbar durcheinander. Alles überschlägt sich! Vor ein paar Tagen war noch alles normal, aber seit mein Vater verschwunden ist, passieren lauter ungewöhnliche Dinge. Erst begegne ich einem Dschinn, dann einem sprechenden Kamel! Und jetzt soll ich auch noch eine mächtige Zauberin sein. Das ist alles ein bisschen viel für mich!“

„Kann ich verstehen“, murmelte Leika und pustete zärtlich in Samiras Locken. „Aber du bist nicht allein! Wir sind deine Freunde und stehen alle Abenteuer gemeinsam durch!“

„Zum Glück!“ Schon wieder wurden Samiras Augen feucht, diesmal vor Rührung. Ja, sie war nicht allein, und das war gut! Wie einsam hatte sie sich in der Stadt gefühlt, als sie auf die Rückkehr ihres Vaters gewartet hatte!

Samira löste sich von der Kamelstute. Said war inzwischen erwacht und kroch aus dem Schlafsack. Seine Haare waren verwuschelt, und wieder einmal fiel Samira auf, dass er ein sehr gut aussehender Junge war.

Wenig später kam auch Abdul aus seiner Flasche. Der dicke Dschinn reckte und streckte sich und gähnte lautstark.

„Ihr seid schon wach?“, sagte er verwundert. „Ich dachte, ich sei der Erste!“

Said klopfte ihm lachend auf die Schulter. „Falsch gedacht, Abdul! Samira schlägt uns alle!“

Zum Frühstück verzehrten sie ihre restlichen Vorräte.

„Hoffentlich kommen wir bald an einer Siedlung vorbei“, sagte Abdul mit vollem Mund. „Wir müssen unbedingt etwas zu essen kaufen.“

„Wie hast du das eigentlich all die Jahre in der Flasche ausgehalten, ohne zu verhungern?“, wollte Samira wissen.

„Tja, das ist das Besondere an uns Dschinn“, erwiderte Abdul. „Solange wir in der Flasche sind, können wir ohne Essen und Trinken auskommen. Nehmen wir allerdings Menschengestalt an, dann haben wir die gleichen Bedürfnisse wie ihr!“

„Du könntest also jahrelang in der Wüste überleben, wenn du dich rechtzeitig in deine Flasche verziehst“, meinte Said.

Abdul nickte. „Sie müsste natürlich ordentlich verschlossen sein. Aber das ist kein Grund, mich zu beneiden, Said! Ihr ahnt ja nicht, wie langweilig es in so einer Flasche werden kann – nur mit sich selbst und seinen Gedanken!“

Das Gespräch wurde unterbrochen, weil der Falke am Himmel auftauchte. Samiras Herz machte einen freudigen Hüpfer. Der Vogel erschien ihr wie ein Gruß von ihrer Mutter.

„Da ist der Falke ja wieder“, murmelte Abdul und beschirmte seine Augen. „Es ist fast so, als würde er uns zum Aufbruch drängen. Sollen wir ihm wirklich folgen?“

„Auf jeden Fall!“, antworteten Said und Samira wie aus einem Mund.

Die Weisheit des Einsiedlers

Der Ritt schien endlos zu sein. Wie viele Stunden waren sie wohl schon unterwegs? Jegliches Zeitgefühl war Samira verloren gegangen. Nicht einmal der Stand der Sonne gab einen Hinweis darauf, wie spät es war, denn der Himmel war bedeckt und die Luft diesig. Said hatte schon befürchtet, dass sich abermals ein Sandsturm näherte, aber Abdul schüttelte den Kopf.

„Es ist so gut wie windstill“, sagte er. „Außerdem ist es kühler, spürt ihr das nicht?“

Jetzt erst fiel Samira auf, dass die Temperatur tatsächlich gefallen war. Auch die Landschaft hatte sich verändert. Sie bestand nach wie vor hauptsächlich aus Sand, aber die Dünen waren flacher, und ab und zu war ein Baum oder ein dürrer Strauch zu sehen. Leika war die Erste, die bemerkte, dass es auch mehr Steine gab.

„Ich kann nicht mehr!“ Said stöhnte. „Lasst uns eine Pause machen, auch wenn immer noch keine Siedlung in Sicht ist.“

Das war Samira nur recht. Als sie von Rayan glitt, plumpste sie fast hin, so steif waren ihre Beine vom Reiten geworden. Wenn es Said und Abdul ähnlich ging, so ließen sie sich nichts anmerken. Ob man auf einem Kamel bequemer ritt? Samira war zu erschöpft, um weiter darüber nachzugrübeln.

Erst als Abdul ihr den Wasserschlauch reichte, erwachten ihre Lebensgeister wieder. Sie hielt Ausschau nach dem Falken. Dieser saß ganz in der Nähe auf dem abgestorbenen Ast eines Baums und behielt sie scharf im Auge.

„Keine Angst, wir laufen schon nicht weg!“, rief Samira ihm zu. „Wir legen nur eine kurze Rast ein, sonst fallen wir unterwegs vor lauter Schwäche von unseren Reittieren.“

Der Falke begann, sein Gefieder zu putzen.

Abdul wühlte in Samiras Gepäck herum. „Haben wir denn kein Stückchen Fladenbrot mehr? Es würde mir auch nichts ausmachen, wenn es steinhart wäre. Keine einzige Feige, keine getrocknete Dattel? Einfach nichts mehr?“ Sein Gesicht verzerrte sich vor Enttäuschung.

„Du hast heute Morgen leider alles aufgegessen.“ Samira verkniff es sich, den Dschinn darauf hinzuweisen, dass er es war, der immer die größten Portionen futterte. Auch ihr knurrte der Magen, aber sie versuchte, das Hungergefühl zu unterdrücken. Es war ja wirklich nichts mehr da, was sie essen konnten.

„Erinnert ihr euch noch, wie gut die Gazelle am Lagerfeuer geschmeckt hat?“, fragte Abdul und rieb sich den Bauch. „Dazu die leckeren Oliven und das knusprige Brot!“ Er verdrehte genießerisch die Augen.

„Hör auf, mir läuft schon das Wasser im Mund zusammen.“ Said stöhnte. „Ach, was nützt euch eure Magie, wenn man damit kein Essen herbeizaubern kann?“

Ja, er hat recht, dachte Samira betrübt. *Was nützt sie uns in Momenten wie diesem?*

Es konnte noch Tage dauern, bis sie ein Dorf erreichten. Wenn sie Pech hatten, ging ihnen bis dahin auch das Wasser aus. Es war nicht mehr allzu viel da. Rayan musste schließlich auch trinken, während Leika wie alle Kamele länger ohne Wasser auskommen konnte.

Ohne dass es ihr richtig bewusst war, war Samira neben Abdul getreten und suchte ebenfalls im Gepäck herum. Ihre Finger ertasteten das Ebenholzkästchen. Sie zog es heraus und öffnete es einen Spalt. Das grüne Licht des Sonnensteins drang heraus.

„Ich glaube, das ist keine gute Idee", sagte Abdul und seufzte.

„Ich wollte den Stein nur kurz ansehen", rechtfertigte sich Samira. „Ich weiß schon, dass er unseren Hunger nicht stillt, und ich will auch gar nicht mit ihm zaubern."

Sie hob den Deckel ganz an. Der Sonnenstein ruhte auf seinem Polster, und das Funkeln des Smaragds und das Blitzen der goldenen Strahlen erreichten Samiras Augen.

Tränenwandlerin!

Urplötzlich kehrte die Erinnerung an den Traum mit voller Macht zurück – an das Gefühl, von der Mutter umarmt zu werden. Samiras Augen begannen zu brennen und füllten sich mit Tränen. Sie wollte sie hastig wegwischen, doch da fielen schon einige Tropfen auf den Smaragd. Es zischte, und ein dünner grünlicher Rauchfaden stieg auf.

„Was tust du da?", schrie der Dschinn entsetzt und riss ihr das Kästchen aus der Hand. Er klappte es zu und steckte es in den Schlafsack zurück. „Das ist kein Spielzeug, sondern ein gefährliches magisches Artefakt! Du hast doch gesehen, wie es mich verändert hat."

Samira konnte nur nicken. Noch immer schwebte ein Rest des magischen Rauchs in der Luft und löste sich langsam auf.

„Wenn das mal gut geht", sagte Abdul mit unheilvoller Stimme.

„Was ist los?" Said war mit Leika beschäftigt gewesen und hatte nicht mitbekommen, was geschehen war.

„Samira versucht ein neues Zauberritual", stieß der Dschinn vorwurfsvoll aus.

„Ich habe gar nichts versucht!", verteidigte sich Samira, aber Abdul erzählte schon, was passiert war.

Said starrte erschrocken zum Himmel, doch von dem grünen Rauch war inzwischen nichts mehr zu sehen. „Was, glaubst du, wird geschehen?", fragte er bang.

„Ich habe nicht den geringsten Schimmer", grollte Abdul. „Blitz und Donner? Eine Sturzflut? Ein Erdbeben?"

Samira schürzte beleidigt die Lippen und setzte zu einer heftigen Erwiderung an, da ertönte ein durchdringendes Iah.

Sie fuhren herum und entdeckten in einiger Entfernung zwei Gestalten: einen Mann in einem hellen Gewand und einen Esel, den er hinter sich herführte. Das Tier war schwer beladen und setzte nur noch unwillig einen Huf vor den anderen, während der Mann trotz seines Alters zügig ausschritt.

„Jetzt komm schon, mein Guter!", rief er mit brüchiger Stimme. „Wir wollen schließlich heute noch nach Hause kommen!"

Das schien den Esel nicht zu beeindrucken. Er blieb ganz stehen und stieß erneut ein klagendes Iah aus.

„Na gut, wie du willst, Lounis, dann werden wir eben eine Pause machen." Der Mann ließ den Strick locker und setzte sich neben dem Esel auf den Boden. Lounis blökte erneut.

„Dein Klagen hilft gar nichts, Lounis", sagte der Alte. „Es heißt zwar, dass der Berg zum Propheten kommt, wenn der Prophet nicht zum Berg kommt, aber für uns gilt das leider nicht. Unser Berg bleibt dort, wo er ist, und wir müssen zu ihm gehen. Ein Trost ist, dass wir schon eine weite Strecke hinter uns haben. Du musst nur noch ein paar Stunden durchhalten, dann sind wir da." Jetzt wandte der Mann den Kopf und entdeckte die Reisegruppe. Freundlich hob er die Hand.

„Wie schön, hier in dieser Ödnis jemanden zu treffen! Seid gegrüßt! Der Himmel möge mit euch sein!"

Samira, Said und Abdul grüßten zurück.

„Vorsicht!", warnte der Dschinn und fasste Samira am Arm. „Es könnte ein böser Geist sein, den du mit deinem Ritual herbeigerufen hast!"

„Ach was!", widersprach Said. „Der Mann sieht überhaupt nicht aus wie ein böser Geist! Vielleicht hat er etwas zu essen dabei! Wir sollten ihn fragen!"

„O ja", stimmte Samira ihm zu, und prompt meldete sich ihr Magen mit lautem Knurren.

Said und Samira gingen auf den Fremden zu, der ihnen gelassen und zugleich neugierig entgegenblickte. Der Dschinn folgte ihnen zögernd und misstrauisch. Schließlich blieb er stehen und beobachtete das Ganze aus sicherem Abstand.

„Wir heißen Said und Sa… Samir und sind schon eine Weile

unterwegs“, stellte Said sie vor, als sie bei dem Mann angelangt waren. „Wir freuen uns, Euch zu treffen. Kommt Ihr von weit her?“

„Junger Said, meine Augen sind zwar alt, aber ich sehe sehr wohl, dass deine Begleiterin ein Mädchen ist und nur Jungenkleidung trägt.“ Der Fremde schmunzelte. Sein langer Bart reichte ihm fast bis zur Hüfte, und unzählige Fältchen umrahmten seine Augen, die genauso hellblau waren wie die jener Wahrsagerin. „Mein Name ist Ileas, und ja, Lounis und ich, wir haben schon einen langen Fußmarsch hinter uns. Mein Esel mag im Moment nicht weitergehen, und da er genauso ein Geschöpf des Himmels ist wie ich, akzeptiere ich sein Bedürfnis nach einer Pause und drangsaliere ihn nicht mit Schlägen, wie es vielleicht andere Menschen tun würden.“ Er lächelte und klopfte neben sich auf den Boden. „Nehmt doch Platz! Es wäre mir eine Freude, mehr über euch zu erfahren, während wir Speise und Trank teilen.“

Samira und Said wechselten einen Blick.

„Wir würden Eure Einladung gerne annehmen“, sagte Said zerknirscht. „Aber unsere Vorräte sind leider aufgebraucht.“

„Das macht nichts“, meinte Ileas. „Ich habe genug für uns alle.“ Er erhob sich, ging zu seinem Esel und lud einen Teil des Gepäcks ab. Er hatte sogar einen Teppich, den er auf dem Boden ausbreitete, damit sie es bequemer hatten. Auch Abdul verlor seine Zurückhaltung, als er sah, welche Köstlichkeiten Ileas auspackte. Es gab kalten Braten, jede Menge Brot, Okraschoten und verschiedene Früchte. Ileas hatte nichts dagegen, dass Abdul sich zu ihnen setzte und an der Mahlzeit teilnahm.

„Ich hoffe, wir essen Euch nicht alles weg", sagte Samira und wischte sich über den Mund. „Offenbar habt Ihr Euch Vorräte für einige Wochen besorgt und deswegen einen weiten Weg auf Euch genommen."

„So ist es", bestätigte Ileas. „Aber zerbrich dir deswegen nicht den Kopf. Ich lebe allein und bin sehr genügsam. Ich teile mein Essen gerne mit euch. Es passiert nicht oft, dass ich bei einer Mahlzeit Gesellschaft habe." Er musterte Abdul. „Du bist ein Dschinn, nicht wahr?"

„Woran sieht man das?" Abdul verschluckte sich an einem Stück Braten, und Said klopfte ihm auf den Rücken.

Ileas lächelte nur. „Manche Dinge bleiben mir eben nicht verborgen. Du dienst dem Mädchen, richtig?"

„Na ja, dienen", brummte Abdul. „Eigentlich sind wir Freunde."

„Ihr habt schon einige Abenteuer zusammen erlebt, wie mir scheint", sagte Ileas und brach ein Stück Brot ab. „Aber die größte Gefahr steht euch erst noch bevor. Euer Vorhaben ist sehr riskant, aber mir ist bewusst, dass euch nichts davon abbringen wird." Er richtete seinen Blick auf Leika. „Euer Kamel ist weiß, auch wenn ihr versucht habt, das Fell mit Sand und Schlamm zu färben." Ileas neigte ehrfürchtig den Kopf. „Seid gegrüßt, Prinzessin Leika! Ich habe von Eurem traurigen Schicksal gehört."

Samira blieb vor Überraschung die Spucke weg. „Ihr kennt die Geschichte von der verzauberten Prinzessin? Was wisst Ihr darüber? Könnt Ihr uns mehr erzählen?"

„Gemach, gemach", bremste Ileas ihre Fragenflut. „Ihr seid nicht die Ersten, die ins Schloss des Zauberers eindringen wollen, und ich kann euch nur warnen. Bisher sind alle jämmerlich gescheitert, die den großen Magier besiegen wollten. Einige haben dabei sogar ihr Leben gelassen oder sind in ein Tier verwandelt worden, das gefangen gehalten wird." Er machte eine kurze Pause. „Ich wohne am Fuße des Bergs, auf dem sich das Nachtschloss befindet. Die Wände sind aus dunkelblauem Glas und so glatt, dass jeder abrutscht, der daran hochklettern will."

„Dann seid Ihr dieser Einsiedler!", rief Said.

Abdul sah von seinem Bratenstück auf und kniff die Augen zusammen. „Tatsächlich! Jetzt erkenne ich Euch wieder! Bitte entschuldigt, mein Gedächtnis für Gesichter ist nicht besonders gut! Ich war im Schloss, als Ihr den Zauberer einmal besuchen wolltet, aber er hat Euch gleich hinausgeworfen."

Ileas nickte. „Ich wollte es mit Güte versuchen, aber der Zauberer hat leider nicht auf meine Worte gehört." Er seufzte und richtete seine Augen zum Himmel. „Was nützt dir alle Macht der Welt, ein Keller voller Gold und Edelsteine und das Bewusstsein, dir alles herbeizaubern zu können, wenn dir das Wichtigste fehlt?"

Er machte eine Pause. Alle warteten gespannt, dass er weiterredete.

„Was ist das Wichtigste?", platzte Abdul ungeduldig heraus.

„Freundschaft und Liebe", antwortete der Einsiedler. „Aber um dies zu schätzen, musst du dein Herz öffnen. Ja, man kann sich lange ablenken, indem man seine Goldbarren zählt oder sich an die Gemeinheiten erinnert, mit denen man andere

Menschen ausgetrickst hat. Aber irgendwann kommt der Punkt, an dem die Einsamkeit so groß wird, dass sie einen beinahe erdrückt. Jeden Tag und jede Nacht wird die Last größer, du kannst dich nicht mehr freuen, sondern haderst nur noch mit dir und deinem Leben. Ich dachte, der Zauberer sei bereits an diesem Punkt angelangt, aber ich hatte mich leider geirrt." Er verstummte.

Samira dachte darüber nach, was er gesagt hatte. Malik hatte die Prinzessin entführt, damit sie ihm Gesellschaft leistete. Damit sie ihn liebte und seine Frau wurde. Und weil sein Plan nicht aufgegangen war, hatte er sie in ein Kamel verwandelt.

Als hätte Ileas ihre Gedanken gelesen, fuhr er fort: „Liebe ist ein Geschenk. Sie lässt sich nicht einfordern oder erzwingen. Das hat Malik nicht begriffen. Er ist es gewohnt, alles zu bekommen, was er will."

„Ihr lebt als Einsiedler, Ileas", warf Said ein. „Fühlt Ihr Euch niemals einsam? Hadert Ihr nicht genauso mit Eurem Schicksal wie der Zauberer?"

Ileas schüttelte den Kopf. „Mein Herz ist weit, weit offen", sagte er. „Wenn Leute vorbeikommen, habe ich ein Ohr für ihre Probleme. Ich höre ihnen zu, und manchmal kann ich ihnen einen guten Rat geben. Ich lade sie ein, mit mir zu essen, und ich biete ihnen auch ein Nachtlager an, wenn es gewünscht wird. Wenn ich dann allein bin und meinen Gedanken nachhänge, erinnere ich mich an die vielen schönen Erlebnisse und Begegnungen. Und weil ich freundlich zu meinen Gästen bin, sind sie auch freundlich zu mir. Mein Herz ist voller Liebe, und diese Liebe wird nie weniger, wenn ich sie verteile – im Gegenteil.“ Er holte tief Luft. „Ein Herz, das keine Liebe kennt, wird auf Dauer hart und krank. Und wie ein kranker Baum von schädlichen Pilzen oder Ungeziefer befallen wird, so wird auch ein krankes Herz befallen: nämlich von Hass. Und dieser Hass wird – genau wie die Liebe – nicht weniger, wenn man ihn verteilt, sondern wächst und wächst und steckt im schlimmsten Fall andere an.“

Said ließ den Kopf sinken und legte ihn auf seine Knie. Ileas berührte seine Schulter.

„Du hast schon viel Böses erfahren in deinem Leben, Said. Aber trotzdem ist dein Herz nicht verhärtet. Du hast dich um Leika gekümmert, und ihr Wohlergehen ist dir wichtig. Du bist nicht angesteckt worden.“

„Weil ich rechtzeitig von zu Hause weggelaufen bin“, murmelte Said. Seine Hände öffneten und schlossen sich zu Fäusten. „Trotz allem kann ich … kann ich meinem Pflegevater nicht verzeihen, was er mir all die Jahre angetan hat.“

„Vielleicht wirst du es eines Tages können“, meinte der Einsiedler. „Zu verzeihen, macht frei. Es macht dein Herz stark und immun gegen den Befall von Hass.“

„Darüber muss ich erst nachdenken“, erwiderte Said leise. „Es ist nicht leicht.“

„Nimm dir getrost die Zeit, die du brauchst.“ Ileas wandte sich an Samira. „Du hast mich vorhin nach Leika gefragt. Ich werde dir erzählen, was ich weiß. Vielleicht hilft es dir bei deinem Vorhaben.“

Samiras Herz klopfte schneller. Sie konnte es kaum erwarten, mehr über das Schicksal der Prinzessin und den Zauberer zu erfahren.

„Malik war sehr einsam, deswegen wollte er sich nach einer Frau umsehen", begann Ileas. „Als er der jungen und schönen Prinzessin Leika begegnete, glaubte er, das zu empfinden, was die Menschen Liebe nennen. Wer wirklich liebt, möchte normalerweise das Beste für den anderen. Malik jedoch war besessen von Leikas Schönheit und wollte sie deswegen um jeden Preis zu seiner Frau machen. Es interessierte ihn nicht, was sie fühlte und ob sie damit einverstanden war. Er entführte sie einfach und hielt sie in seinem Schloss gefangen. Und weil sie ihre Meinung nicht änderte und ihn immer noch nicht heiraten wollte, verwandelte er sie in ein weißes Kamel."

Samira nickte. So weit war ihr die Geschichte bereits bekannt.

„Viele Menschen haben Angst vor Malik, weil sie ihn für einen großen Zauberer halten", fuhr Ileas fort. „Sie wissen nicht, woher seine Macht kommt. Nun, Malik ist ein schlauer Kopf, und er besitzt viele Zauberbücher. Daher kennt er unzählige magische Sprüche und Rituale, die seine eigene natürliche Zauberkraft verstärken. Der wichtigste Besitz ist jedoch ein Kelch, der aus purem Gold besteht. Niemand weiß, wer ihn erschaffen hat, aber er ist schon viele Jahrhunderte alt. Es gibt kaum einen anderen Gegenstand, der so mächtig ist. Deswegen wird er auch der *Schicksalskelch* genannt. Seine Kraft scheint unendlich zu sein. Gießt man beispielsweise Wasser in den Kelch und bespritzt jemanden damit, so wird ein Mensch in ein Tier verwandelt und behält so lange diese Gestalt, bis der Zauber rückgängig gemacht wird."

„Malik hat die Prinzessin also mit dem Kelch verzaubert", murmelte Samira und erschauderte.

„Ja", bestätigte Ileas. „Ihr habt nur eine Chance, wenn es euch gelingt, den Kelch zu finden. Aber seid vorsichtig! In unerfahrenen Händen kann der Schicksalskelch großen Schaden anrichten. Magie hat ihren eigenen Willen. Und wenn der Kelch gewohnt ist, Böses zu bewirken, kann es sehr gefährlich sein, ihn zu benutzen."

Niemand hatte Leika kommen gehört. Samira zuckte zusammen, als das Kamel direkt hinter ihr zu sprechen anfing.

„Es stimmt. Der Zauberer hat den Kelch benutzt", sagte sie mit rauer Stimme. „Er wird im Keller des Schlosses aufbewahrt. Bevor Malik mich verzauberte, ist er zu einer Tür gegangen, hinter der eine Treppe nach unten führt. Als er wieder heraufkam, trug er den goldenen Kelch in seinen Händen. Und dann hat er … öhr mör bööhr mööööhr gröööör …" Leikas letzte Worte waren völlig unverständlich.

Samira starrte die Kamelstute an und sah die Hilflosigkeit in ihren Augen. Der Fluch hatte ihr die menschliche Sprache genommen. Leika hatte das Verbot gebrochen und über das geredet, was ihr passiert war.

Tränen rollten aus Leikas Augen. Sie bemühte sich weiter, Worte zu bilden, doch aus ihrer Kehle kamen nur Grunzen und Blöken. Es war herzzerreißend, wie sie sich anstrengte. Samira konnte nicht verhindern, dass ihre Augen ebenfalls feucht wurden. Sie hätte Leika so gerne geholfen, doch wie konnte sie die Macht des Fluches brechen?

Auch Said litt, als er Leikas Zustand sah. Er stand auf und umarmte das Kamel.

„Danke, Leika, das war ein sehr wichtiger Hinweis! Jetzt wissen wir wenigstens, wo wir den Kelch suchen müssen. Ich verspreche dir, dass wir ihn finden und du deine wahre Gestalt zurückerhältst!“

Samira nickte zustimmend, während sich ihre Kehle zuschnürte. Wilde Panik stieg in ihr hoch. Es hörte sich so einfach an, was Said zu Leika gesagt hatte. Aber er kannte Malik nicht und war ihm noch nie begegnet. Samira erinnerte sich jedoch genau an das dunkle Feuer in Maliks Augen und an seinen harten Griff, als er sie an der Schulter angefasst hatte. Damals hatte sie nicht gewusst, wer er war – und trotzdem hatte sie seine unheilvolle Kraft gespürt. Er war so mächtig … Sie kam sich schwach und klein vor. Hatten sie überhaupt eine Chance gegen ihn?

Abdul musste ihr ansehen, dass die Angst sie zu überwältigen drohte. Er fasste ihre Handgelenke und blickte ihr ins Gesicht.

„Denk dran, dass du den Sturm besiegt hast“, sagte er eindringlich. „Damit hast du uns alle überrascht, auch dich selbst. In dir steckt mehr, als du denkst! Deinetwegen ist der Falke da, und der Einsiedler ist auch nicht zufällig aufgetaucht. Du kannst Malik besiegen, davon bin ich überzeugt. Schlag ihn mit seinen eigenen Mitteln!“

So ernsthaft hatte der Dschinn noch nie mit ihr gesprochen! Samira schluckte.

„Mit seinen eigenen Mitteln?“, wiederholte sie zweifelnd.

Als sie zu Ileas blickte, lächelte dieser ihr aufmunternd zu. „Vergiss nie, dass du nicht allein bist“, sagte er. „Damit meine ich nicht nur deine sichtbaren Freunde hier.“ Er machte eine ausschweifende Handbewegung. „Es ist noch jemand da, der dich beschützt und über dich wacht.“

Automatisch tastete Samira nach der Muschel und spürte das glatte Gehäuse, das ihr schon so oft Trost gespendet hatte. Wie konnte der Einsiedler wissen, dass Djamila manchmal durch die Muschel zu ihr sprach?

Als hätte er ihre Gedanken gelesen, sagte er: „Ich sehe manche Dinge, die anderen verborgen sind. Deine Mutter war eine außergewöhnliche Frau und eine liebevolle Mutter. Ich kann verstehen, dass du sie furchtbar vermisst, Samira.“ Er machte eine kurze Pause, als würde ihn der nächste Satz Überwindung kosten. „Man muss eine besondere Gabe haben, um wahrnehmen zu können, dass sie gerade hinter dir steht und dir ihre Hand auf die Schulter gelegt hat.“

„Wie? Sie ist da?“ In freudiger Erwartung drehte sich Samira um. Doch sie konnte nur Said und Leika sehen, die immer noch dicht beieinanderstanden. Leika wirkte sehr traurig.

„Da ist niemand sonst.“ Samiras Stimme klang gepresst. Sie konnte ihre Enttäuschung kaum verbergen.

„Du kannst sie zwar nicht sehen, aber ich versichere dir, dass sie bei dir ist“, beteuerte der Einsiedler.

Samira wusste nicht, ob sie ihm glauben sollte oder nicht. Trotzdem stellte sie fest, dass ihre Angst verschwunden war.

Statt Panik fühlte sie Zuversicht. Abdul hatte recht, sie hatte den Sturm besiegt und war dabei über sich hinausgewachsen. Und sie war nicht allein! Zusammen konnten sie das Unmögliche schaffen!

Als sich der Esel Lounis genug ausgeruht hatte und bereit war, den Marsch fortzusetzen, brachen sie auf. Samira suchte den Himmel nach dem Falken ab, aber der Vogel war verschwunden. Hieß das, dass sie ihn nicht mehr brauchten und sich ganz der Führung des Einsiedlers anvertrauen sollten?

Es musste wohl so sein, trotzdem spürte Samira eine leise Trauer darüber, dass der Bote ihrer Mutter nicht mehr da war.

Auch Leika trauerte wegen ihrer verlorenen Menschensprache. Ihr Gang war schleppend, und sie setzte nur zögernd ein Bein vor das andere. Said und Abdul stiegen von ihr ab und gingen zu Fuß weiter. Die Gruppe musste sich ohnehin an das Tempo des Einsiedlers anpassen, und dieser schien es nicht eilig zu haben. Auch Samira führte Rayan am Behelfszügel und lief neben dem Hengst her.

„Ist es noch weit?“, fragte Abdul und blieb stehen, um sich den Schweiß von der Stirn zu wischen. Er schwitzte, obwohl es inzwischen deutlich kühler geworden war. Es gab immer mehr Bäume und Sträucher, und der Boden war mit grünem

Gras bedeckt. In der Ferne erhob sich eine Gebirgskette, von der jedoch nicht viel zu sehen war, weil die Wolken so tief hingen.

„Was für den einen weit ist, ist für den anderen nah“, antwortete Ileas. „Aber wenn du es genau wissen willst: Wir werden mein Heim erreichen, bevor die Nacht hereinbricht.“

Abdul brummte etwas Unverständliches. Immerhin hatten sie jetzt einen Anhaltspunkt. Das Nachtschloss würden sie heute wohl nicht mehr erreichen, denn wenn der Einsiedler am Fuße des Berges wohnte, dann stand ihnen noch ein anstrengender Aufstieg bevor, der schlecht bei Dunkelheit zu bewältigen war. Samira war unwillkürlich erleichtert. Gut, dass noch eine Nacht verging, bevor sie dem Zauberer begegnen würden!

„Natürlich seid ihr meine Gäste“, sagte Ileas, der wieder Samiras Gedanken zu erraten schien. „Meine Hütte ist zwar klein, aber wir werden alle darin Platz finden. Leika und Rayan können im Stall bei meinem Esel schlafen. Er freut sich immer über Gesellschaft.“

Samira warf einen skeptischen Blick auf Lounis, der gleichmäßig dahintrottete. Bisher hatte er nicht den Eindruck gemacht, dass er sich für Rayan oder Leika interessierte. Aber eine Nacht würden die drei schon zusammen überstehen.

Said unterhielt sich während des Fußmarsches angeregt mit dem Einsiedler, und Abdul folgte den beiden schweigend. Samira bildete mit Rayan das Schlusslicht und versuchte, einen Plan für das morgige Abenteuer zu machen. Doch ihre Gedanken drifteten ständig ab, weil sich wieder die Angst in ihren Kopf geschlichen hatte. Sie zwang sich, sich zu konzentrieren. Ileas hatte gesagt, dass die Wände des Nachtschlosses aus dunklem Glas bestanden, und von Abdul wusste sie, dass das Gelände von einer hohen Mauer umgeben war, die mit einem Zauber gesichert war. Es schien unmöglich zu sein, sich unbemerkt einzuschleichen. Nicht einmal Abdul würde das fertigbringen, und er war immerhin ein Dschinn! Samira nagte an ihrer Unterlippe. Wer sollte überhaupt mitkommen? Said? Leika? Wären sie bei der Aktion hilfreich, oder würde sie ihre Freunde nur unnötig einer Gefahr aussetzen?

Es war wichtig, dass sie an den Schicksalskelch kam. Sie musste ihn entwenden, und dann konnte sie das Kamel in eine Prinzessin zurückverwandeln.

Schweren Herzens beschloss sie, nur Abdul in der Flasche mitzunehmen. Malik hatte ihr damals angeboten, dass sie sich immer an ihn wenden könnte. Sie würde an die Schlosspforte klopfen und vorgeben, Malik um Rat wegen ihres Vaters zu fragen. Wenn sie Glück hatte, würde der Zauberer sie ins Schloss bitten und sich mit ihr unterhalten. Dann musste sie ihn irgendwie ablenken und versuchen, in den Keller zu gelangen …

Sie schluckte schwer. Es gab tausend Möglichkeiten, wie ihr Vorhaben scheitern konnte. Doch Abdul würde ihr beistehen. Er konnte jederzeit aus der Flasche herauskommen und ihr zu Hilfe eilen. Und sie hatte auch vor, den Sonnenstein mitzunehmen, auch wenn sie seine unkontrollierte Kraft fürchtete.

Aber sie hatte damit den Sturm gebändigt, und vielleicht würde sie auch dem Zauberer Einhalt gebieten können, falls dieser sie angriff. Der Anhänger mit dem Smaragd hing an einer goldenen Kette. Sie würde sie sich umhängen und unter ihrer Kleidung verstecken.

Samira war so beschäftigt, sich alles genau auszumalen, dass sie gar nicht bemerkte, wie sich die Landschaft allmählich veränderte. Sie wurde erst aufmerksam, als der Weg plötzlich leicht anstieg.

Als sie den Kopf hob, sah sie zu ihrem großen Erstaunen, dass sie am Fuße eines Berges angelangt waren. Eine dicke Wolkendecke schwebte über ihren Köpfen, aber darüber, in großer Höhe, konnte man den Gipfel des Berges erkennen und die Umrisse des mächtigen Nachtschlosses erahnen. Es musste ein gewaltiges Bauwerk sein!

Samiras Mut fiel in sich zusammen wie eine Pyramide aus Spielkarten. Sie würde Malik nie besiegen können. Ihr Plan war einfach nur lächerlich!

Da spürte sie Rayans warme Nüstern in ihrem Nacken. Sie wandte sich um und schmiegte sich an seinen Hals. Es tat gut, seine Kraft und seine Muskeln zu spüren. Er war so stark – und trotzdem hatte er sie auf seinem Rücken geduldet und nicht abgeworfen, obwohl Tarik immer behauptet hatte, der Einzige zu sein, der den Hengst reiten konnte. Samira erinnerte sich daran, wie sie und Abdul Said aus dem Gefängnis befreit hatten. Sie hatten ein ganzes Lager in Schlaf gelegt, um Leika unbemerkt mitzunehmen.

Sie hatte Dinge getan, die sie sich früher nie hatte träumen lassen. Und sie waren ihr gelungen!

Samira atmete tief durch.

„Es kann klappen!“, murmelte sie. „Wir brauchen nur etwas Glück!“

Das Nachtschloss

Die Hütte des Einsiedlers und der Stall sahen aus, als würden sie beim ersten kräftigen Windstoß in sich zusammenfallen. Doch sie hatten schon viele Unwetter und auch Schneestürme überstanden, wie Ileas behauptete.

Die Hütte bestand aus einem einzigen Raum mit einer Feuerstelle. Hier wurde gekocht, gewohnt und geschlafen. Ileas Bett war nicht mehr als eine schmale Holzpritsche. Seine wenigen Kleider hingen an einem Haken an der Wand. Wasser trug er aus einem kleinen Bach herbei, der unweit von der Hütte vom Berg herabfloss. In einem kleinen Verschlag bewahrte er seine Vorräte auf.

Samira half dem Einsiedler beim Abladen und Verstauen seiner Einkäufe, während sich Said im Stall um die Tiere kümmerte. Abdul sorgte inzwischen dafür, dass das Feuer in der Hütte ordentlich brannte. Er setzte einen Kessel mit Wasser auf, schnippelte Gemüse, und kurz darauf duftete es herrlich nach leckerem Eintopf.

„Ich wusste gar nicht, dass du so gut kochen kannst, Abdul“, sagte Samira, als sie etwas später auf dem Boden saßen und jeder aus einer Schale aß.

Der Dschinn verdrehte die Augen. „Ich habe während meiner Zeit bei Malik auch kochen müssen, nachdem die Küchenmagd verschwunden war. Und glaub mir – der Zauberer war sehr, sehr anspruchsvoll!"

Samira wäre es lieber gewesen, er hätte Malik nicht erwähnt, denn sogleich schien sich ein großer Knoten in ihrem Magen zu bilden. Dabei war es so ein gemütlicher Augenblick: Die Holzscheite im Feuer knackten, und die Wärme der Hütte war eine Wohltat nach der langen Wanderung. Draußen pfiff mittlerweile ein sehr kalter Wind vom Gebirge herab.

„Also", Said setzte seine leere Schale ab, „hast du schon eine Idee, wie wir morgen vorgehen?"

Samira räusperte sich und erklärte stockend ihren Plan. Said protestierte sofort, als er hörte, dass er nicht mitkommen sollte.

„Ich kann ja verstehen, dass Leika im Stall besser aufgehoben ist. Aber du glaubst doch nicht im Ernst, dass ich dich allein ins Schloss gehen lasse? Du hast mich aus dem Gefängnis geholt, obwohl du mich überhaupt nicht kanntest. Inzwischen sind wir Freunde, und da soll ich dich einfach im Stich lassen? Kommt gar nicht infrage!"

„Aber ich will nicht, dass du in Gefahr gerätst", fauchte Samira. „Außerdem kannst du mir nicht helfen. Du kannst ja nicht zaubern!"

„Aber vielleicht kann ich dich anderweitig unterstützen", beharrte Said. „Beispielsweise den Zauberer ablenken. Oder den Kelch stehlen. Du musst nicht denken, dass nur du das kannst."

Sie starrten einander wütend an. Schließlich lenkte Samira ein. Sie war einfach zu müde, um sich mit Said zu streiten.

In der Nacht hatte Samira einen grässlichen Traum, an den sie sich am nächsten Morgen nur noch verschwommen erinnern konnte. Nach dem Frühstück brach sie zusammen mit Said auf. Abdul, der den anstrengenden Aufstieg scheute, hatte sich bereits in seine Flasche zurückgezogen. In einem unbeobachteten Augenblick hatte Samira den Sonnenstein an sich genommen. Sie hatte den anderen nichts davon gesagt, weil sie sich nicht wieder die endlosen Warnungen des Dschinns anhören wollte.

Ileas wünschte ihnen viel Glück und segnete sie vor dem Aufbruch. Samira rannte noch schnell in den Stall, um sich von Rayan und Leika zu verabschieden. Sie hatte ein mulmiges Gefühl im Bauch. Ob sie die beiden wiedersehen würde?

Auch Said tätschelte Leika ein letztes Mal. „Sei nicht mehr traurig“, sagte er zu ihr. „Wenn alles klappt, bist du bald erlöst.“

Leika gab einen Laut von sich, der wie ein Seufzer klang.

Dann brachen sie auf. Der Pfad, der vor ihnen war, war schmal und steinig. Bald wurde der Weg steiler, und Samira geriet rasch außer Atem. Obwohl sie am liebsten den Berg hinaufgerannt wäre, musste sie ihr Tempo verlangsamen, anders war der Aufstieg nicht zu bewältigen. Schon nach einer halben Stunde waren sie von einer Wolke umgeben, und sie mussten dicht beieinanderbleiben, weil sie sich sonst verloren hätten. Die Sicht reichte nur ungefähr einen Meter weit.

Es war unheimlich, wenn Felsen plötzlich wie aus dem Nichts vor ihnen auftauchten. Die feuchte Luft drang in ihre Kleidung und ließ sie schon nach kurzer Zeit frösteln. Aber schließlich hatten sie die Wolkendecke überwunden. Die Luft wurde klar, und sie sahen den Weg wieder deutlich vor sich. Gezackte Felsen säumten den Pfad, der immer anspruchsvoller wurde. Manchmal war er so schmal, dass sie sich dicht an den Berg drücken mussten, während auf der anderen Seite ein tiefer Abgrund gähnte. Der Boden wurde feucht und rutschig. Schließlich mussten sie über eine Schneedecke laufen, und es wurde so glatt, dass sie bei jedem Schritt Angst hatten, abzustürzen. Jetzt war Samira doch sehr dankbar für Saids Begleitung. An schwierigen Stellen hielten sie sich an den Händen und gaben einander Halt.

Samira war völlig erschöpft, und ihre Beine fühlten sich schwer wie Blei an, als sie nach Stunden den Gipfel erreichten. Vor ihnen ragte das Nachtschloss mit seinen dunkelblauen Mauern auf. Die fünf hohen Türme hatten goldene Kuppeln. Samira musste ihre Augen beschirmen, weil der Glanz sie blendete. Es war ein wunderschönes Bauwerk und sehr beeindruckend. Vermutlich war das Schloss größer und prächtiger als der Palast eines Kalifen.

Said starrte bewundernd auf das Gebäude. „Hier würde ich auch gerne wohnen. Du nicht?“

Samira schüttelte den Kopf. Sie dachte an die Hütte des Einsiedlers, in der sich nur das Notwendigste befand. Das Schloss mochte noch so herrlich sein – Samira hätte jederzeit eine einfache Behausung vorgezogen. Sie hatte nicht vergessen, dass hinter den gläsernen Mauern ein böser Zauberer lebte, der kein Erbarmen kannte. Prinzessin Leika hatte sich auch nicht von der Pracht blenden lassen. Sie hatte gewusst, dass sie keine frohe Minute mehr haben würde, wenn sie Malik heiratete.

„Das Schloss wäre mir viel zu groß", antwortete Samira. „Wie einsam muss man sich fühlen, wenn man ganz allein darin wohnt." Sie griff nach Saids Hand, denn ihr Herz schlug vor Aufregung und Angst bereits schneller. „Komm, wir suchen den Eingang."

Wie Abdul gesagt hatte, umgab eine etwa mannshohe Mauer die Schlossanlage. Sie wirkte so, als könnte man durchaus darüberklettern, aber weder Said noch Samira wollten einen Versuch riskieren. Sicher war sie mit einem Abwehrzauber versehen!

Schließlich fanden sie auf der Südseite der Mauer eine Pforte mit einem goldenen Türklopfer.

Sie wechselten einen bangen Blick.

„Na gut, es geht los!" Samira holte tief Luft, hob den Türklopfer an und ließ ihn fallen.

Ein dumpfes Dröhnen ertönte, so laut, dass sogar der Boden zitterte, auf dem sie standen. Der Lärm war unüberhörbar, dabei hatte Samira kaum Kraft aufgewandt.

Sie warteten. Nach etwa einer Minute schwang die Pforte auf. Es war niemand zu sehen. Zögernd betraten sie den Park.

Der Garten war völlig ungepflegt. Die Pflanzen wuchsen kreuz und quer durcheinander. Alles war voller stacheliger Disteln. Unkraut überwucherte den Kiesweg, der zum Schloss führte. In dem Gewächshaus mit den Giftpflanzen, von dem Abdul berichtet hatte, waren etliche Glasscheiben zerbrochen.

„Um den Park scheint sich niemand zu kümmern", meinte Said.

Samira hatte eine Voliere erspäht, in der eine schneeweiße Eule traurig auf einem Ast hockte. Als die Eule die Besucher sah, schlug sie ein paar Mal mit ihren Flügeln.

„Ob das wirklich die verzauberte Küchenmagd ist?", fragte Samira. Sie konnte ihren Blick kaum von dem Tier losreißen.

„HERZLICH WILLKOMMEN IN MEINEM NACHTSCHLOSS!"

Samira erschrak bis ins Mark, als hinter ihnen plötzlich eine Stimme ertönte. Sie fuhren herum.

Vor ihnen stand der Zauberer Malik. Er war in einen purpurfarbenen Umhang aus Samt gehüllt und trug einen Turban aus dem gleichen Stoff. An der Stelle, wo bei Tarik der Smaragd saß, glänzte ein hühnereigroßer Rubin.

Maliks Augen schienen Samira zu durchbohren, als er sich leicht vor ihr verneigte.

„Es freut mich sehr, dass du den Weg zu mir gefunden hast, Samira, meine schöne Wüstenrose!", säuselte er. „Ich habe lange auf dich gewartet, aber meine Geduld hat sich gelohnt. Zwar habe ich nicht erwartet, dass du in Begleitung bist, aber der junge Mann ist mir natürlich ebenfalls willkommen." Seine Augen blieben hart und dunkel, und Samira spürte, dass er log.

„Danke", murmelte Said.

„Wie ist dein Name, Jüngling?", fragte Malik.

„Ich heiße Said und helfe Samira bei der Suche nach ihrem Vater", antwortete Said.

„Sehr lobenswert", meinte der Zauberer. „Samira kann bestimmt jede Hilfe brauchen. Es ist schlimm, wenn man plötzlich von einem Elternteil im Stich gelassen wird. Aber Tarik ist seit drei Jahren Witwer, wie ich gehört habe, und man kann verstehen, dass er sich langsam wieder nach einer Frau umsieht.

Eine Tochter kann da manchmal im Weg sein."

Samira fühlte unbändige Wut in sich hochsteigen. Sie wusste, dass Malik log. Trotzdem hatte sie große Lust, ihm ins Gesicht zu brüllen, dass Tarik der beste Vater war, den man sich vorstellen konnte. Er würde sie niemals unter einem Vorwand verlassen!

Said schien zu spüren, was in ihr vorging, und legte ihr beruhigend die Hand auf den Arm. Malik bemerkte die Geste und lächelte schief.

„Wie treu dir dein Begleiter doch ergeben ist", spottete er. „Ein sehr höflicher und einfühlsamer junger Mann. Was umso mehr verwundert, wenn man weiß, unter welchen Bedingungen er aufgewachsen ist."

Jetzt war es Said, der vor Zorn rot anlief. Er schnappte ein paarmal nach Luft. „Wenn Ihr so gut über mich Bescheid wisst, warum habt Ihr mich dann nach meinem Namen gefragt? Ja, ich hatte eine schlimme Kindheit, aber Euch ist es wohl auch nicht viel besser ergangen, sonst wäret Ihr nicht der, der Ihr heute seid!"

Es war eine kühne Behauptung, aber sie schien ins Schwarze zu treffen. Maliks Blick flackerte kurz, dann hatte er sich wieder im Griff. Er tat so, als habe er Saids Bemerkung nicht gehört, und lächelte wieder sein falsches Lächeln.

„Kommt herein ins Schloss! Sicher seid ihr nach dem langen Aufstieg hungrig und durstig. Meine Köchin hat heute zwar ihren freien Tag, aber in meiner Küche findet sich immer etwas Essbares." Er machte eine einladende Handbewegung und ließ Samira und Said zum Schlossportal vorausgehen.

Sie betraten die Eingangshalle. Schlanke Säulen aus blauem Glas, verziert mit goldenen Ornamenten, stützten die gewölbte Decke, an der unzählige kleine Lichter funkelten. Man bekam den Eindruck, sich unter dem Sternenhimmel zu befinden. Weiter ging es einen breiten Flur entlang. An den Wänden hing eine Reihe von Porträts, Männer und Frauen mit strengen Blicken. Sie sahen sehr lebensecht aus, und Samira wurde das Gefühl nicht los, von ihnen beobachtet zu werden. Während sie noch eine Frau betrachtete, die eine entfernte Ähnlichkeit mit ihrer Mutter hatte, ertönte ein bedrohliches Grollen.

Samira, deren Nerven ohnehin schon aufs Äußerste angespannt waren, zuckte zusammen. Ein schneeweißer Leopard kam ihnen entgegen. Er fletschte seine langen, spitzen Zähne. Said stellte sich sofort schützend vor Samira, und Malik lachte.

„Sieh an. Du spielst ihren Beschützer! Wie zuvorkommend von dir.“ Seine Stimme troff vor Hohn. „Glaubst du, dass sie sich freut, wenn mein Kätzchen dich zerreißt? Ein Wort genügt, und Hadi springt dir an die Kehle!“

Samira und Said waren starr vor Schreck und wagten nicht, sich zu bewegen. Hadi schob sich an ihnen vorbei, blieb vor dem Zauberer stehen und leckte ihm die Hand. Malik kraulte das Tier zwischen den Ohren.

„Ja, du bist ein guter Junge! In dieser Gestalt gefällst du mir viel besser als früher, und jetzt kommst du auch brav deinen Pflichten nach“, lobte er den Leoparden.

Samira überlief ein Schauder. Auch dieses Tier war offenbar ein verwandelter Mensch, den Malik per Magie zu seinem

Sklaven gemacht hatte. Wie viele verzauberte Geschöpfe gab es noch in diesem Schloss? Anscheinend machte der Zauberer kurzen Prozess mit den Leuten, die ihm nicht gefielen oder gehorchten. Wenn Samira und Said Pech hatten, würden sie ebenfalls in Maliks bizarrem Zoo enden …

Nun ging Malik mit dem Leoparden voraus und führte seine Gäste in einen großen, mit Kerzen erleuchteten Raum. Vergoldete Spiegel zierten die Wände, und es gab mehrere prachtvolle Diwane, die zum Sitzen oder Liegen einluden.

„Nehmt doch Platz und ruht eure müden Beine aus“, säuselte der Zauberer. „Wollt ihr einen Tee?“

„Ja, bitte“, sagte Said, während Samira gleichzeitig antwortete: „Nein, danke!“

Malik lächelte nur schief. „Oh, da hat jemand wohl Angst vor Gift!“

Samira spürte, wie sie errötete. Natürlich hatte sie daran gedacht, dass der Zauberer ihnen etwas in den Tee schütten würde – ein Schlafmittel oder Schlimmeres.

„Niemand zwingt dich, zu trinken, Wüstenrose“, meinte Malik. „Aber vielleicht überlegst du es dir ja anders, wenn du erst einmal meinen wundervollen Jasmintee riechst.“ Er schnippte mit den Fingern, und sogleich schwebten zwei goldene Tassen und eine Teekanne herbei. Die Kanne goss vor ihren Augen den Tee in die Tassen ein, dann bewegten sich diese durch die Luft bis vor Samira und Said. Ein verführerischer Duft nach Frühling und blühenden Sträuchern stieg ihnen in die Nase, und automatisch streckte Samira ihre Hand aus, genau wie Said.

„Sehr gut“, gurrte der Zauberer. „Es war unterwegs sehr kalt, nicht wahr? Der Tee wird euch wärmen!“

Samira hatte die Tasse schon an die Lippen gesetzt, als ihr Blick auf ein Tischchen fiel. Darauf stand ein Terrarium aus Glas, in der sich eine schneeweiße Schildkröte befand. Sie streckte gerade ihren bleichen Hals aus, um nach einem Salatblatt zu schnappen. Samira sah die Verzweiflung in ihren Augen. Die Tasse fiel ihr aus der Hand, der Tee spritzte über den Fußboden und die dicken Teppiche.

„Zur Hölle!“, brauste Malik auf. „Was soll das?“ Doch gleich darauf hatte er sich wieder im Griff. „So ein kleines Malheur kann ja mal passieren“, sagte er mit falscher Freundlichkeit. „Das macht nichts!“ Eine Handbewegung genügte, ein Lappen flog herbei und wischte die Flüssigkeit auf. Auch die Nässe auf den Teppichen verschwand. Die goldene Tasse erhob sich von allein in die Luft, ließ sich neuen Tee einschenken und tanzte dann erneut zu Samiras Gesicht, um ihr den Duft in die Nase steigen zu lassen. Diesmal konnte sich Samira beherrschen und ignorierte die Tasse.

„Eure Kunststücke sind sehr beeindruckend“, sagte sie und nahm all ihren Mut zusammen. „Aber wir sind nicht hier, um Eure Zaubereien zu bewundern. Ihr habt Euch in der Herberge *Zum Sanften Abendwind* mit meinem Vater getroffen. Vielleicht wisst Ihr etwas über den Teppich, den er gesucht hat.“

Malik lachte. „Was interessiert mich dieser Teppich? Hier liegen genug andere herum. Warum sollte ich mich mit deinem Vater darüber unterhalten?“

„Weil es ein besonderer Teppich ist“, entgegnete Samira. „Ich bin sicher, dass mein Vater mit Euch darüber geredet hat.“

„Und selbst wenn, wie hilft dir das weiter?“

Samiras Herz begann, vor Aufregung schneller zu schlagen. Bisher war vor allem Leika der Grund gewesen, das Schloss zu betreten, aber jetzt schien es so, als würde Malik tatsächlich auch etwas über den geheimnisvollen Teppich wissen. Neue Hoffnung keimte in ihr auf. Vielleicht konnten sie nicht nur Leika erlösen, sondern auch einen wichtigen Hinweis finden, was Tarik betraf.

„Was wisst Ihr über den Teppich?“, bohrte sie nach.

„Er ist besonders wertvoll, weil er fliegen kann“, antwortete Malik lächelnd.

„Das ist nicht alles.“ Samira holte tief Luft. „Ist es der *Tag-und-Nacht-Kelim*, den mein Vater sucht?“

Sie sah, wie Malik vor Überraschung zusammenzuckte. Doch gleich darauf hatte er sich wieder unter Kontrolle. Seine Augen wurden schmal, als er amüsiert lächelte. „Ich glaube, dieser besondere Teppich ist für dich und deinen Vater eine Nummer zu groß! Ich weiß nicht, was man dir über den Kelim erzählt hat, aber seine Macht ist unvorstellbar groß. Unzählige Menschen, die nach ihm gesucht haben, sind nicht lebend zurückgekehrt.“

Samira schluckte. Stimmte das? Oder wollte Malik ihr nur Angst einjagen?

„Wenn es dir darum geht, durch die Luft zu fliegen, dann geht das auch anders, Wüstenrose?“, fuhr der Zauberer fort. „Das kann ich dir auch bieten, ohne dass ich dazu einen Teppich benötige. Prinzessin Leika könnte das bezeugen, obwohl ihr der Flug nicht sonderlich bekommen ist und sie die meiste Zeit ohnmächtig war. Aber leider können wir jetzt nicht mit ihr reden, denn sie hat es vorgezogen, mich zu verlassen." Seine Stimme nahm einen scheinbar traurigen Tonfall an. „Dabei habe ich ihr angeboten, dass ich all diese Herrlichkeiten hier mit ihr teile. Dummes Ding!" Er machte eine kurze Pause, dann trat er einen Schritt näher auf Samira zu. Seine Augen in der Farbe von dunklem Bernstein waren wie Magnete. „Ich hoffe, du bist klüger, Wüstenrose. Gemeinsam steht uns die Zukunft offen. Ich kann dir all deine Wünsche erfüllen – und ja, ich würde sogar mit dir nach deinem Vater suchen."

Er lügt, schoss es Samira durch den Kopf. *Das sagt er nur, um mich einzuwickeln.*

Sein Blick verwirrte sie, und es war ihr fast unmöglich, einen klaren Gedanken zu fassen. *Der Schicksalskelch*, versuchte sie, sich zu erinnern, *ich muss ihn finden. Ich muss irgendwie in den Keller gelangen!*

Ein Geräusch ließ sie herumfahren. Said war in sich zusammengesunken. Die Tasse glitt ihm aus der Hand, aber es war kein Tee mehr darin. Wie hatte Said ihn nur trinken können! Hatte er wirklich gedacht, das Getränk sei harmlos? Oder hatte Maliks Macht ihn den Tee trinken lassen – genauso, wie sie auch Samira fast dazu verleitet hätte?

„Wie schön!", sagte Malik und grinste. „Keine Sorge, dein Freund schläft nur ein bisschen. Jetzt können wir ungestört miteinander reden."

Samiras Kehle wurde eng. Es lief nicht so, wie sie es sich vorgestellt hatte. Ihr durfte jetzt kein Fehler mehr unterlaufen, sonst war sie verloren.

„Euer Schloss ist wirklich sehr schön!“, sagte sie gepresst. „Also jedenfalls alles, was ich bisher gesehen habe. Aber es gibt doch noch viel mehr Zimmer, oder? Habt Ihr einen Arbeitsraum? Oder sogar eine Sternwarte? Wo bewahrt Ihr Eure Vorräte auf? Denn sicher will Eure Köchin nicht jeden Tag einkaufen!“

„Gut mitgedacht, Wüstenrose“, meinte Malik. „Das gefällt mir. Du weißt offenbar, wie man einen Haushalt führen muss. Da muss ich deinem Vater dankbar sein. Komm mit, ich zeige dir das ganze Schloss.“

Obwohl es Samira schwerfiel, Said mit dem Leoparden zurückzulassen, folgte sie dem Zauberer. Er führte sie in die riesige Küche mit der großen Feuerstelle, den unzähligen Regalen und den blank geputzten Kupferkesseln. Samira tat so, als sei sie beeindruckt. Danach stiegen sie eine lange Wendeltreppe in einen der Türme empor, und Malik zeigte ihr verschiedene Wohn- und Schlafräume, einer prächtiger als der andere.

„Wenn du dich entscheidest, hierzubleiben, kannst du dir das schönste Zimmer aussuchen“, bot er ihr an. „Und ich verspreche dir, dass du nichts entbehren wirst.“

Nichts außer der Freiheit, dachte Samira, tat aber so, als dächte sie ernsthaft über das Angebot nach.

Nachdem sie auch den zweiten Turm besichtigt hatten und Samira der Kopf bereits schwirrte von all den glitzernden und glänzenden Räumen, fragte sie:

„Euer Schloss ist aus Glas gebaut, aber wie steht es mit dem Fundament? Glas scheint mir kein besonders fester Baustoff zu sein. Wer sagt mir, dass das Schloss nicht in sich zusammenfällt, falls einmal ein Erdstoß den Berg erschüttert?“

„Kluges Mädchen, du machst dir anscheinend wirklich Gedanken! Ich versichere dir, mein Schloss steht auf einem guten Fundament. Der Keller ist fest gemauert. Wenn du willst, kannst du dich mit eigenen Augen davon überzeugen.“

„O ja, bitte“, sagte Samira nur und spürte erneut, wie ihr Herz zu rasen anfing. Nahm der Zauberer ihr die Rolle der fügsamen Bewunderin ab?

Sie betraten wieder den großen Raum im Erdgeschoss. Said lag immer noch schlafend auf einem der Diwane, bewacht von dem weißen Leoparden. Samira fühlte einen Stich in ihrer Brust. Instinktiv griff sie nach der Muschel und berührte dabei versehentlich den Sonnenstein, der unter ihrer Kleidung verborgen war. Ein plötzlicher Kraftstoß durchfuhr ihren Körper, und einen Moment lang flackerten alle Kerzen im Raum.

Malik, der eben zu einer Tür gehen wollte, die mit dem Spiegel und den Schnitzereien aussah, als sei sie nur ein Teil der Wand, fuhr herum. „Was war das?“

Der Leopard war auf seine Füße gesprungen, alle Muskeln angespannt, und knurrte.

„Keine Ahnung!“, sagte Samira, während sich vor Schreck ein eisiges Gefühl in ihr ausbreitete. „Vielleicht bin ich auf etwas Magisches getreten?“ Sie schluckte heftig, und ihre Stimme zitterte, als sie hinzufügte: „Hier gibt es doch sicher eine Menge magischer Gegenstände, oder nicht?“

Malik stutzte kurz, dann lachte er. „Netter Versuch! Glaubst du denn, ich weihe dich in meine Geheimnisse ein? Du bist ein aufgewecktes Mädchen, Wüstenrose, aber die Zauberkunst ist absolut nichts für dich!“

Wenn du dich da nicht irrst!, dachte Samira, während sie eine harmlose Miene aufsetzte.

Der Zauberer zog nun einen großen Schlüssel aus seinem Gewand und sperrte die Tür auf, die knarrend aufschwang. Ein dunkler Treppenabgang lag vor ihnen. Malik murmelte ein unverständliches Wort, daraufhin wurde die finstere Treppe von mehreren Fackeln erhellt.

„Komm mit!“, forderte der Zauberer Samira auf und stieg die Stufen hinab. Sie folgte ihm mit weichen Knien.

Ich muss es tun!, sagte sie sich insgeheim immer wieder, denn am liebsten wäre sie umgekehrt und hätte die Tür einfach zugeschlagen. *Ich muss den Schicksalskelch finden, koste es, was es wolle!*

Der Schicksalskelch

An der Wand hingen einige Käfige. Die meisten waren leer, aber in einem entdeckte Samira eine weiße Nachtigall. Der Vogel saß traurig auf der Stange und sah sie mit Hilfe suchendem Blick an.

Ein weiteres Opfer von Malik!, schoss es Samira durch den Kopf. Sie wünschte sich so sehr, alle verzauberten Tiere erlösen zu können, wenn sie erst einmal im Besitz des Kelchs wäre.

Der Weg in die Tiefe schien kein Ende zu nehmen. Mehrmals gelangten sie auf einen Absatz, an dem sich die Treppe teilte und Stufen nach links und nach rechts hinunterführten. Samira hatte den Eindruck, dass sie sich schon im Innern des Berges befanden. Das war kein gewöhnlicher Keller, sondern ein riesiges unterirdisches Labyrinth! Wie sollte sie da einen Kelch finden? Es gab unzählige Möglichkeiten, diesen Gegenstand irgendwo zu verstecken! Alles zu durchsuchen, würde Jahre dauern! Mutlosigkeit wollte sie überwältigen, aber sie biss die Zähne zusammen und verdrängte den Gedanken, dass all ihre Bemühungen aussichtslos waren.

Schließlich hatten sie die unterste Ebene erreicht. Es roch modrig, und die Luft fühlte sich feucht an.

„Bist du nun zufrieden?“ Malik wandte sich um. Im Schein der flackernden Fackeln wirkte sein Gesicht dämonisch. „Das

Fundament ist stabil. Du brauchst keine Angst zu haben, dass mein Schloss über deinem Kopf zusammenkracht."

„Sehr beeindruckend", wiederholte Samira die Worte, die sie schon bei der Besichtigung der Türme verwendet hatte.

„Also kannst du dir vorstellen, fortan hier zu wohnen?", wollte der Zauberer wissen.

Nie im Leben!, dachte Samira, aber sie nickte. „Ich muss mich zwar erst an den Gedanken gewöhnen, aber warum nicht?"

Malik lächelte. „Dein kleiner Freund kann auch bleiben und sich um den Garten kümmern. Du hast gesehen, wie verwahrlost der Park ist. Mein Gärtner hat mich leider vor einigen Monaten im Stich gelassen."

Samira glaubte ihm kein Wort. Wahrscheinlich war der Gärtner in eines der Tiere verwandelt worden und fristete jetzt sein Dasein in einem Käfig oder einem Terrarium.

„Lass uns wieder nach oben gehen", meinte der Zauberer. „Du hast ja gesehen, was du sehen wolltest." Ohne eine Antwort abzuwarten, wandte er sich um und ging in Richtung Treppe.

Das war Samiras Chance! Sie nutzte den Augenblick, um in einen der Gänge einzubiegen und wegzurennen. Das Herz schlug ihr bis zum Hals.

Viel zu schnell erklang Maliks Stimme: „Wo bist du, Wüstenrose? Soll das ein Spiel sein? Das ist nicht lustig!"

Wie verräterisch ihre Schritte auf dem Steinboden klangen! Sie blieb stehen und drückte sich an die Wand, bemüht, ihren Atem unter Kontrolle zu bringen. Während sie fast im Finstern stand, hörte sie, wie Malik herumlief und nach ihr suchte. Ängstlich griff sie nach der Muschel. War es ein Fehler gewesen, wegzulaufen? Wie sollte sie den Schicksalskelch finden, wenn sie nicht einmal Licht hatte?

Auf einmal stieg ein dünner Rauchfaden zu ihr empor. Er wurde größer und breiter und formte sich zu einer Gestalt. Abdul! In all der Aufregung hatte Samira gar nicht mehr an den Dschinn gedacht, der jetzt aus seiner Flasche kam.

„Ich schätze, dass du Hilfe brauchst", flüsterte Abdul. „Ich werde Malik ein wenig verwirren."

Er verwandelte sich vor ihren Augen in eine Kopie von ihr. Ob sie gelungen war, konnte Samira nicht beurteilen, denn dazu war es viel zu dunkel.

„Such du inzwischen nach dem Kelch!", raunte er. Dann entfernte er sich von ihr und rief mit verstellter Stimme: „Ich bin hier, Malik! Ich habe mich nur kurz umgedreht, aber da wart Ihr schon verschwunden! Tut mir leid, dass ich mich verirrt habe!"

Samira fand, dass ihre eigene Stimme ganz anders klang, trotzdem hoffte sie, dass Malik auf das Ablenkungsmanöver reinfiel. Sie zitterte am ganzen Körper, als sie weiterging und sich in der immer größer werdenden Dunkelheit die Wand entlangtastete. Einmal stolperte sie über eine Unebenheit im Boden und wäre fast gefallen. Wenn sie doch wenigstens einen kleinen Lichtzauber beherrschen würde!

Der Sonnenstein! Würde er helfen? Samira zögerte noch einen Moment, unsicher, ob sie ihn wirklich benutzen sollte.

„Steh mir bei, Mutter!", bat sie leise, dann zog sie die Kette unter ihrem Gewand hervor und berührte den Smaragd. Sogleich wurde der Gang gleißend hell, und Samira kniff geblendet die Augen zusammen. Sie spürte, wie die Kraft des Steins durch ihre Finger in ihren Körper floss. Die Magie schien sie ganz auszufüllen. Mit einem Mal war all ihre Angst verschwunden. Sie fühlte sich stark, fast unbesiegbar.

Sei vorsichtig!, flüsterte ihr die Stimme der Vernunft zu.

Doch Samira war so überwältigt von ihrer neuen Macht, dass sie kaum auf den Rat achtete. „Führe mich zu diesem Schicksalskelch!", murmelte sie, das Amulett in der Hand.

Das grelle Licht wurde heruntergedimmt, dafür leuchtete jetzt der Smaragd. Sein grüner Schein wurde mal stärker, mal schwächer, je nachdem, in welche Richtung sich Samira wandte. Wie ein Kompass lotste sie der magische Stein durch das Labyrinth des Kellers.

Samira war so konzentriert, dass sie nur halb den Lärm wahrnahm, der aus einem anderen Teil des Kellers drang. Malik und Abdul waren in einen heftigen Streit geraten. Hatte der Zauberer die Tarnung des Dschinns durchschaut?

„Ich werde dich in einen hässlichen Frosch verwandeln!", dröhnte Maliks Stimme durch das Gewölbe.

„Dazu müsst Ihr mich erst mal kriegen, Meister!", war Abduls freche Antwort, aber wenn man genau hinhörte, konnte man die Angst in seinem Tonfall wahrnehmen.

Einen Augenblick lang war Samira verunsichert. Sollte sie dem Dschinn zu Hilfe eilen?

Aber der Schicksalskelch! Dafür war sie schließlich ins Schloss gekommen. Sie musste ihn finden.

Vielleicht brauchte Abdul Unterstützung …

DER SCHICKSALSKELCH! Das grüne Leuchten des Smaragds verstärkte sich, drang in Samiras Kopf ein, blendete alle anderen Gedanken aus.

DER KELCH … DU BIST GANZ NAH … ER IST IN DER NÄHE … GLEICH WIRST DU IHN FINDEN …

„Hilf mir!“ Abduls Stimme wurde zu einem Röcheln. „Er hat mich … gepackt …“

Samira blieb stehen.

SCHICKSALSKELCH … KELCH … KELCH …

In ihren Schläfen begann es zu stechen. Sie starrte auf den grünen Schein, der vor ihren Augen flimmerte. War da ein Gesicht? Ihre Mutter Djamila? Warum schüttelte sie den Kopf?

Samira kam zur Besinnung. Panisch riss sie sich die Kette mit dem Sonnenstein vom Hals und schmetterte sie auf den Boden. Es gab einen entsetzlich lauten Knall, und vor ihr klaffte ein Riss in der Wand. Samira machte kehrt und lief in die Richtung, aus der Abdul gerufen hatte.

Und dann sah sie, was passiert war.

Der Dschinn kniete auf dem Boden. Malik beugte sich über ihn und hatte ihn im Schwitzkasten. Das Gesicht des Zauberers war vor Zorn verzerrt. Samira wusste, dass er zu allem entschlossen war. Er würde mit Abdul kein Erbarmen haben.

„Gnade!“, krächzte Abdul, während er vergebens versuchte, sich zu befreien. „Ich tu alles …“

„Zu spät!“ Malik lachte ein hässliches Lachen. „Gleich bist du eine Kakerlake, und ich werde dich mit Freude zertreten!“

„NEIN!“, schrie Samira. „SOFORT LOSLASSEN!“

Der Zauberer sah auf. In Samiras Augen standen Tränen – Tränen des Zorns und Tränen des Mitleids. Sie ballte die Fäuste.

„Wie schön!“, höhnte Malik. „Jetzt kannst du zusehen, wie ich deinen Freund vernichte!“ Während er Abdul noch immer mit einem Arm gefangen hielt, hob er die freie Hand und schickte sich an, einen Zauber zu wirken.

Im selben Moment, als er magische Worte aussprach, riss Samira die Arme hoch, ihre Handflächen dem Zauberer zugewandt. Es war eine instinktive Bewegung, ausgelöst durch uraltes Wissen, das in ihr schlummerte und von dem sie bisher nicht geahnt hatte, dass sie es besaß.

Die Kraft, mit der der Smaragd ihren Körper gefüllt hatte, und Maliks Magie prallten aufeinander. Rote und grüne Blitze kreuzten sich. Malik und Abdul wurden in die Luft geschleudert, und sekundenlang wirbelten Arme und Beine durcheinander. Maliks roter Umhang schwebte wie eine Wolke unter der Decke. Dann sanken Abdul und Malik zu Boden, und der Umhang breitete sich über ihre Körper.

Die Blitze hörten auf.

Es war still. Totenstill.

Samira presste erschrocken die Hände auf den Mund. Was hatte sie getan?

Es kam ihr wie eine Ewigkeit vor, bis sie sich ein paar Schritte vorwärtswagte und den Umhang vorsichtig anhob.

Das Erste, was sie sah, war Abduls Gesicht. Er hatte den Turban verloren, und seine roten Haarsträhnen hingen ihm über die Stirn.

Als er Samira erblickte, fragte er:

„Bin ich eine Kakerlake?"

Sie schüttelte stumm den Kopf und streckte die Hand aus, um ihm aufzuhelfen. Abdul kam auf die Beine. Er wirkte unverletzt, nur etwas verwirrt.

„Wo ... wo ist der Zauberer", stammelte er.

Gemeinsam hoben sie den Umhang auf, der flach auf dem Boden lag. Von Malik war keine Spur zu sehen.

„Was hast du mit ihm gemacht?", fragte Abdul.

Samira hob die Schultern. „Ich weiß nicht."

Sie entdeckten zur gleichen Zeit eine weiße Kakerlake mit einem glitzernden roten Fleck am Kopf. Sie rannte mit großer Geschwindigkeit über den Boden und verschwand in einer Mauerritze.

„Der Zauber hat sich gegen Malik gewendet", sagte Samira, völlig geschockt von dem, was gerade geschehen war. Sie holte tief Luft. „Zum Glück ist dir nichts passiert, Abdul!"

„Weil du gerade noch rechtzeitig gekommen bist", antwortete er.

Samira nickte. Sie schämte sich, weil das Raunen des Sonnensteins sie so lange hatte zögern lassen. Wäre Djamilas Gesicht nicht aufgetaucht, dann wäre sie völlig in seinen Bann gezogen worden!

Sie schob den Gedanken beiseite. „Komm", sagte sie zu Abdul. „Lass uns jetzt diesen verflixten Kelch suchen!"

Sie brauchte den Dschinn nicht zweimal dazu auffordern. Wie ein suchender Hund nahm er die Witterung nach einem zaubermächtigen Artefakt auf, sodass Samira stutzte.

„Sag bloß, du kannst Magie riechen?!"

„Wenn sie stark genug ist“, erwiderte Abdul. „Wir Dschinn verfügen über einen sogenannten achten Sinn, denn es ist wichtig, rechtzeitig gewarnt zu sein, wenn irgendwo Zauberei stattfindet. Leider ist dieser Sinn bei mir nicht besonders gut ausgeprägt, aber den Kelch werde ich schon finden.“

Samira verdrehte die Augen. *Hoffentlich!*, dachte sie. Manchmal hatte sie den Eindruck, dass Abdul gerne ein wenig angab.

Sie folgte dem Dschinn, der kreuz und quer durch den Keller lief, immer seiner Nase nach und laut schnüffelnd. Als sie zu der Stelle kamen, an der der Riss in der Mauer klaffte, blieb Abdul stehen und fragte. „Warst du das?“

Samira nickte.

„Respekt!“, murmelte der Dschinn. „Vielleicht bist du mächtiger als Malik und weißt es nur noch nicht.“

Samira überprüfte den Platz, an dem sie den Sonnenstein zu Boden geschmettert hatte, doch es war keine Spur mehr von dem Amulett zu sehen. Sie war erleichtert und beunruhigt zugleich. Hatte sich der Smaragd selbst zerstört? Oder hatte ihn jemand an sich genommen?

Doch es schien niemand außer ihr und Abdul in den Gewölben zu sein.

Plötzlich blieb der Dschinn stehen und deutete auf eine Leiter, die zu einer Klappe in der Decke führte. „Hier hinauf, denke ich!“

„Es ist sehr finster“, wandte Samira ein.

Abdul formte mit seinen Händen eine unsichtbare Kugel, und eine Sekunde später stieg ein milchig schimmerndes Licht zwischen seinen Fingern empor. Es leuchtete hell genug, dass sie die einzelnen Sprossen der Leiter erkennen konnten. Abdul kletterte voran und stieß mit seinen kräftigen Händen die Klappe auf. Mit den Beinen strampelnd hing er dann in der Öffnung fest, und Samira musste ihm von unten einen Schubs geben, damit er das letzte Stück schaffte. Er wiederum reichte ihr die Hand und zog sie nach oben zu sich.

Es war ein kleiner runder Raum, in dem sie gelandet waren. Alle Wände und auch die gewölbte Decke waren mit Gold überzogen. Auf dem Boden lagen ungeheure Mengen von Ketten, Ringen, Broschen und verzierten Gürteln. Überall funkelten Edelsteine: Rubine, Smaragde und Saphire. Es gab einen goldenen Drachen mit einem riesigen Diamanten auf der Stirn, außerdem zierliche kleine Statuen von Menschen und Tieren. Samira erblickte eine goldene Schildkröte, die mit Smaragden besetzt war, während Abdul ganz verzückt eine Löwengestalt anstarrte. Die Pracht war unbeschreiblich.

„Das ist offenbar Maliks Schatzkammer", sagte Samira, völlig überwältigt von all den Herrlichkeiten. „Wahnsinn!"

Abdul packte sie so fest am Arm, dass sie beinahe aufgeschrien hätte.

„Heh!", beschwerte sie sich. „Was soll das?"

„Alles nur wertloses Blendwerk!" Der Dschinn schüttelte den Kopf. „Es soll von dem Kelch ablenken. Er ist der eigentliche Schatz!"

„Wie? Alles falsch?"

„So ist es", erwiderte er.

Sie brauchten eine Weile, bis sie den Schicksalskelch entdeckten, der versteckt hinter einer diamantbesetzten Schale stand. Er wirkte fast unscheinbar im Vergleich zu den Gegenständen ringsum.

„Bist du sicher, dass er der richtige ist?“, fragte Samira zweifelnd, als sich Abdul auf die Knie niederließ, um den Kelch hervorzuholen.

Wortlos reichte der Dschinn ihr das Gefäß. Als Samira den Kelch in den Händen hielt, erübrigte sich eine Antwort. Sie konnte seine Kraft spüren. Das Gold schien unter ihren Fingern zu vibrieren. Die Magie, die in dem Kelch eingeschlossen war, war wie ein wildes Tier, das darauf drängte, in die Freiheit zu gelangen. Samira war hin- und her gerissen zwischen Triumph und Angst. Sie war stolz und glücklich, weil sie den Kelch gefunden hatten, gleichzeitig fürchtete sie sich vor der Macht, den er in sich barg. Sie stand unschlüssig da, ihre Hände umklammerten den Stiel, während ihr unzählige Möglichkeiten durch den Kopf gingen, wie sie die Welt verändern konnte.

„Leika“, murmelte der Dschinn nur.

„O ja!“ Samira erwachte wie aus einer Trance. „Du hast recht! Wir müssen los.“ Sie dachte an Said, den sie schlafend zurückgelassen hatte, bewacht von dem weißen Leoparden. Sie erinnerte sich an die weiße Nachtigall, die Schildkröte im Terrarium und die Eule in der Voliere. All die Tiere warteten auf ihre Erlösung.

Sie verließen die Schatzkammer. Es war umständlich, die Leiter hinunterzuklettern, ohne den Kelch fallen zu lassen. Schließlich waren sie unten und rannten zu der Stelle zurück, an dem der Kampf stattgefunden hatte.

„Der rote Umhang ist weg!“, stellte Samira bestürzt fest.

„Das ist jetzt egal“, meinte Abdul. „Vielleicht war er auch nur Hexenwerk! Komm!“

Sie stiegen die unzähligen Stufen ins Erdgeschoss hinauf. Abdul nahm den Käfig mit der Nachtigall vom Haken. Der Vogel hüpfte aufgeregt auf den Stangen umher und gab klagende Piepser von sich.

Kaum hatten sie den großen Wohnraum betreten, stand der Leopard vor ihnen und knurrte sie an. Abdul holte tief Luft, nahm all seinen Mut zusammen und tätschelte ihm mit der freien Hand den Kopf.

„Braves Kätzchen! Bald bist du wieder der, der du einst gewesen bist!“

Darauf rollte sich der Leopard auf den Rücken und ließ sich den Bauch kraulen. Samira aber lief hastig zu dem Diwan, auf dem Said lag. Als sie ihn am Arm berührte, stöhnte er und öffnete mühsam die Lider.

„Was ist passiert? Wo bin ich?“

„Wir sind im Nachtschloss“, antwortete Samira. „Erinnerst du dich?“

Said stemmte sich auf die Ellbogen und setzte sich auf. „Du hast den Kelch?“ Er machte große Augen.

Samira nickte, während ihre Gedanken bereits jagten. Sie versuchte, sich an das zu erinnern, was Ileas und Leika über den Kelch erzählt hatten. Um einen Menschen in ein Tier zu verwandeln, hatte Malik Wasser in den Kelch gefüllt und sein Opfer damit bespritzt. Ob so auch die Rückverwandlung vonstattenging?

„Wasser“, murmelte Samira. „Wir brauchen Wasser!“

Sie verließ den Raum, um die Küche zu suchen, und verlief sich prompt. Erst beim dritten Anlauf fand sie den richtigen Raum. Dort füllte sie aus einer Glaskaraffe Wasser in den Kelch. Es zischte und sprudelte, als sie es eingoss. Regenbogenfarbiger Rauch stieg empor, und im Wasser selbst tauchten unterschiedliche Bilder auf, die sich zu schnell veränderten, als dass Samira Einzelheiten hätte erkennen können.

Vorsichtig trug sie das Gefäß in den Wohnraum zurück. Das Herz schlug ihr bis zum Hals. Jetzt nur keinen Fehler machen!

Der Leopard trabte ihr entgegen und blickte sie aus seinen blauen Augen erwartungsvoll an. Samira tauchte zögernd ihre Finger in den Kelch und spritzte einige Tropfen auf das Tier.

Nichts geschah. Der Leopard gab ein klägliches Winseln von sich.

Es klappt nicht!, schoss es Samira durch den Kopf. Was machte sie falsch?

„Vielleicht brauchst du einen Zauberspruch“, sagte Said.

Bei der Besichtigung der Türme hatte Samira auch einen Raum voller deckenhoher Bücherregale gesehen: Maliks Bibliothek. Aber wie sollte sie unter Tausenden von Büchern das richtige finden, in dem der passende Zauberspruch stand? Das würde Jahre dauern!

Mutlosigkeit überkam sie. Sie war so kurz vor dem Ziel – und dennoch drohte sie zu scheitern! Ihre Augen füllten sich mit Tränen. Wieder einmal hatte sie sich alles viel zu einfach vorgestellt.

Eine ihrer Tränen tropfte in den Kelch, und es gab ein Geräusch, als würde eine Münze in einen Kupferkessel geworfen. Der Boden unter ihren Füßen begann zu beben. Erschrocken sah sie zu Said. Der nickte ihr zu.

Erneut tauchte sie ihren Finger in das Wasser, das ihr diesmal kochend heiß vorkam. Sie schrie vor Überraschung und Schmerz auf und hätte um ein Haar den Kelch fallen lassen. Ein Teil des Wassers schwappte auf den Boden, einige Tropfen fielen auf den Leoparden.

Ein dumpfer Knall ertönte. Für eine Sekunde wurde es stockdunkel im Raum. Als es wieder hell wurde, erhob sich gerade ein junger Mann mit zerzaustem Haar und zerknitterter Dienerkleidung vom Boden.

„Danke!“, hauchte er, legte die Hände aneinander und verneigte sich vor Samira. „Du hast mich erlöst. Ich bin Hadi und war hier im Schloss als Diener angestellt, bis … bis … mein Herr …“ Er konnte nicht weiterreden, weil ihn die schreckliche Erinnerung überwältigte. Er brach in Tränen aus. Abdul kam herbei und tätschelte ihm tröstend die Schulter – genau wie er zuvor den Kopf des Leoparden getätschelt hatte. In der anderen Hand hielt er immer noch den Käfig mit der Nachtigall.

Samira holte tief Luft und bespritzte auch den Vogel.

Wieder gab es einen Knall, und es wurde sekundenlang dunkel. Danach kniete eine alte Frau auf dem Teppich. Sie nannte sich Jessenia und erzählte, dass sie als Händlerin ins Schloss gekommen war, um Honig zu verkaufen. Der Zauberer hatte ihr gar nicht lange zugehört.

Auch die weiße Schildkröte wurde erlöst – Banu, eine Frau in mittlerem Alter, die aus einem nahe liegenden Dorf stammte. Sie hatte nach Arbeit im Schloss gefragt und zwei Tage lang geputzt, bis sie aus Versehen ein Glas zerbrochen hatte. Voller Wut hatte Malik sie verwandelt.

Während sie sich unterhielten, hörten sie ein merkwürdiges Knistern und Knacken in den Wänden, das immer lauter und anhaltender wurde. Abdul sah sich besorgt um und stellte fest, dass sich neben den Spiegeln lauter Risse gebildet hatten.

„Wir sollten lieber schnellstens hier raus!“, rief er. „Es kann sein, dass das Schloss demnächst zusammenfällt!“

Niemand wollte unter einstürzenden Wänden begraben werden, und so verließen sie das prächtige Schloss aus dunkelblauem Glas. Auch von außen waren bereits Schäden zu erkennen. Während sie das Gebäude noch anstarrten, stürzte der erste Turm in sich zusammen. Glassplitter regneten über den Park. Alle zogen die Köpfe ein.

„Weg von hier!“, kommandierte Said.

„Halt, die Eule!“, rief Samira, die sich an den Vogel in der Voliere erinnerte. Zum Glück war noch etwas Wasser im Kelch.

Abdul öffnete die Tür des großen Vogelkäfigs und holte die Eule heraus, die bereitwillig auf seinen Arm stieg.

Samira bespritzte das Tier mit Wasser – und die Eule wurde zu der ehemaligen Küchenmagd, wie Abdul es schon vermutet hatte. Das hübsche Dorfmädchen hieß Dana.

Für lange Erzählungen blieb keine Zeit, denn immer mehr Teile des Schlosses stürzten in sich zusammen. Als sie den Park verließen, stand nur noch der letzte Turm – wie ein einsamer Wächter. Doch auch dieser brach auseinander, während Samira, Said, Abdul und die Geretteten den Abstieg begannen.

Das Nachtschloss war nur noch Geschichte.

„Dieser Kelch birgt eine unglaubliche Macht in sich." Der Einsiedler Ileas drehte das Gefäß ehrfürchtig in seinen Händen. „Wenn ihr erlaubt, werde ich es verwahren und an einem sicheren Ort verstecken, damit niemand Unheil damit anrichtet."

„Also, ich habe bestimmt nichts dagegen", meldete sich eine helle Stimme. Sie gehörte Leika, die dank Samiras Tränen und dem Schicksalskelch wieder zu einer Prinzessin geworden war. Samira musste das Mädchen ständig anstarren. Leika war ein paar Jahre älter als sie, vielleicht siebzehn oder achtzehn. Ihre Augen waren unglaublich blau, und sie bewegte sich voller Anmut – eben wie eine echte Prinzessin. Nichts wies darauf hin, dass sie viele Monate lang oder gar Jahre ein Kamel gewesen war.

Leika hatte vor, so bald wie möglich in ihr Königreich zurückzukehren. Ileas hatte schon einen Boten losgeschickt, der Leikas Eltern Bescheid sagen sollte, dass ihre Tochter gesund und wohlbehalten war und in Kürze heimkehren würde.

„Wenn ihr wollt, könnt ihr mitkommen", sagte Leika zu Samira und Said. „Mein Vater wird euch reich belohnen, und ihr könnt auch so lange bleiben, wie ihr wollt."

Samira und Said wechselten einen Blick. Das war ein verlockendes Angebot, aber …

„Wir haben noch etwas vor", meinte Said.

Samira nickte. „Mein Vater. Er ist noch immer verschwunden. Bevor ich ihn nicht gefunden habe, habe ich keine Ruhe." Automatisch tastete ihre Hand nach der Muschel, die ihr schon so oft Hilfe und Trost gegeben hatte.

„Schade", sagte Leika bedauernd. „Aber dann müsst ihr versprechen, dass ihr mich wenigstens irgendwann besuchen werdet."

„Versprochen!", antworteten Said und Samira wie aus einem Mund.

Leika lächelte die beiden an. Dann zog sie kurz entschlossen mehrere goldene Ringe von ihren Fingern und reichte sie Samira und Said.

„Als Belohnung für meine Befreiung", meinte sie. „Und auch dafür, dass du mich so gut gepflegt hast, als ich noch ein Kamel war, Said."

„Danke!", sagte Samira völlig überwältigt. Ihr schoss sofort durch den Kopf, dass sie jetzt genügend Geld hatte, um den Detektiv Rafi zu bezahlen. Das erhöhte bestimmt ihre Chance, ihren Vater zu finden.

„Danke", sagte auch Said. Er hatte Tränen in den Augen. Es fiel ihm sichtlich schwer, sich von Leika zu trennen. „Mit dem Gold kann ich mir vielleicht ein neues Reittier kaufen. Als Kamel stehst du mir ja nicht mehr zur Verfügung, Leika." Er grinste schief.

In diesem Augenblick betrat Hadi die Hütte, in der es mit den vielen Personen sehr eng war. Hadi war einen Moment im Freien gewesen, um neues Brennholz zu holen. Während er sich vor die Feuerstelle kniete und Scheite nachlegte, sagte er: „Draußen auf dem Stalldach sitzt ein Falke. Ich habe das Gefühl, dass er auf etwas wartet. Merkwürdiger Vogel."

„Es könnte sein, dass er auf uns wartet", sagte Samira.

Said drückte ihre Hand. „Dann sollten wir seine Geduld nicht zu lange strapazieren, sondern so bald wie möglich aufbrechen."

„Ja." Samira seufzte wehmütig. Der Abschied war wirklich nicht leicht.

Ileas war so freundlich und weise. Und auch mit Leika und den anderen wären sie gerne noch länger zusammen gewesen und hätten ihre Geschichten angehört.

Doch auf Samira und Said wartete nun eine neue, ganz persönliche Geschichte. Sie mussten herausfinden, was mit Tarik passiert war.

Draußen schrie der Falke. Es klang ungeduldig.

Samira lachte und zog Said hoch. „Ich glaube, wir sollten Rayan langsam fertig machen."

Abdul stand ebenfalls auf. „Ich komme natürlich mit! Glaubt ihr, ich lasse mir dieses Abenteuer entgehen?"

Von Ileas verabschiedeten sie sich zuletzt. Der Einsiedler machte mit seinen Fingern ein Zeichen auf ihre Stirnen.

„Meine guten Wünsche werden euch begleiten, und ihr werdet immer in meinem Herzen sein! Möge euch die kommende Reise glücklich zu eurem Ziel führen!"

Über die Autorin

Marliese Arold wurde als jüngstes Kind von drei Geschwistern in Erlenbach am Main geboren. Sie liebte die Märchen, die ihre Mutter ihr erzählte, und entdeckte sehr früh die Liebe zu Geschichten. Sie konnte von Büchern nicht genug bekommen. Mit acht Jahren fing sie an, eigene Geschichten und Gedichte zu verfassen. Inzwischen hat die Autorin zahlreiche Bücher geschrieben, die auch international erfolgreich sind. Sie lebt mit ihrem Mann immer noch in Erlenbach. Ihre beiden Kinder sind inzwischen erwachsen. Ihre lustigen, traurigen, spannenden und frechen Erzählungen vermehren sich fröhlich weiter, und tatsächlich, langsam wird es auf ihren Bücherregalen eng!